中國語言文字研究輯刊

十六編

許學仁 主編

第3冊

武成時期銅器銘文與語言研究

葉正渤 著

花木蘭文化事業有限公司

國家圖書館出版品預行編目資料

武成時期銅器銘文與語言研究／葉正渤 著 -- 初版 -- 新北市：
花木蘭文化事業有限公司，2019〔民 108〕
序 6+ 目 2+226 面；21×29.7 公分
（中國語言文字研究輯刊 十六編；第 3 冊）
ISBN 978-986-485-693-0（精裝）
1. 金文 2. 西周
802.08 108001139

中國語言文字研究輯刊
十六編 第三冊 ISBN：978-986-485-693-0

武成時期銅器銘文與語言研究

作　　者　葉正渤
主　　編　許學仁
總 編 輯　杜潔祥
副總編輯　楊嘉樂
編　　輯　許郁翎、王　筑　美術編輯　陳逸婷
出　　版　花木蘭文化事業有限公司
發 行 人　高小娟
聯絡地址　235 新北市中和區中安街七二號十三樓
　　　　　電話：02-2923-1455 ／傳真：02-2923-1452
網　　址　http://www.huamulan.tw 信箱 hml 810518@gmail.com
印　　刷　普羅文化出版廣告事業
初　　版　2019 年 3 月
全書字數　16 萬字
定　　價　十六編 10 冊（精裝） 台幣 28,000 元

武成時期銅器銘文與語言研究

葉正渤 著

作者簡介

葉正渤，江蘇省響水縣人，教授，文學碩士。1988 年 6 月陝西師範大學中文系漢語史專業碩士研究生畢業，獲文學碩士學位。畢業後赴雲南師範大學中文系任教，講師。1995 年 2 月調入徐州師範學院中文系任教，1997 年 7 月晉升爲副教授，2003 年 8 月晉升爲教授，碩士研究生導師。主要從事古代漢語、古文字學、古漢語詞彙學和先秦兩漢文獻教學與研究。是國家哲學社會科學基金項目通訊評審專家、成果鑒定專家。江蘇省社科優秀成果獎評審專家。臺灣中央研究院歷史語言研究所訪問學者。主持國家哲學社會科學基金項目一項，後期資助項目一項，教育部人文社科基金項目一項，江蘇省社科基金項目一項，江蘇省高校人文社科基金項目二項，江蘇省高校古籍整理研究項目二項。發表學術論文、譯文 100 餘篇，參加《中國書院辭典》的編寫，和李永延先生合著《商周青銅器銘文簡論》（1998，1999 年獲江蘇省社科優秀成果評選三等獎），另著《漢字部首學》（2001）、《漢字與中國古代文化》（2003）、《金文月相紀時法研究》（2005，2008 年獲江蘇省高校社科成果評選二等獎）、《上古漢語詞彙研究》（2007）、《葉玉森甲骨學論著整理與研究》（2008，2011 年獲江蘇省第十一屆哲學社會科學優秀成果評選二等獎）、《金文標準器銘文綜合研究》（2010，2012 年獲江蘇省高校社科成果評選三等獎），點校朱駿聲《尚書古注便讀》（2013），《金文四要素銘文考釋與研究》（2015，2016 年獲江蘇省第十四屆哲學社會科學優秀成果評選三等獎），《古代語言文字學論著序跋選編》（合著，2015），《金文曆朔研究》（2016），《〈殷虛書契後篇〉考釋》（2018）。

提　要

《武成時期銅器銘文與語言研究》是一部對西周武王成王（含周公攝政）時期鑄造的銅器銘文和語言文字進行研究的專書。研究內容既包括對武成時期所鑄銅器銘文的體例、特徵做分析總結，也對武成時期銘文作考釋，並對武成時期金文文字特點作分析總結，還包括對武成時期所出現的金文新字與新語詞作分析探討，盡可能作出正確的解析。論著共分五章：第一章相關研究背景回顧，第二章武成時期銅器銘文考釋，第三章武成時期銅器銘文的特點，第四章武成時期金文文字特點，第五章武成時期新字、新語詞探析。在以上五個方面論著都取得了預期的研究成果。

序

武成時期銅器銘文與語言研究，是指對西周武王、成王（含周公攝政）時期鑄造的銅器銘文和語言文字進行研究，既包括對武成時期所鑄銅器銘文的體例與考釋，也包括對武成時期所出現的金文新字與新語詞的研究。這是金文研究的兩個方面，它是由金文本身的內容決定的。從研究方面來看，郭沫若的《兩周金文辭大系圖錄考釋》、陳夢家的《西周銅器斷代》、唐蘭的《西周青銅器銘文分代史徵》等著作，主要是對銅器銘文的考釋和歷史斷代，其中也包括對銘文中金文單字的考釋研究；而周法高的《金文詁林》及其補編，則完全是對單個金文字的考釋與研究。以上所舉資料足以證明金文研究所包含的基本內容，武成時期銅器銘文與語言研究也主要指這兩個方面的內容。

西周乃至整個周代青銅器銘文大約有三千多件，爲何僅僅選取武成時期銅器銘文與語言進行研究？這是因爲武王最終滅掉暴虐的商紂王、建立起西周王朝的統治，天下國家處於改朝換代、百廢俱興的開端。這是中國歷史上的一件大事，在銅器銘文中有記載。

成王，即位時尚未成年（朱駿聲《尚書古注便讀》考證說是十三歲），由其叔父周公旦攝政，此時正是處於鞏固西周王朝政權的關鍵時刻。一方面，商的遺老們懷念故國舊君，心裏不服西周王室的統治，武庚祿父作亂叛周，孤竹國國君之子伯夷、叔齊寧可餓死首陽山也不食周粟，就是有力的證明。

另一方面，王室內部武王庶弟對周公攝政心懷不滿，散佈流言蜚語，造成人心不穩，對王朝的統治也極爲不利。在這兩種情況下，終於爆發了武庚祿父與三監之亂。商紂王之子武庚祿父與三監（管叔、蔡叔、霍叔）作亂，周王朝面臨嚴峻的形勢。在這種形勢下，周公以成王之命率師東征，誅武庚，殺管叔而放蔡叔，廢霍叔爲庶民，平定了三監之亂，使周王朝的統治得到鞏固。這在當時是一個重大事件，所以在王室和貴族大臣所鑄的銅器銘文中都有記載。

商王朝滅亡，西周王朝建立，社會處於重大的變革時期。各種舊的不合時宜的典章制度要廢除，新的典章制度需要建立，所謂革故鼎新是也。周王朝處於繼往開來，開啓一個新時代的狀態。所謂「周雖舊邦，其命維新」。（《詩經・大雅・文王》）一個新的王朝、新政權的建立，必須與舊的王朝、舊政權不一樣，給人們以面貌一新的感覺，這樣才會得到人民的擁護，否則，改朝換代有什麼意義呢！周王朝及王室既是這麼想的，也是這麼做的。《逸周書・周月》：「其在商湯，用師於夏，除民之災，順天革命，改正朔，變服殊號，一文一質，示不相沿，以建丑之月爲正，易民之視。若天時大變，亦一代之事。亦越我周王致伐於商，改正異械，以垂三統，至於敬授民時，巡狩祭享，猶自夏焉。」這就是我國古代各個朝代的建立，在典章制度方面與前朝皆大有不同的原因。據傳世文獻記載，周公旦在這方面有很多建樹，發揮了很大作用。這一點，在武成時期的銅器銘文中也有所反映。

在語言文字方面，根據出土的商周金文來看，武成時期雖然直接繼承了商代語言文字的主要特徵，但是，也有革故鼎新，有較大的發展。這就要求對武成時期的銅器銘文作深入細緻的分析探討，瞭解周初武成時期在語言文字方面的發展演變狀況。這是本成果研究的重點，也是本成果選取武成時期銅器銘文作研究對象的重要原因。

關於開展漢字發展研究的重要意義，黃德寬先生在其《古漢字發展論》一書中寫道：「開展漢字發展研究的首要意義，就是有利於更好認識漢字發展的歷史規律，促進漢語文字學的理論建設」。他說，從漢字發展角度認識到以下幾點：

一是漢字發展的延續性和漸變性，二是不同歷史階段漢字發展呈現出不同

的特徵，三是漢字系統的層累性特徵。（第 20 頁）

本書的研究涉及諸多方面，在研究過程中的確有所創見、有所收穫。現略舉數例。

（一）提出了武成時期普遍存在的所謂商器周銘的判斷標準與方法

所謂商器周銘，是指既有商代銅器器型紋飾特徵和銘文元素，同時又有武成時期銅器銘文才有的某些元素，這些銅器貌似商器，實爲武成時期所鑄。對其所屬時代本文提出以下判斷標準。

1、銘文中既有商代銅器銘文的元素，同時又有武成時期銅器銘文才有的某些元素，這是商代遺民而歸附於周王室者所鑄之器。因爲器型紋飾具有漸變性，所以主要根據銘文作出判斷。

所謂商代遺民，是指武王克商後商王朝遺留下來的貴族大臣，也即《尚書・多士》周公所說的「惟爾多士」。這些商王朝遺留下來的貴族成員往往掌握著商王朝先進的文化知識，具有一定的統治經驗或軍事才能。這些人當中願意歸附於西周王室且願意效力者，因而爲周王室所用，傳世文獻稱其爲殷遺，本文稱其爲商代遺民。所以，在這些商代遺民所鑄的銅器銘文中，一方面保留了很明顯的商代銅器銘文的某些特徵，另一方面也具有武成時期銅器銘文才有的某些元素。

如銘文置於亞形框內，有商代銘文特有的族徽，以十天干字作亡父或亡祖的廟號，紀時置於銘文之首，且只有干支，或加月份，有些還用商代特有的周祭字「彡（肜）、翌（翊）、祭、𡧊、劦（協）」，紀年用「祀」字，置於銘文之末。這些是商代銅器銘文所具有的特徵。如果銘文中所記載的事件屬於武成時期的，如侯國名、職官名等，那麼這樣的銅器銘文是商代遺民而爲周王室所用者所鑄。

再如，沫司徒疑簋銘文，銘文中既有[illegible]（䀠）族徽，[illegible]也見於商代銅器銘文；而疑所擔任的司徒一職，是周初武成時期才設置的職官名；銘文所記事件「王來伐商邑，誕命康侯鄙于衛」，這是成王時發生的事件，所以，這些都說明沫司徒疑是商代遺民而歸附於周王室者，而沫司徒疑簋及銘文一定鑄於成王時期。

又如，旂鼎二銘文仍使用族徽「析子孫」，用日干作亡父的廟號，但銘文同時又用成王時期才有的「初吉」「辰在某某（干支）」的月相詞語紀時，說明此器之鑄只能在成王時期，而非商代晚期，旂也是商代遺民而歸附於周王室者。

2、銘文中沒有十天干字爲亡父或亡祖作廟號，亦沒有族徽符號的，一般屬於周初武成時期或其後所鑄之器。這是判斷商器抑或周器銘文的重要標準之一。

例如，明公簋銘文，因爲明公（周公旦之子）是地道的周王室家族成員，故其所鑄銅器銘文除了字形字體沿襲商代晚期特徵而外，沒有商代銅器銘文的其他烙印和元素。當然也可能有例外。例如匽侯旨作父辛鼎銘文「匽侯作父辛尊」，據考證匽侯旨是召公奭的三兒子，而召公是姬姓，銘文中稱其廟號爲父辛。這是很特殊的。

3、西周職官名。如果武成時期才設置的職官名，出現在具有商代器型紋飾特徵和銘文元素的銘文中，那麼這件銅器銘文一定是商代遺民所鑄。如前舉的沬司徒疑簋銘文中的司徒之職，是武成時期才設置的職官名，毫無疑問，疑是商代遺民而歸附於周王室者。詳閱正文。

（二）辨識了某些字的結構和新字

辨識了武成時期銅器銘文中一些字形的結構，或歸納、解析了所出現的一些新字。

例如：揚鼎銘文中的（揚）字，從廾（雙手上揚形），從玉，一般讀作「揚」，銘文是人名。根據集成 02612 銘文，「揚」字似從戈從廾，而何簋銘文似從廾從戈從衣。但是，集成 02613 銘文很清楚是從玉從廾，象人奉玉之形，故知「揚」字本從玉，而有頌揚之義。集成 02612 銘文所從的戈，實際是串玉的象形，只不過上下寫出頭了，致使後人誤以爲從戈從廾。奉戈頌揚，於理於義難以解釋得通。

發現武成時期銘文中出現的新字，如：玟、珷、征、福、違、復、匽、奄等等，詳細解析請參閱正文。

（三）發現武成時期出現的新詞語

本文在研究過程中還發現了武成時期才出現的一些新詞語。例如，

1、職官名。有事，見於利簋銘文；司徒，見於沬司徒疑簋銘文。

2、月相詞語和其他紀時詞語。如：初吉、既望、既生霸和既死霸，辰在某某（干支），月吉等。

3、以事紀年。殷成周年、公太保來伐反夷年、見事於某年。

以事紀年，對於鑄器者來說一般都是受周王的重大任命，值得終生紀念才鑄器鏤銘，故以事紀年，作爲一種榮耀，流傳於子孫後代。

例如「殷成周年」，郭沫若說，殷見之禮即大會內外臣工之意，唐蘭謂諸侯同來朝會的名稱。《說文》㐆部：「殷，作樂之盛稱殷。」引申有「盛大」義，可見「殷見」之說是根據《說文》的解說。根據銘文，奉命前往成周接受殷見之人往往是貴族大臣而不是周王，因其奉周王之命，所以殷見「內外臣工」或「諸侯同來朝會」。本文以爲，銘文「殷成周年」當是指周王室遷殷頑民到成周以後，專門派員前往安撫商代遺民的意思。因授命之事意義重大，故奉命之貴族大臣特鑄銅器銘文記之以爲榮耀。

又如旅鼎銘文「公太保來伐反夷年」，這是很值得紀念的重大事件，旅參與其事，故鑄器鏤銘，以事紀年，作爲榮耀。

4、客套語。武成時期銅器銘文中的頌詞只講「揚王休」，而不講「對揚王休」。

（四）根據武成時期出現的金文新字糾正《說文》的錯誤

匽：、、（匽侯簋、匽侯盂、堇鼎、圉鼎、圉簋、伯矩鬲、攸簋、復鼎、復尊），寫法相同，皆從乚妟聲。《說文》匸部：「匽，匿也。從匸妟聲。」從武成時期金文來看，「匽」字當從乚（yǐn）妟聲，不從匸（xǐ）。

寧：（盂爵），《說文》丂部：「寧，願詞也。從丂寍聲。」小篆字形結構與武成時期金文完全相同。根據《說文》的解釋「寧」字表示心願，故當從心，寍聲，當歸心部，不應歸丂部，《說文》歸部失誤。

賞：（小臣傳卣），（御正衛簋），從貝商聲，「商」字「庚」下有「口」。（攸簋），（𢐗鼎），（堇鼎），（復鼎、復尊），（商尊、商卣），後幾例聲符「商」下減省「口」，但攸簋「賞」字的聲符「商」有兩顆星，總之都是從貝商聲。《說文》貝部：「賞，賜有功也。從貝尚聲。」武成時期金文是從貝商聲，戰國時期金文（中山王壺等器銘文）改爲從貝尚聲，小篆沿襲的是戰國時期的字形。

敢：（旂鼎），從爪從口從又。《說文》受（piǎo）部：「進取也。從受，古聲。」金文爪下從口從又，不從「古」聲。

叔：（叔簋一、叔簋二），從丑從尗。《說文》又部：「叔，拾也。從又尗聲。汝南名收芋爲叔。」《說文》從又，「又」是手的象形；武成時期金文從丑，「丑」是手指的象形，因而可以通用。但是，「尗」乃象豆萁上籽粒散落形，在「叔」字中並非是聲符，而是義符。《說文》尗部「尗，豆也。象尗豆生之形也。」《說文》解「尗」字「象尗豆生之形」也是不對的，應是象尗豆散落形。可見武成時期金文「叔」是會意字，《說文》解釋爲形聲字，誤。在西周銅器銘文中表示排行伯仲叔季的「叔」，是借用問終義的「弔」，不用「叔」字。

（五）糾正前人的某些說法

前人關於武成時期金文的說法涉及面比較廣，有關於銅器銘文歷史斷代的，這方面存在的爭議最多；有關於銘文解讀的，有關於文字詞語考釋的，有關於歷史人物和地理的，等等。具體案例請參閱正文相關章節。

（六）研究方法多樣

1、人名系聯法。原理是：不同銅器銘文中出現相同的人名，那麼這些銅器銘文屬於同一時期所鑄的可能性最大，或相近時期所鑄。本文運用人名系聯法，得到成王時期約略可驗證且有文字材料價值的銅器銘文 100 餘件。這是本成果研究的基本材料。

2、歷史比較法。一是將武成時期的銅器銘文和金文單字與商代晚期文字相比較，提出武成時期銅器銘文在體例章法結構方面的發展演變和特徵，同時發現武成時期若干金文新字和新語詞。二是將金文單字與《說文》小篆相比較，分析金文單字的構造，糾正《說文》說解的某些錯誤。

3、運用不完全邏輯歸納法進行研究。總之，本文運用多種研究方法並有所斬獲。

作者　謹記

丁酉年夏至（2017.6.21）

目次

第一章　相關研究背景回顧

第一節　前之學者的有關研究

前之學者在對周代尤其是西周銅器銘文作歷史斷代研究時業已涉及到武成時期的銅器銘文，如郭沫若《兩周金文辭大系圖錄考釋》、陳夢家《西周銅器斷代》、唐蘭《西周青銅器銘文分代史徵》、馬承源《商周青銅器銘文選》和彭裕商《西周青銅器年代綜合研究》等。不過，他們並不是專門對武成時期的金文所做的專題研究，衹是涉及而已。所以，作爲專題研究本文屬於首次。

一、郭沫若的研究

郭沫若《兩周金文辭大系圖錄考釋・序》曰:「傳世兩周彝器，其有銘者已在三四千具以上，銘辭之長有幾及五百字者，說者每謂足抵《尚書》一篇，然其史料價値殆有過之而無不及。」又曰:「夫彝銘之可貴在足以徵史，苟時代不明，國別不明，雖有亦無可徵。」郭末若多年來有志於中國古代史的探討，潛心於殷商甲骨卜辭與周代彝銘之釋讀，於是開始以年代與國別爲條貫整理周代之彝銘。

郭末若關於銅器銘文之年代的推求方法不同於他人，其《序》曰:「余專就彝銘器物本身以求之，不懷若何之成見，亦不據外在之尺度。蓋器物年代每有於銘文透露者，如上舉之獻侯鼎、宗周鍾、遹簋、趞曹鼎、匡卣等皆是」;「據此等器物爲中心以推證他器，其人名事蹟每有一貫之脈絡可尋。得此，更就文字之體例，文辭之格調，及器物之花紋形式以參驗之，一時代之器大抵可以蹤跡，即其近是者，於先後之相去要必不甚遠。至其有曆朔之紀載者，亦於年月日辰間之相互關係求其合與不合，然此僅作爲消極之副證而已。」

郭末若說：「本此諸法，余於西周文字得其年代可徵或近是者凡一百六十又二器，大抵乃王臣之物。其依據國別者，於國別之中亦貫以年代，得列國之文凡一百六十又一器，器則大抵屬於東周。」由此，郭末若得出結論說：「故宗周盛時列國之器罕見，東遷而後王室之器無徵，此可考見兩周之政治情形與文化狀況之演進矣。」這是郭末若研究的收穫之一。

作爲郭末若研究收穫之一，在語言文字文化方面，郭末若說：「國別之器得國三十又二，曰……由長江流域溯流而上，於江河之間順流而下，更由黃河流域溯流而上，地之比鄰者，其文化色彩大抵相同。更綜而言之，可得南北二系。江淮流域諸國南系也，黃河流域北系也。南文尚華藻，字多秀麗；北文重事實，字多渾厚，此其大較也。」「故徐楚實商文化之嫡系，南北二流實商周之派演。商人氣質傾向藝術，彝器之製作精絕千古，而好飲酒、好田獵、好崇祀鬼神，均其超現實性之證。周人氣質則偏重現實與古人所謂『殷尚質，周尚文』者適得其反。民族之商周，蓋以地域之南北，故二系之色彩渾如涇渭之異流。然自春秋而後，民族畛域漸就混同，文化色彩亦漸趨劃一。」〔註1〕

以上是郭沫若《兩周金文辭大系圖錄考釋》一書的研究目的、研究方法及其研究所得。郭末若雖然是就整個兩周銅器銘文進行的研究，並非單就武成時期金文進行的研究，但其研究方法、研究成果乃至研究的收穫還是值得學習借鑒的，大可運用於武成時期金文的研究。

二、陳夢家的研究

陳夢家《西周銅器斷代》是一部未竟之作，其原因學界同仁都知道，這裡就不再舊賬重提了。該書 2004 年中華書局版分爲上編、下編、外編和圖版四個部分。〔註2〕

〔註1〕郭沫若：《兩周金文辭大系圖錄考釋（修訂版）・序》，科學出版社 1958 年。以下凡引郭說，均引自該書。

〔註2〕陳夢家：《西周銅器斷代》，中華書局 2004 年。以下凡引陳說未注明者，均引自該書。

上編是西周器銘考釋，從武王開始，至幽王，按王世分別討論了218件銅器銘文，幽王2件器銘文未作，還有未完稿29篇。陳夢家業已討論的218篇銘文，其特點是，先列出處，次列釋文，再列以往各家的有關論述，包括器的出處、流傳情況、斷代及依據、再列與之相關的諸器，再引傳世文獻以印證銘文所記載的歷史文化信息，同時也對銘文中某些冷僻字作考釋和疏證，最後結合器型花紋的特點證實其所屬的時代（王世）。可謂廣徵博引，極其賅備，結論可信可參。這部分是本書的重點，也是學術界廣爲引用的重要資料。

下編是西周銅器總論，分別從西周銅器、歷史、地理、周禮、銘文、常語、土地制度、社會經濟、年曆、形制、花紋等八個部分加以論述，其中有些未作完或未及作。

外編主要收錄了陳夢家的兩篇論文，一篇是《西周年代考》，另一篇是《中國青銅器的形制》。這兩篇論文與西周銅器銘文的歷史斷代密切相關。研究西周銅器斷代，必然涉及西周起年、王年和積年；研究西周銅器銘文的歷史年代，除了銘文所提供的相關歷史信息而外，器型紋飾是另一方面的重要依據。在這兩方面，陳夢家也都做了全面深入的研究探討，得出了影響深遠的結論，爲人們提供了重要的理論和實踐依據。

可惜該書未做完，實是遺憾。然而該書仍不失爲從事西周銅器銘文歷史斷代的一部極其重要的參考資料，其價值人所共知。閱讀陳夢家《西周銅器斷代》一書，給筆者的啓發是：欲從事銅器銘文的歷史斷代研究，應做到：具有深厚的古文字學功底，能通讀並正確理解銘文，瞭解學術界的研究動態和所取得的成果，熟悉傳世文獻與古代典章制度、地理文化，熟悉青銅器器型紋飾的時代特徵及演變。簡而言之，能通讀銘文，熟悉器型紋飾。非此二者莫可爲之。

三、唐蘭的研究

唐蘭《西周青銅器銘文分代史徵》，顧名思義，這也是一部對西周銅器銘文進行分期斷代的專著，且史徵是該書的一大特色。所謂史徵，閱讀該書便深有體會，即充分運用歷史文獻的記載對西周銅器銘文製作的歷史時代作出判斷和證實。這一點，在郭沫若《兩周金文辭大系圖錄考釋》和陳夢家《西周銅器斷代》中已有運用，但唐蘭《西周青銅器銘文分代史徵》一書更爲突出。

唐蘭《西周青銅器銘文分代史徵》也是一部未竟之作，其原因，據唐蘭之子唐復年「整理後記」，有與陳夢家相同之處，也有與陳夢家不同之處，不同之處在於自然規律使然。

唐蘭《西周青銅器銘文分代史徵》，原打算從武王至幽王，對西周十二王世所鑄的銅器銘文作歷史考證與分期斷代，可是終究未能如願，只做到穆王時期的一部分。從已做的部分來看，每一王（含周公），先梳理傳世文獻有關該王的生平事蹟，次列該王世所鑄的銅器名錄，再對所屬的銅器銘文進行考釋與考證。考證則先列銘文釋文與銘文拓片（照片），以便對照；次對釋文附加譯文，以便讀者正確理解銘文；再對銘文逐句進行注釋與考證；最後對銘文所記內容作解釋說明，目的在於進一步證明該器屬於某王世，或說明某件銅器銘文所記載史蹟的重要意義等。如有其他與之相關聯的銅器銘文，也一併列出其銘文拓片，以供參照。

綜而言之，唐蘭《西周青銅器銘文分代史徵》一書於每一王的文字介紹，即對傳世文獻所作的整理文字和每一件銅器銘文考證完之後的文字說明非常精彩，對讀者瞭解歷史很有幫助，而銘文考釋中對銘文字句所作的注釋對讀者正確理解銘文的幫助同樣很大。爲古人立言者固當如此。〔註 3〕

《西周青銅器銘文分代史徵》一書雖爲唐蘭未竟之作，然本成果「武成時期銅器銘文與語言研究」之內容則在已做範圍之內，因而此書亦爲一部重要參考資料，故爲之介紹。

四、彭裕商的研究

彭裕商先生《西周青銅器年代綜合研究》，顧名思義，該書是一部綜合研究西周青銅器年代的專著。彭裕商先生在該書「前言」中說：「金文的研究，屬於古文字學的範疇。……自清代以來，金文研究日盛，取得了很大的成就，在文字考釋、語法文例、典章制度、重大史實等方面的研究都較之宋代有重大收穫，目前西周史的研究已愈來愈多地結合到了金文材料。」又說：「對任何一件歷史文物來說，考訂年代都是其他一切研究的前提，只有在精確斷代的基礎上，才能在其他方面的研究中取得良好的成績。金文作爲考古材料的

〔註 3〕唐蘭：《西周青銅器銘文分代史徵》，中華書局 1986 年。以下凡引唐說未注明者，均引自該書。

一種，也不例外，在將其運用到學術研究的同時，也有一個考訂年代的問題。」「在年代研究的基礎上，再對金文所記載的內容進行分類整理，我們就可瞭解到許多前人未曾瞭解的重要史實。」「總之，本書的撰寫，正是想通過這樣的實踐，推動西周歷史文化的研究向更深層次發展。」〔註 4〕

《西周青銅器年代綜合研究》一書分六章，分別論述了西周銅器年代研究的歷史回顧、關於銅器分期研究的方法與標準、西周時期重要史蹟的整理、西周青銅器的器型分類、西周青銅器的年代、西周青銅器紋飾等方面的問題。

在第五章「西周青銅器的年代」中，彭裕商先生對西周十二王時期的銅器銘文做了如下方式的考證。首先標明該器的著錄情況和器物型式，次列銘文釋文，然後是考證。考證或引前之學者的論述，或引傳世文獻的記載予以證實，或據器型紋飾加以辨析，或系聯其他相關器物加以論證，或指出本器銘文獨具的特色。彭裕商先生於器型紋飾尤其精通，不愧是青銅器專家。在考證銅器銘文所屬時代過程中，每每指出某器屬於某器型紋飾，其特徵應是某時代所具有。在文字學基礎上配合器物學方法，使考證更具有說服力。

其他一些學者及其論著也涉及西周銅器銘文的歷史斷代，如馬承源主編的《商周青銅器銘文選》。〔註 5〕不過，該書屬於選編性質。李學勤在《新出青銅器研究》（增訂版）一書中把本文所涉及的某些銅器定在康王時期，如何尊、德方鼎、叔德簋、復尊諸器等，茲不一一介紹。〔註 6〕還有一些論著雖亦涉及青銅器的歷史分期，但僅對銘文或作隸定，或在著錄的同時指出器物所屬的時代，如社科院歷史所編的《殷周金文集成》（修訂增補本），吳鎮烽編著的《商周青銅器銘文暨圖像集成》等，〔註 7〕不屬於對西周銅器銘文的分期斷代專題研究，故而不做詳細介紹，僅作研究時參考。

〔註 4〕彭裕商：《西周青銅器年代綜合研究》，巴蜀書社 2003 年。以下凡彭說未注明者，均引自該書。

〔註 5〕馬承源主編：《商周青銅器銘文選》，文物出版社 1990 年。以下凡引馬說未注明者，均引自該書。

〔註 6〕李學勤：《新出青銅器研究》（增訂版），人民美術出版社 2016 年。

〔註 7〕社科院考古所：《殷周金文集成》（修訂增補本），中華書局 2007 年；吳鎮烽：《商周青銅器銘文暨圖像集成》，上海古籍出版社 2012 年，簡稱《圖像集成》。本文圖像及器型描述，均轉引自該書。

第二節　武成時期銅器銘文的判定

武成時期的金文資料，主要指用金文寫成的鑄刻在青銅器上的銘文。武成時期銅器銘文的認定，則是指確定哪些銅器銘文屬於武王和成王時期鑄造的。確定銅器銘文鑄造的具體歷史年代，金石學稱之爲歷史斷代。很久以來，出土的商周時期的青銅器很多。有些銅器上有銘文，有些銅器上連銘文也沒有，本文所探討的對象是指鑄有銘文的銅器。鑄有銘文的銅器，有些銅器銘文中有時間記載，絕大多數則沒有，或者所記時間要素不齊全。即以西周爲例，有的沒有王年，有的沒有月份，有的沒有周代特有的月相名稱，有的甚至連紀日干支也沒有，就是說整篇銘文雖然是記事的，但根本就沒有記載時間。學術界習慣上把有王年、月份、月相名稱和干支記載的周代紀時銘文稱之爲四要素齊全的銘文，不過，武成時期這樣的銅器銘文極少。這是因爲，用月相詞語紀時，是周初才有的制度，商代沒有。既然沒有時間記載，那麼銅器銘文的歷史斷代就靠器型花紋、所記歷史事件、字形特點等，看這些特徵、信息與哪個王有密切關係，因而予以確定。這些構成了歷史斷代的標準。如果是新出土的，還可以根據坑位關係來確定銅器的年代。考古學上根據器型花紋確定歷史年代的方法稱之爲器物學方法，根據所記歷史事件等信息確定歷史年代的方法，郭沫若稱之爲標準器斷代法，根據字形特點等特徵確定歷史年代的方法稱之爲文字學方法，根據坑位關係來確定銅器的歷史年代的方法稱之爲考古學方法，根據銅器銘文的時間記載（主要是時間要素齊全的銅器銘文）確定銅器銘文的歷史年代的方法稱之爲曆法斷代法。各種斷代方法各有所長，亦各有所短，根據涉及的銅器銘文不同而有所側重。綜合運用相關歷史斷代方法當然最好，不過好多銅器銘文本身並沒有提供較爲完整的相關信息，所以只能根據某一兩種方法來推定銅器銘文的相對（具體王世）和絕對的（公元紀年）歷史年代。〔註 8〕

陳夢家將召尊、召卣器型系聯了員父尊、嬴季卣、作冊䰧卣、作冊睘卣、作冊睘尊五件銅器之後說：「由此形制的銘辭的聯繫關係，可以得到以下的結論。」現撮其要移錄於下：

（1）所有諸器的王是成王，王姜是成王的君后，凡此諸器以及可與此諸

〔註 8〕葉正渤、李永延：《商周請銅器銘文簡論》第 114～117 頁，中國礦業大學出版社 1998 年。

器相系聯的各器，都是成王時代的。

（2）「隹王十又九年」可以確定爲成王十九年，則成王在位至少 19 年。

（3）召和令諸器，依其史實乃屬於成王初期的，而召器和成王十九年的睘器在形制和花紋上是極其近似的，只有字體稍有早晚的差別。

（4）召所作的尊、卣與成王以前殷器的形制有所不同，它們代表了成王時代典型的「西周」尊和卣的形式。

（5）由於樸素的召器與繁縟的令器同屬於成王初期，可知銅器的年代不決定於花紋的繁簡。但簡樸式乃西周初期成、康兩朝較爲流行的風尚，與繁縟式並行；西周初期以後，則中庸式更爲盛行。（第 33 頁）

本文以爲，陳夢家之說具有結論性，可以作爲我們判定武成時期銅器銘文的參考。

一、武王時期銅器銘文

郭沫若在其《兩周金文辭大系圖錄考釋》一書中，武王時期的銅器銘文列有大豐簋（又名天亡簋、朕簋）和小臣單觶二器。

陳夢家在其《西周銅器斷代》一書中，武王時期的銅器銘文列有天亡簋和保卣二器。

唐蘭在其《西周青銅器銘文分代史徵》一書中，武王時期的銅器銘文列有利簋和朕簋二器。利簋是 1976 年 3 月新出土的青銅器。朕簋，又名大豐簋、天亡簋。

彭裕商在其《西周青銅器年代綜合研究》一書中，武王時期的銅器銘文只列了天亡簋。

武王克商後在世的時間不長，所以武王時期鑄的銅器不多。

二、成王時期銅器銘文

郭沫若在其《兩周金文辭大系圖錄考釋》一書中，成王時期的銅器銘文列有令簋、令彝、鬮卣、明公簋、禽簋、睘卣、趞（遣）尊、中齋一、中齋二、中觶、中甗、疐鼎、班簋、小臣謎簋、御正衛簋、呂行壺、小臣宅簋、師旂鼎、大保簋、奎鼎、員卣、員鼎、厚趠齋、令鼎、獻侯鼎、臣辰盉等二十七件器。

陳夢家在其《西周銅器斷代》一書中，成王時期的銅器銘文按照事例，分爲：

克商：小臣單觶、康侯簋、宜侯夨簋，

伐東夷：𪫑方鼎、旅鼎、小臣謎簋、疐鼎、𡨦鼎，

伐東國：明公簋、班簋，

伐蓋楚：禽簋、岡劫尊、令簋，

白懋父諸器：召尊、小臣宅簋、御正衛簋，

明保諸器：令方彝、作冊𦉢卣、士上盉，

燕、召諸器：小臣䖒鼎、大保簋、匽侯盂，

畢公諸器：召圜器、獻簋、奚方鼎、小臣逋鼎、作冊䰧卣，

「王才」諸器：趞卣、作冊睘卣、獻侯鼎、盂爵、蔡尊、新邑鼎、士卿尊，

其他諸器：臣卿鼎、克作父辛鼎、豈卣、息白卣、中作祖癸鼎、耆簋、䳭簋、亳鼎、交鼎、鄂叔簋、鄂侯弟口季卣、鄂季簋、德方鼎、德簋、弔德簋、𡧊尊、中盤，等 53 件器。

以下 12 件器未作存目：後趠方鼎、員卣、員父尊、簋、小臣傳卣、史𦤎簋、丁侯鼎、盂卣、吕鼎、憖卣、尊、䎽卣；

以下 14 件器定爲成康銅器：史叔隋器、北子方鼎、應公觶、𪓐簋、井侯鼎、小子生尊、𡨦尊、耳尊、𤔲鼎、史獸鼎、小臣靜卣、耳卣、靜簋、靜卣。

唐蘭在其《西周青銅器銘文分代史徵》一書中，分爲周公器和成王器兩部分。

周公：周公方鼎、沐司徒𨔲簋、康侯豐方鼎、作冊疐鼎、小臣單觶、禽鼎、禽簋、太祝禽方鼎、岡劫尊、𪫑鼎、王奠新邑鼎、𠿒士卿尊；

成王：賓尊、賓卣、保卣、卿鼎、卿簋、德方鼎、德鼎、德簋、弔德簋、𡨦尊、口卿方鼎、余簋、獻侯顯鼎、敕𩁹鼎、應公鼎、北白炈尊、北白炈卣、𡨄農鼎、延盤、小臣䖒（𧇡）鼎、堇鼎、圉甗、圉方鼎、伯矩鬲、伯矩鼎、復尊、復鼎、攸簋、中鼎、亞盉、匽侯餗盂、匽侯旅盂、斐方鼎、季卣、征角、小子夫尊、佳簋、㚖婦觚、㚖婦爵、𡚬簋、𡚬鼎、賢簋、䳭簋、亳鼎、𠚍盂、蔡尊等。

彭裕商在其《西周青銅器年代綜合研究》一書中，成王時期的青銅器按照事例分爲：

武王伐紂：利簋；

成王平叛及相關諸器：沬司徒逘簋、小臣單觶、禽簋、剛劫器（尊、卣）、方鼎、太保簋、旅鼎；

有關新邑、成周及殷遺諸器：何尊、德器（德方鼎、德鼎、德簋、叔德簋）、周甲戌方鼎、保卣、我方鼎、嗷士卿尊、臣卿器（鼎、簋、卿觚、卿尊、卿卣）、柬鼎；

有關太保、匽侯諸器：克器（克盉、克罍）、堇鼎、圉器（方鼎、甗、簋、卣）、伯矩鬲、臣榭簋底、小臣[illegible]鼎、亞盉；

有關康侯諸器：康侯方鼎、作冊甫鼎；

其他：效父簋、揚方鼎。

以上四位學者的著作，屬於周代銅器銘文歷史斷代的專題研究性質，尤其是後三位學者的著作，更主要是做西周銅器斷代研究的，所以，本文也以這四位學者的研究成果爲參考。其他學者有關銅器的分期斷代研究，這裡恕不逐一列舉了。根據以上所列四位學者所定武王和成王時期的青銅器銘文來看，除了少部分器名不同而外，分歧還是存在的而且是比較大的，本文將在討論具體銅器銘文時有所介紹。但是，本文推定哪些銅器銘文屬於武王時所鑄，哪些屬於成王時所鑄，既參考以往學者們的研究，同時也根據本文作者的研究。在探討這些銅器銘文所屬歷史時代時，同時也探討這些銅器銘文所反映出來的歷史語言文化信息，將在本文相關章節裏詳細分析研究。結合以往學者們的研究，武成時期的銅器銘文，本文也列出細目，以使研究的目標既明確且相對集中。

武王時期銅器銘文：利簋、朕簋（大豐簋、天亡簋）；共計 2 件；

成王時期銅器銘文：

1、周公與征東夷銅器銘文：沬司徒疑簋、小臣單觶、沬伯疑鼎、沬伯疑尊、疑鼎、疑盤、康侯豐方鼎、康侯鬲、作冊疐鼎、小臣謎簋、御正衛簋、呂行壺、呂壺蓋、小臣宅簋、召尊、召卣、明公簋、作冊睘卣、作冊睘簋、司鼎、厚趠方鼎、𪓐鼎、師旂鼎、作冊旂尊、作冊旂觥、遣尊、遣卣、禽簋、太祝禽方鼎、犅劫尊、犅劫卣、塱鼎；共計 32 件；

2、成王銅器銘文：新邑鼎、鳴士卿尊、新邑戈、何尊、何簋、德方鼎、叔德簋、德鼎、德簋、獻侯顯鼎、勅書鼎、盂爵、盂卣、成王方鼎、成周鈴一、揚鼎、應公鼎、應公簋、應公觶、應公尊、應公卣；共計 21 件。

3、召公銅器銘文：太保鼎、太保方鼎、太保簋、旅鼎、太保卣、御正良爵、叔簋一、叔簋二、小臣𧃲鼎、匽侯簋、匽侯盂一、匽侯盂二、匽侯盂三、堇鼎、太保罍、太史盉、保卣、保尊、召圜器、獻簋、奚方鼎，共計 21 件；

4、其他銅器銘文：𦍩簋、臣卿鼎、臣卿簋、圉（圉）鼎、圉（圉）甗、圉簋（白魚簋）、效父簋一、效父簋二、伯矩鼎一、伯矩鼎二、伯矩鬲、伯矩甗、伯矩盤、矩盤、復鼎、復尊、攸簋、中鼎、寓鼎、憻季遽父卣、亞盉、作冊䰧卣、作冊䰧尊、作冊夨令簋、作冊夨令方彝、作冊夨令尊、息伯卣、息伯卣蓋、商尊、商卣、旂鼎一、旂鼎二、旂簋、旟鼎、亳鼎、𢆶簋、奢簋、臣辰盉、臣辰父癸鼎、臣辰父乙鼎、臣辰父乙鼎、元尊、小臣傳卣、叔夨方鼎、𦃃簋殘底、賢簋之一、不壽簋、圓方鼎、燕侯旨鼎、公太史鼎、曆盤、征盤；計 50 餘件。總共約 100 餘件。

這 100 餘篇銅器銘文雖然不是武成時期所鑄銅器銘文的全部，但也可以說足以代表了那個時代銅器銘文和金文的特點了。在研究方法上，這叫不完全邏輯歸納法。運用不完全歸納法進行研究，所得出的結論也同樣是成立的。

本書所附銅器器型、銘文拓片以及有關器型描述，均採自吳鎮烽《商周青銅器銘文暨圖像集成》（簡稱《圖像集成》）一書，標出該書所在的冊數以及頁碼，同時還標出社科院考古所編的《殷周金文集成》（修訂增補本）（簡稱《集成》）的編號，以便讀者核對、查閱。

第二章　武成時期銅器銘文考釋

西周中心區域地圖

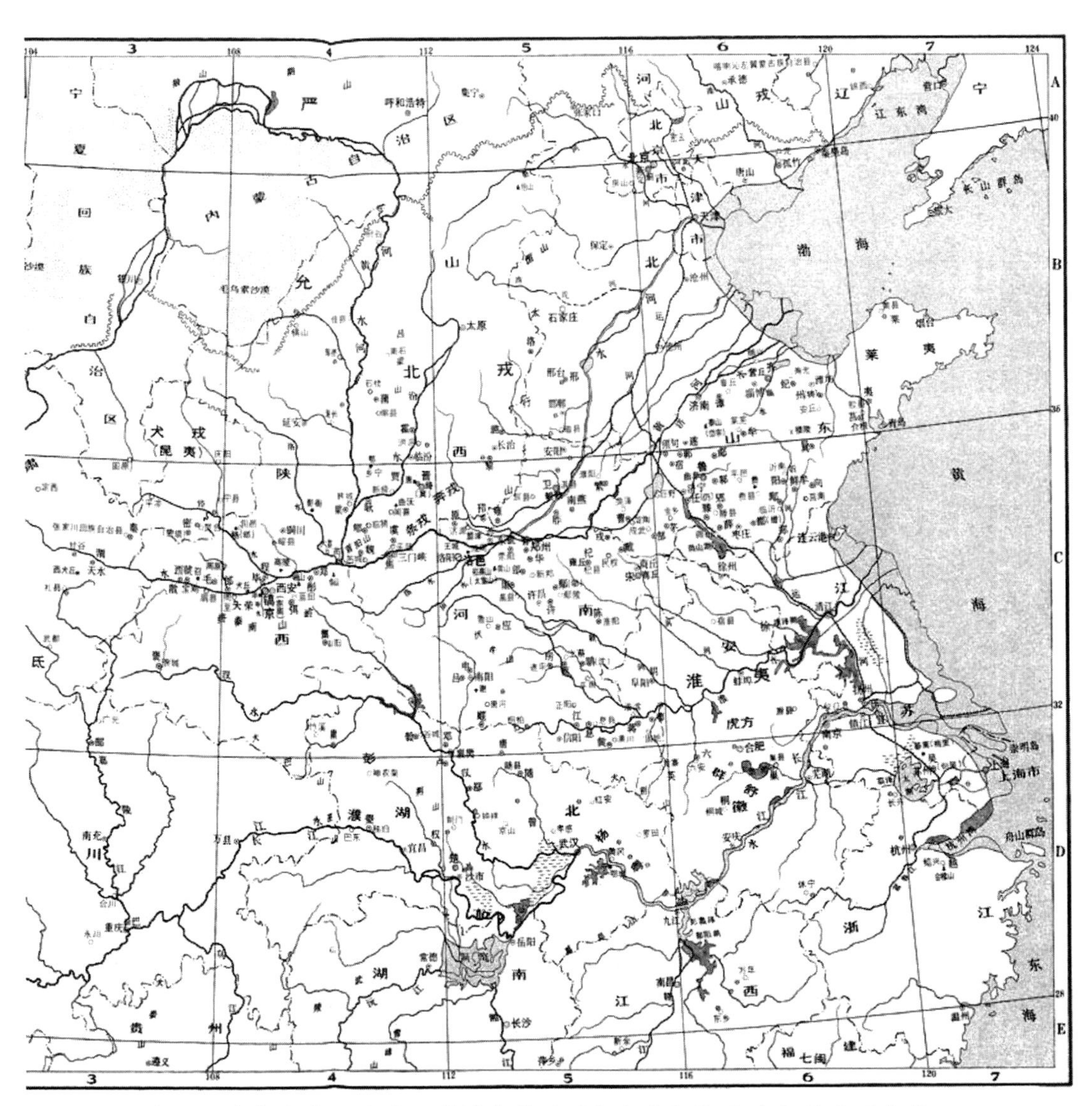

爲便於讀者查檢，更爲了使讀者對西周初年有個較爲清晰的空間印象，特據《中國史稿地圖集》加工整理。（中國地圖出版社 1979 年）

第一節　武王時期銅器銘文考釋

武王時期的銅器銘文，無論是流傳下來的，還是新近出土的都比較少。比較可信的只有利簋和大豐簋（朕簋）兩件，而前者還有學者認為是成王時期鑄的。

·利簋

侈口，獸首雙耳垂珥，垂腹，圈足下連鑄方座。器身、方座飾饕餮紋，方座平面四角飾蟬紋。方座青銅簋始見於西周武成時期，腹內底鑄銘文 4 行 32 字。（圖像集成 11-41，集成 04131）〔註 1〕

參考釋文

珷（武王）征商，隹（唯）甲子朝，歲鼎（對），克聞夙又（有）商。辛未，王才（在）𩰫（闌、管）𠂤（師），易（錫）又（有）事利金，用乍（作）𢆶公寶隩（尊）彝。

武王征商，古籍文獻多有記載。古文《尚書·武成》:「惟一月壬辰旁死魄，越翼日癸巳，王朝步自周，於征伐商。」《尚書·牧誓》:「時甲子昧爽，

〔註 1〕本文所有圖像、銘文影印件，有關器型紋飾描述均採自吳鎮烽《商周青銅器銘文暨圖像集成》，上海古籍出版社 2012 年。

王朝至於商郊牧野，乃誓。」《逸周書・世俘》:「惟一月丙辰旁生魄，若翼日丁巳，王乃步自於周，征伐商王紂。越若來二月既死魄，越五日甲子，朝至接於商，則咸劉商王紂。」咸劉，殺也。古本《竹書紀年》:「十一年庚寅，周始伐商」;「王率西夷諸侯伐殷，敗之於坶野」。坶野，即商郊牧野。《荀子・儒效》篇:「武王之誅紂也，行之日以兵忌，東面而迎太歲」，楊倞注:「迎，謂逆太歲。《尸子》曰『武王伐紂，魚辛諫曰:歲在北方，不北征。武王不從』。」《國語・周語》:「昔武王伐殷，歲在鶉火」，韋昭注:「歲，歲星也。鶉火，次名，周分野也。」《史記・周本紀》所記略詳。銘文「珷征商，隹甲子朝，歲鼎。克聞，夙有商」，印證了史籍文獻的記載。〔註2〕

珷，是「武王」二字的合書，也是武王的專用字。甲子，干支名。，象陳尸於丌之形，用作地支「子」字。這種寫法見於甲骨文和武成時期金文。朝，從倝（象霞光四射形）舟聲。歲鼎，這二字的解釋學界爭議頗多，或讀作「歲對」、「歲當」，表示歲星當前的意思，以《荀子・儒效》篇的記載爲證。克，能。聞，聽聞，下達上也。夙，從丮（象雙手上指形）從夕，小篆「夙」字寫法與此相同。或隸作「揚」，當是「夙」字。有商，有，詞頭，無意義；商，指商王朝。𩀐，從宀從柬間聲，或隸作「闌」，于省吾最早讀作「管」，謂是管叔所封之地；或讀作「簡」，商代地名，也見於商末戍嗣子鼎和阪方鼎銘文等。

戍嗣子鼎銘文：丙午，王賞戍嗣子貝廿朋，在闌宗，用作父癸寶餗。唯王館闌大室，在九月。犬魚。(集成：5.113，2708)

阪方鼎銘文：乙未，王賓文武帝乙彡（肜）日，自闌，王返入闌。王商（賞）阪貝，用作父丁寶僔彝。在五月，唯王廿祀又二。魚。(彙編：P1073，1566。)

據戍嗣子鼎銘文，管這個地方有商王朝的太室，可見此處之重要。釋作「管」，當是可信的。《逸周書・大匡》:「惟十有三祀，王在管，管叔自作殷之監。」十三祀是武王克殷之年。關於管的地望，有說是今鄭州市管城區之管，蔡運章在《「𩀐師」新解》一文中考證說，𩀐師是今河南的偃師；但鄭傑祥在《武成時期銅器銘文「王在闌師」與「王祀于天室」新探》一文中引《左傳・宣公十二年》(楚師)「次於管以待之，晉師在敖、鄗之間」。杜預注:「滎陽京縣東北有管城。」清人張調元《京澳纂聞》:「晉以前之管，在今鄭州西北二十里石佛集。代移物換，遺

〔註2〕葉正渤：《金文標準器銘文綜合研究》第71～73頁，線裝書局2010年。

跡罕存，惟石佛集北石佛寺中，有宋慶曆八年（一〇四八年）幢子，石刻云：『奉寧軍管城縣管鄉』云云，宋以前此爲管鄉，其地正在京縣城東北，則其爲古管國明矣」的考釋，結合考古發掘資料，認爲管在今鄭州市西北郊的石佛鎮一帶。〔註3〕 鬲，根據戍嗣子銘文記商王在鬲（管），且此處有大室，大室是宗廟或王宮中間較大的一間，是王（天子）處理政事、諸侯朝見天子的地方。結合甲骨卜辭和傳世文獻的有關記載來看，筆者以爲，很可能就是商王紂中晚期經常居住的所謂殷都朝歌。此時殷都名義上仍在殷墟安陽，實際上商王紂常居於朝歌，故後世文獻稱爲殷都朝歌。據考證朝歌故城在今河南淇縣城北。徐明波副教授在《商紂王都朝歌說新解》一文中也懷疑簡或簡師就是商紂王所居的朝歌。她說：「（簡）地，史書未見，或許『簡』爲殷人對朝歌之地的稱呼？」又曰：「商王帝乙並未徙都，帝辛都於朝歌應該是其晚年之事。」〔註4〕筆者以爲，根據坂方鼎和宰椃（háo）角銘文，商紂王應該在其二十二祀之前就都於朝歌，而紂王經營朝歌則更在其前，所以筆者說商紂王中晚期經常居住的所謂殷都朝歌。天子已移居朝歌了，其他公卿貴族及史官等大臣也隨遷。這樣，行政中心就不在殷墟安陽了，所以殷墟就沒有帝辛時期的甲骨出土。這是根本原因。

由此可見，利簋是武王克商後不久一個名叫利的有事所鑄的祭器，是武王時期的一件標準器。彭裕商先生認爲「本器既已有武王稱謂，則器之作必在武王之後的成王初年，只是所記爲武王伐紂之事。」〔註5〕。不過，利簋所記的時間的確是武王克商時的，且比大豊簋（朕簋）所記的時間還要早一個多月，大豊簋所記是武王返回宗周以後在太廟祭祀文王的事。〔註6〕

有事，西周職官名。利，人名，擔任有事之職。旜（檀）公，有事利的先人。隮，從阜從奠，此字當隸作「奠」，而不應當隸作「尊」。隮，聞一多、陳夢家皆讀爲「奠」，祭也，銘文中表示所鑄禮器的用途。〔註7〕但是，此字的隸

〔註3〕鄭傑祥：《武成時期銅器銘文「王在闌師」與「王祀於天室」新探》，《中原文化研究》2013年第4期；蔡運章：《「鬲師」新解》，《中原文物》1988年第4期。

〔註4〕徐明波：《商紂王都朝歌說新解》，《紀念徐中舒先生誕辰120週年國際學術研討會論文集》第901、902頁。（待出版）

〔註5〕彭裕商：《西周青銅器年代綜合研究》第49～51及第216頁，巴蜀書社2003年。

〔註6〕葉正渤：《金文標準器銘文綜合研究》第71頁，線裝書局2010年。

〔註7〕聞一多：《大豊簋考釋》，《古典新義》第603～608頁，上海古籍出版社1957年。

定學界沿襲已久，不易改隸。知錯不改也！

武王克殷後在世的時間，傳世文獻一說二年。《逸周書・世俘》：「惟四月乙未日，武王成闢四方，通殷命有國。」《書・金縢》：「既克商二年，王有疾，弗豫。」《逸周書・作雒》：「武王克殷，乃立王子祿父，俾守商祀，建管叔於東，建霍叔於殷，俾監殷臣。武王既歸，乃歲十二月崩鎬。」如何理解《作雒》篇的「武王既歸，乃歲十二月」？有說是就在這一年的意思，即克商當年十二月，有說是第二年的十二月。本文結合《逸周書・武儆》篇：「惟十有二祀四月，王告夢。丙辰，出金枝郊寶開和細書，命詔周公旦立後嗣，屬小子誦文及寶典」的記載（此是始伐商之年，武王業已生病且安排了後事），認爲「乃歲」就是武王克殷既歸之歲，即《逸周書・大匡》「惟十有三祀，王在管，管叔自作殷之監」之年，因此定武王在位一年。〔註 8〕本器是武王時期的標準器之一。〔註 9〕有說武王在位七年，恐不可信。雖然武王在位的時間說法不一，但總的來說武王克殷後在位時間不長。所以，武王時期王室和貴族大臣所鑄的銅器不多。

最近，筆者在網上搜到一幅天文圖，有位名叫古石的博客在網上公佈了他根據實用萬年曆 V6.15 軟件和「虛擬天文館」Stellarium V0.11.3 星空軟件查詢到公元前 1093 年 3 月 27 日（農曆三月二十一甲子日）20：23 分歲星正好位於天頂，認爲唯有該年天文現象符合武王克商的傳世文獻和地下出土文獻的記載。〔註 10〕該天象與筆者所推武王克商年完全吻合。

本篇銘文裏出現的人名有：珷，武王，且武王是生稱，而非死謚。有事，職官名，利，鑄器者人名，利的先人旜（檀）公。唐蘭說：「由此可見檀利被賜，還在兵馬倥偬之際，他顯然是武王身邊的重要人物之一，因此，他可能就是檀伯達，也很可能就是遷九鼎的南宮伯達。」〔註 11〕本文以爲，唐蘭的推測還是有文獻根據的。

〔註 8〕葉正渤：《金文四要素銘文考釋與研究》第 2 頁，花木蘭文化出版社 2015 年；《金文曆朔研究》前言，上海古籍出版社 2016 年。

〔註 9〕葉正渤：《金文標準器銘文綜合研究》第 75 頁，綫裝書局 2010 年。

〔註 10〕周王年代斷，作者：歡樂英雄。古石・新浪博客。http://blog.sina.com.cn/Kelly513410804。

〔註 11〕唐蘭：《西周青銅器銘文分代史徵》第 11 頁，中華書局，1986 年。

·朕簋

又名大豐簋、天亡簋。器體呈侈口，四獸首耳，下垂方珥，鼓腹較深，圈足下連鑄方座。器腹與圈足飾蝸體獸紋，是西周武成時期的典型器物。器內底鑄銘文 8 行 78 字。（圖像集成 11-451，集成 04261）

參考釋文

乙亥，王有大豐（禮），王凡（同）三方。王祀亐（于）天室，降天亡又（尤）。王衣（殷）祀亐（于）王不（丕）顯考文王，事喜（饎）上帝。文王〔德〕在上，不（丕）顯王乍眚（省），不（丕）緙（肆）王乍庚（賡）。不（丕）克乞（訖）衣（殷）王祀。丁丑，王鄉（饗），大宜。王降，亡（無）助，爵退櫜。唯朕有慶，每（敏）啓王休于隩（奠）白（毀）。

豐，讀作「禮」，祭禮。凡，讀作「同」，會同。天室，宗廟或明堂中央較大的廳堂，是古代天子處理政事或舉行祭祀的地方。但鄭傑祥在《武成時期銅器銘文「王在闌師」與「王祀于天室」新探》一文中以爲銘文中的天室是天室山。中嶽嵩山的主峰太室山。

降天亡（無）又（尤），本句的句讀和釋讀歷來分歧較大。或讀作「降，天亡又（祐）」。按照「降，天亡又（祐）」這種句讀，則天亡是人名，「又」讀作「祐」，祐助，可理解爲侍祭、輔佐、護駕等義。若按照「降天亡（無）又（尤）」這種句讀，則天指天室，祭祀的場所，「亡」讀作「無」，「又」讀作「尤」，差錯。結合末句「唯朕有慶，敏啓王休于奠簋」口氣來考察，這個「朕」應該是鑄器者有事利自稱，是爲臣的身份，否則「敏啓王休」便沒有著落。所以本文讀作「降天亡（無）又（尤）」，指王從天室下來，無差錯。

王，武王。衣，讀作「殷」，盛大；衣祀，盛大而隆重的祭祀。丕，大也；顯，明也；考，亡父曰顯考。丕顯考文王，非常顯赫英明的亡父文王。事，服事；喜，讀作「禧」，大祭也。或謂當讀作「使喜上帝」，意思是說「使文王討得上帝的歡心」，使上帝愉悅。此說恐非是。上帝，商周時期人們觀念中的最高主宰，常稱「昊天上帝」。商代甲骨卜辭單稱帝，武成時期銅器銘文始稱上帝。商代以開國之君大乙成湯配祭上帝，周代以文王配祭上帝。

「文王」以下三個字不太清晰，從殘筆來看似乎是「德在上」三字。文王被稱爲是仁德之君，死後靈魂陞於天，居上帝左右。參閱《詩・大雅・文王》詩句。「德」，或隸作「監」，猶言監臨，眷顧。王，應是武王。作，行、做。眚，讀作「省」，《爾雅・釋詁》:「省，善也。」不，讀作「丕」，大也。𦘔，傳世文獻作「肆」；丕肆，句首發語詞。或據文義釋作正直。庚，讀作「賡」，續也，續業，指文王未盡的事業（滅商）。或讀作「庸」，功績。《詩・周頌・武》:「於皇武王，無競維烈；允文文王，克開厥後。嗣武受之，勝殷遏劉，耆定爾功。」鄭箋:「嗣子武王受文王之業，舉兵伐殷而勝之，以止天下之暴虐而殺人者。」銘文所言當指此。

不，讀作「丕」。克，能、能夠。乞，讀作「訖」，終止。衣（殷）王祀，殷王祀。陳夢家謂此句意爲能終止殷王的祭祀。（第 5 頁）或以爲此說爲非。參閱《金文標準器銘文綜合研究》第 77 頁。

鄉，讀作「饗」，宴饗三方諸侯。宜，宜祭，王國維說是禮俎，把肉放在有隔的托盤裏祭祀祖先。王降，武王從宴會下來。亡，讀作「無」。助，從貝力，字書所無，前之學者讀作「勩」，有勞苦、勞累義；無勩，猶言不感到勞累。爵退橐，這三個字及其意義歷來解釋也頗有爭議。爵，有人解釋爲酒爵，即敬酒。退橐，或讀作「退囊（讓）」，有謙讓義。本文以爲，爵退橐，意當爲武王舉起酒爵當眾宣佈，從今日起閉藏兵甲，即《武成》「偃武修文，歸馬於華山之陽，放牛於桃林之野，示天下弗服」，《國語・周語上》引《詩・周頌・時邁》「載戢干戈，載櫜弓矢」，韋昭注：「言天下已定，聚斂其干戈，韜藏其弓矢，示不復用也」之意。

朕，鑄器者自稱。慶（慶），《說文》心部：「行賀人也。從心從夂。吉禮以鹿皮爲贄，故從鹿省。」〔註12〕銘文指值得慶賀的喜事。或釋作「蔑」，非是，銘文字跡很清楚從「鹿」。每，讀作「敏」，敬也；啓，開也；敏啓，宣揚、頌揚。王休，王的美好賞賜。白，是毁（簋）字的左上殘文。僔簋，祭祀用的彝器。

銘文「衣祀于王丕顯考文王，事喜上帝。文王〔德〕在上」，衣祀，讀作「殷祀」，盛大的祭禮。衣祀的對象是王丕顯考文王，可知銘文中單稱之王，只能是文王之子武王。《史記・周本紀》：「明年，西伯崩，太子發立，是爲武王」；「武王即位，太公望爲師，周公旦爲輔，召公、畢公之徒左右王，師修文王緒業。」古文《尚書・武成》：「我文考文王，克成厥勳，誕膺天命，以撫方夏。」銘文稱顯考，《武成》稱文考，皆是武王稱文王的謚美之辭。

銘文言「王有大禮，王同三方。王祀于天室」，「王衣祀于王丕顯考文王，事喜上帝」，「王饗，大宜」，「爵退櫜」等語，與今本《竹書紀年》：「夏四月，王歸於豐，饗於太廟」；《武成》：「厥四月哉生明，王來自商，至於豐……丁未，祀於周廟。邦甸侯衛，駿奔走，執豆籩」；《逸周書・世俘》：「時四月既旁生魄，越六日庚戌，武王朝至，燎於周」，所言應是同一回事。所以，大豐簋是武王克商後回到宗周在祖廟裏祭祀文王後所鑄，是武王時期的一件標準器。〔註13〕結合文獻記載來看，天室就不可能是太室山，而是明堂中央之天室。

本篇銘文裏出現的人物有：王、顯考文王。

第二節　成王時期銅器銘文考釋

一、周公與征東夷銅器銘文

周公，文王之子。文王與元妃太姒，共生十子，依次是：伯邑考，武王發，

〔註12〕許慎：《說文解字》第218頁上，中華書局1983年。以下所引《說文》均據該書，轉引自漢典網。

〔註13〕葉正渤：《金文標準器銘文綜合研究》第74～78頁，綫裝書局2010年。

管叔鮮，周公旦，蔡叔度，曹叔振鐸，成叔武，霍叔處，康叔封，冉季載，伯邑考早亡。周公又稱周公旦，或周文公，是武王、管叔之弟，在武王諸弟中最有才能。《史記・周本記》曰：「武王即位，太公望爲師，周公旦爲輔，召公、畢公之徒左右武王，師修文王緒業。」輔，是太宰之職，爲三公之一。

《禮記・明堂位》曰：「武王崩，成王幼，周公踐天子之位以治天下，六年朝諸侯於明堂，制禮作樂，頒度量而天下大服。」《禮記・文王世子》：「周公相，踐祚而治。」《荀子・儒效》篇記曰：「大儒之效：武王崩，成王幼，周公屏成王而及武王以屬天下，惡天下之倍（背）周也。履天子之籍，聽天下之斷，偃然如固有之，而天下不稱貪焉；殺管叔，虛殷國，而天下不稱戾焉。……教誨開導成王，使諭於道，而能揜跡於文、武。周公歸周，反籍於成王。……是以周公屏成王而及武王以屬天下，惡天下之離周也。成王冠，成人，周公歸周反籍焉，明不滅（蔑）主之義也。」《淮南子・氾論訓》：「武王崩，成王幼少，周公繼文王之業，履天子之籍。」高誘注：「籍或作阼。」《史記・魯周公世家》：「武王既崩，成王少在強（繈）葆（褓）之中，周公恐天下聞武王崩而畔，周公乃踐祚，代成王攝行政當國。」這就是史稱「周公攝政」。可見周公攝政是在特定歷史背景下西周王室採取的特殊處置措施。

周公攝政，既沒有稱王，也沒有改元和單獨紀年。因爲這不符合西周的政統和體制（嫡長子世襲制）。周公攝政期間，發生了武庚祿父和「三監之亂」。《尚書・大誥》序曰：「武王崩，三監及淮夷叛，周公相成王，將黜殷，作《大誥》。」孔（安國）傳：「相，謂攝政。」《逸周書・作雒》：「周公立相天子，三叔及殷東徐、奄及熊盈以略。」《呂氏春秋・古樂》篇：「成王立，殷民反。王命周公踐伐之。商人服象，爲虐於東夷，周公遂以師逐之，至於江南。」《史記・周本紀》：「周公乃攝行政當國，管叔、蔡叔群弟疑周公，與武庚作亂叛周。」

周公以成王之命進行了東征、伐淮夷，鎮壓了「三監之亂」，從而鞏固了西周政權。《逸周書・作雒》：「二年，又作師旅，臨衛征殷，殷大震潰，降辟三叔，王子祿父北奔。」今本《竹書紀年》：「三年，王師滅殷，殺武庚祿父」；「遷殷民於衛」；「遂伐奄」；「滅蒲姑」。《漢書・地理志》：「薄姑氏與四國共作亂，成王滅之。」這個時期有幾件銅器銘文記載此事並流傳下來。此外，還有其他一些銅器銘文也是周公時所鑄的。

·沫司徒𢓊（疑）簋

又稱康侯簋。侈口束頸，腹微鼓，高圈足加寬邊。獸首耳垂長方形小珥。頸和圈足相間排列火紋和四瓣目紋，腹部飾直條紋。器底鑄銘文 4 行 24 字。（圖像集成 10-384，集成 04059）

參考釋文

王來伐商邑，祉（徙）命康侯啚（鄙）于衛。渣（沫）嗣（司）土（徒）𢓊（疑）眔啚（鄙）乍（作）乁（氒、厥）考𩰫彝。𠬝（㽕、思）。

本篇銘文裏的王不是武王，而是成王，即《書序》所說：「武王崩，三監及淮夷叛，周公相成王，將黜殷，作《大誥》」；以及「成王東伐淮夷，遂踐（戔）奄，作《成王政（征）》」裏的成王。因爲銘文記誕命康侯鄙於衛，這是成王時事。衛，原朝歌故地。康叔封于此後改名曰衛。今本《竹書紀年輯校》：「遷殷民於衛。」引《尚書序》曰：「成王以殷餘民封康叔。」《左傳・定四年》：「分康叔以殷民七族。」《史記・衛康叔世家》：「衛康叔名封，周武王同母少弟也。其次尚有冉季，冉季最少。」「武王既崩，成王少。周公旦代成王治，當國。管叔、蔡叔疑周公，乃與武庚祿父作亂，欲攻成周。周公旦以成王命興師伐殷，殺武庚祿父、管叔，放蔡叔，以武庚殷餘民封康叔爲衛君，居河、淇間故商墟。」

所以，這個康侯就是衛康叔，或稱康叔封，銘文稱「康侯豐」。參閱下文康侯豐方鼎銘文。

商邑，甲骨卜辭亦稱大邑商，或因紂時稍大其邑而得名。本篇銘文王來伐商邑，當指朝歌。朝歌，本稱沬邑，據文獻記載商王武丁始都之。帝辛時改稱朝歌，意爲朝歌暮舞之所，是晚商的輔助都城，在河南淇縣境，並非盤庚遷殷的都城殷墟，今安陽。據本篇銘文，此時沬邑已改稱衛，並改封康叔於此。

征，從彳從止，字書所無，甲骨文、金文常見，學界解釋亦頗多。或讀作「徙」，徙封、改封；或讀作「誕」，發語詞。康侯，即康叔封。武王克殷後首封康叔封於陽翟（今河南禹州市）康城，成王平定「三監之亂」後又徙封於衛。啚，讀作鄙，本義是邊邑，銘文「王來伐商邑，徙命康侯鄙於衛」，這是成王命康侯防守於衛。涾，從水從沓，字書所無，唐蘭釋作「沬」，衛地名，在今河南浚縣與淇縣交界處。或即沬邑之「沬」字的初文。

司徒，西周所置職官名。，從辵[illegible]聲，讀作「疑」，人名，擔任沬地的司徒。眔，及也，連詞。啚，讀作「鄙」，有協助防守之義。乀，讀作「氒、厥」，其，代詞。這是西周初期始見的一種用法。考，亡父曰考，周初銘文稱考，商代晚期銘文稱父。尊彝，祭祀用的彝器。（田、思），是沬司徒疑家族的徽號，郭沫若稱之爲族徽。，也見於商代銅器銘文。商代銘文還有將人名（疑）字置於「亞」形框之中、之下者，今人隸作「亞疑」。

本篇銘文中的這個疑擔任司徒之職，而司徒是西周才設置的職官名。銘文中既有商代銅器銘文的族徽，但銘文所記卻是武成時期才發生的事件（王來伐商邑，命康叔於衛），這只能說明鑄器者沬司徒疑是商代遺民而爲周王室所用者。

所謂商代遺民，是指武王滅殷後商王朝遺留下來的貴族大臣，即《尚書·多士》成王所說的「爾殷遺多士」。《書序》曰：「成周既成，遷殷頑民，周公以王命誥，作《多士》。」這些「多士」是商王室的貴族成員，這些遺老們往往掌握商先進的文化知識，具有一定的統治經驗或軍事才能。這些「多士」當中願意服從西周王室統治且願意效力者，因而爲西周王室所用。所以在他們所鑄的銅器銘文中，一方面保留了很明顯的商代銅器銘文的某些特徵，另一方面也與時俱進，具有經過改革的周初武成時期銅器銘文的某些元素。這種現象就是馬承源所說的：「在克商之後，周人接受了青銅鑄造工業和工藝奴隸，這些轉而爲周人服務的手工業產品，至少在一個時期內還是原來的模式，因此出現了一批商器周銘的青銅器。」〔註 14〕所謂「商器周銘」，就是器型紋飾等仍然沿襲商代的模式，而所鑄銘文體例內容等則是周初武成時期的。這些銅器貌似商代器，實爲周初商代遺民所鑄。這是因爲青銅器器型紋飾等要素具有一定的延續性、漸變性，而銘文體例和內容則隨時而變。這種商器周銘的現象，彭裕商先生也曾有所論述。〔註 15〕

銘文中出現的人名有：王、康侯、沬司徒疑；地名：商邑、衛。

・小臣單觶

橢扁體，侈口，束頸，鼓腹。頸飾一周首尾相連的龍紋與鳳鳥紋，裝飾簡樸。內底鑄銘文 22 字。（圖像集成 19-471，集成 06512）

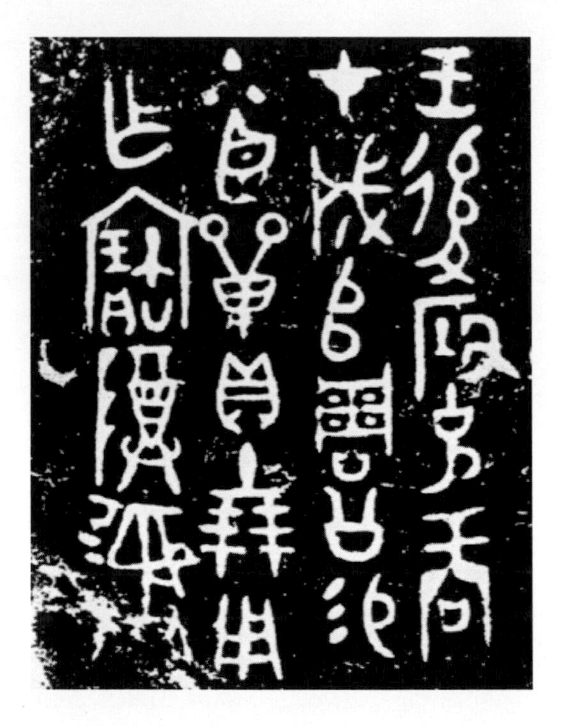

參考釋文

王後阪（反），克商，在成師。周公易（賜）小臣單貝十朋，用作寶彝。

〔註 14〕馬承源：《中國青銅器》第 429 頁，上海古籍出版社 1996 年。轉引自黃德寬《古漢字發展論》第 127、128 頁，中華書局 2014 年。但黃德寬先生書注爲第 416 頁，他用的馬承源書是上海古籍出版社 2013 年版。

〔註 15〕彭裕商：《新邑考》，《歷史研究》2000 年第 5 期。彭裕商《述古集》第 452～470 頁，巴蜀書社 2003 年。

後，在後。阪，讀作「返」。克商，打敗商的叛亂。此次克商並非武王克商，而是成王平息武庚祿父反叛與三監之亂。因爲此時已有成師，武王時尚未來得及組建，故乃成王時事也。成師，駐軍名，位於成地的駐軍，亦用作地名。周公，周公旦，人名，擔任宰之職。小臣，職官名。單，人名，擔任小臣之職。

郭沫若以爲「此武王克商時器」。唐蘭將其列爲周公時器，並云：「從這件器銘裏可以看到，在商邑將攻克的時期，已經派兵去伐奄，小臣單大概是在這支軍隊裏的。成王、周公是在商邑攻克後才去的。在成師和這支軍隊會合。」〔註 16〕本篇銘文裏的王是成王，銘文裏既有（成）王，又有周公，說明王是王，周公是周公，周公並未稱王，故周公稱王說無據，不可信。

又，本篇銘文裏有駐軍名成師，這是西周王朝建立以後的事，在武王克商之前周王室不可能有駐軍名成師者。由此來看，本器應該是成王時器物，銘文所記是成王踐奄過程中事。

銘文中出現的人名有：王、周公、小臣單；王朝名：商；地名：成師。

·沐伯疑鼎

器內壁鑄銘文 8 字。（圖像集成 3-481，集成 02344）

〔註 16〕唐蘭：《西周青銅器銘文分代史徵》第 74、75 頁，中華書局 1986 年。所有圖像、銘文均採自吳鎮烽《商周青銅器銘文暨圖像集成》，上海古籍出版社 2012 年。下同。

參考釋文

（朋）。渣（沐）伯𤔲（疑）作寶尊彝。

朋，當是沐氏家族的族徽，也見於上一器。渣（沐）伯疑，人名，沐當是衛之前的地名，伯是排行，疑是私名，與沐司徒疑簋銘文中的沐司徒疑是同一人。沐伯疑還鑄有尊、壺、卣等器，銘文字數、字體與本器相同。（集成 05363、05364）

銘文中出現的人名有：沐伯疑；族徽：（朋）。

·沐伯疑尊

長頸鼓腹，喇叭口，高圈足沿外侈。頸和圈足飾兩條弦紋，腹部飾雲雷紋襯底的下卷角獸面紋，兩旁填以夔龍紋。內底鑄銘文 11 字。（圖像集成 21-205，集成 05954）

參考釋文

甶，**沐伯疑作皋考寶旅𢍉彝**。

銘文「彝」字置於第一行「⺄」（皋）字之下。

銘文中出現的人名有：沐伯疑；族徽：（甶）。

這個沐伯疑與前文的沐伯疑、沐司徒疑毫無疑問當是同一人。銘文中既有沐伯疑，也有族徽。這個族徽也見於商代銅器銘文中，可見沐伯疑也是商代遺民而歸附於周王室者。

・疑鼎

斂口窄沿，口沿上有一對扭索狀立耳，腹外鼓，三柱足。口沿下飾雲雷紋襯底的獸面紋，足上部飾浮雕獸面。內壁鑄銘文 6 字。（圖像集成 3-219、220，集成 02178、02177）

器一銘文

又一器銘文

參考釋文

（甶），**疑作寶𢍉彝**。

本篇銘文中有族徽甶和人名疑，可能就是沐司徒疑，或許此時還沒有擔任司徒之職，故單稱疑。

·疑盤

內底鑄銘文 8 字。（圖像集成 25-411，集成 10078）

參考釋文

，疑作𡆥考寶𤰈彝。

本篇銘文中的「作」字反書，「𤰈」字所從的「阜」字也是反書，與其他銘文不同。

·康侯豐方鼎

器呈長方槽型，立耳方唇，細長柱足，器體四隅和四壁有山字形扉棱。口沿下飾雙列獸目紋，腹飾下卷角獸面紋。內壁鑄銘文 6 字。（圖像集成 3-250，集成 02153）

參考釋文

康侯豐作寶隩（彝）。

康侯，人名，武王弟，名豐（封）。武王克殷後封康叔封（豐）於陽翟（今河南禹州市）康城，成王平定「三監之亂」後又徙封於衛，故又稱衛康叔。武成時期鑄有「康侯」二字的銅器，還有康侯鬲、康侯觶（集成 06173）等，銘文字體皆相同，當是同一人所鑄之器。

銘文中出現的人名有：康侯豐（封）。

·康侯鬲

侈口束頸，口沿上有一對立耳，分檔款足，足下端作圓柱狀。頸部飾三列雲雷紋組成的獸面紋，腹飾雙折線紋。內壁鑄銘文「康侯」二字。（圖像集成 6-20，集成 00464）

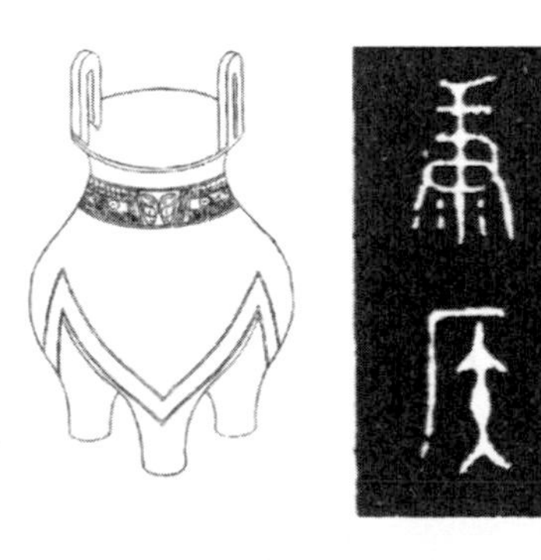

如此書寫的「康侯」二字，也見於西周早期的康侯斧銘文（集成 11778、11779），和康侯鑾鈴銘文。（集成 12020）

·作冊疐鼎

內壁鑄銘文 14 字。（圖像集成 4-187，集成 02504）

參考釋文

康侯在柯師，賜作冊疐貝，用作寶彝。

康侯，人名。此康侯當與康侯豐（封）方鼎銘文中之康侯是同一人。柯，右從木，左從丂聲，與現代漢字「柯」的結構位置左右顛倒。柯師，駐軍名，也是地名。作冊，商代和西周職官名。疐（zhì），此字為字書所無，是個獨體象形字，其造字理據不可確解，學界隸作「疐」，銘文中是人名，擔任作冊之職。武成時期有亞疐鬲（集成 00455），銘文一字，作，「疐」字寫法與此正同，或是同一人。「疐」字包在亞形框中，這是商代銘文的風格特徵，可見疐的祖先在商代可能擔任亞這種官職。

銘文中出現的人名有：作冊疐，作冊是職官名。

·小臣謎簋

又稱伯懋父簋。侈口鼓腹，頸微束，附耳一對，矮圈足下連鑄三個長鼻形足，蓋面隆起，上有圈狀捉手。蓋面飾弦紋一道，器頸飾兩道弦紋。器蓋同銘，器內、蓋內各鑄銘文 64 字。（圖像集成 11-370、373，集成 04238、04239）

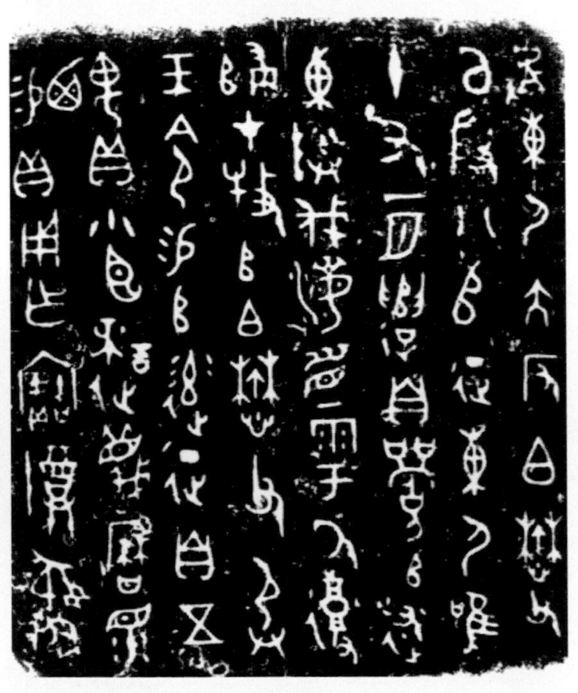

蓋銘文

參考釋文

䖒！東尸（夷）大反，伯懋父以（率）殷八師征東尸（夷），唯十又二月，遣自⿱襄象師，述東陕，伐海眉（堳）。雩！厥復歸在牧師，伯懋父承王命易（錫）師率征自五齵貝。小臣謎蔑歷，眔易（錫）貝，用作寶䵼彝。

䖒，從虘從又，字書所無，銘文中是發語詞。伯懋父，人名，伯是排行老大，父，父輩，也可以是成年男子的尊稱。伯懋父，孫詒讓說伯懋父就是成王叔父康叔封的兒子康伯髦，即《左傳・昭公十二年》:「熊繹與呂伋、王孫牟、燮父、禽父並事康王」中的王孫牟。根據本篇銘文來看，伯懋父的地位權勢的確很高，深受周王的信賴，故授以軍事大權，專征伐。從語音上看，「髦、懋、牟」三字讀音相近，可以通用。本文懷疑伯懋父是武王的異母弟毛叔鄭，此人在武王伐商過程中立有大功，封爲伯，成王時爲王卿士，故有此專征伐大權。《逸周書・克殷》記述武王宣佈克殷的典禮時曰:「群臣畢從，毛叔鄭奉明水，衛叔傅禮。召公奭贊采，師尚父牽牲」，毛叔鄭與武王諸弟同時參與典禮，可見其地位之高。

殷八師，駐紮在殷輔都故地朝歌一帶負責監視武庚祿父的西周駐軍。東夷，居住在今山東中東部及南部、江蘇北部、安徽中北部一帶的部族。

遣，派遣。自，從，介詞。⿱襄象，上從襄，下當從象聲，字書所無，銘文是地名，有周王室駐軍。陕，從阜從矢，字書所無，銘文也是地名。海堳，即海湄，海邊。齵，從鹵禺聲，字書所無，也當是地名，出產貝。小臣謎（謎），小臣是職官名，謎，從言逑聲；或隸作謎，從言迷聲，是人名，擔任小臣之職。

貝，一種海貝殼。據早期金文（商代中期），貝原來是作裝飾品用的，串起來似項鏈，掛在項上。商末周初時，可能已作爲貨幣使用，故銘文中貝常與金一起作爲賞賜物賞賜給臣下，且賞賜數量不過卅朋。蔑歷，猶言勉勵，這是武成時期銅器銘文中才出現的一個新語詞。

銘文中出現的人名有：伯懋父、小臣謎（謎）；氏族名：東夷；地名：⿱襄象師、東陕、海堳、牧師、齵。

·御正衛簋

侈口束頸鼓腹，圈足外侈，獸首耳，下有方形垂珥。口下飾卷首夔紋，以雲雷紋襯底，圈足飾一道弦紋。內底鑄銘文 23 字。（圖像集成 10-347，集成 04044）

參考釋文

五月初吉甲申，懋父賞御正衛馬匹，自王，用作父戊寶𩰫彝。

初吉，月相詞語，初一，朔日。懋父，當即白懋父，曾隨成王東征。參閱下文。御正，是職官名，類似於樂正、馬正之類，負責管理王室車馬之類的官員，衛是人名。自王，當是賞賜來自於王的意思。父戊，御正衛之亡父廟號名。

陳夢家說，此器與衛鼎爲一人所作。銘文雖然使用月相詞語紀時，具有周銘的特點，但同時又用十天干字作亡父的廟號，據此，鑄器者御正衛也是商代遺民而歸附於周王室者。

銘文中出現的人名有：懋父、御正衛、父戊。

·呂行壺

直口長頸圓腹，圈足沿外侈，頸上有一對貫耳，通體光素、無紋飾。內壁鑄銘文 20 字。（圖像集成 22-278，集成 09689）

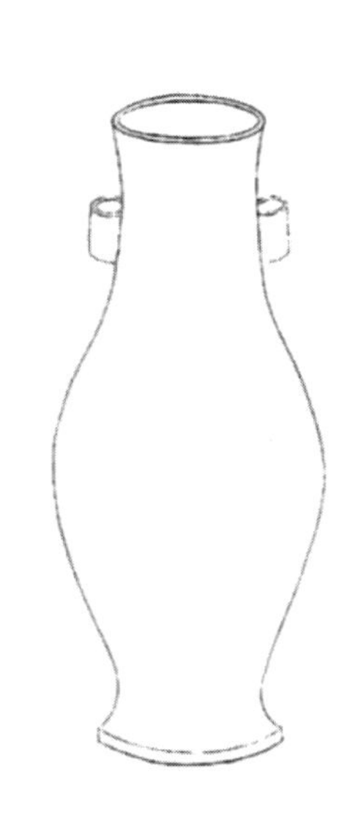
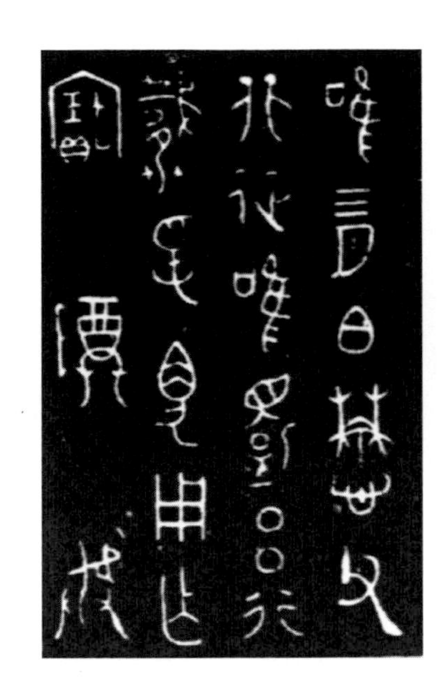

參考釋文

唯三月，伯懋父北征。唯睘（還）。呂行䕯（捷），孚（捊）兕，用作寶𣪕彝。

伯懋父，人名。見於小臣謎簋銘文。呂行，人名，隨從伯懋父北征者。䕯，從艸從戓聲，或從戈邑聲，字書所無，或讀作「捷」，作動詞。孚，讀作「捊」，有俘獲意。兕，上面是大大的獨角，下面象動物的軀體的線條化和尾巴，是個獨體象形字。吳鎮烽釋文隸作「兕」。

銘文中出現的人名有：伯懋父、呂行。

・呂壺蓋

蓋內鑄銘文 21 字。（圖像集成 22-279，新收 1894）

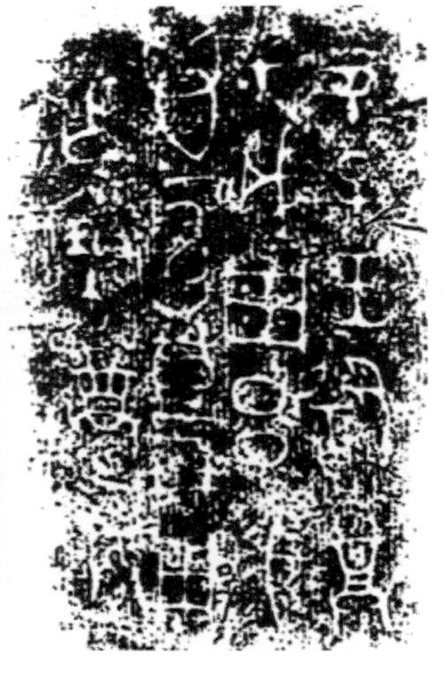

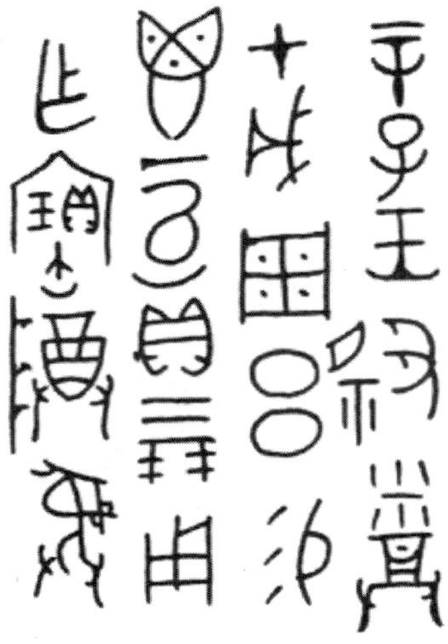

參考釋文

辛子（巳），王祭，烝，在成周。呂易（錫）鬯一卣、貝三朋。用作寶𢀛彝。

辛子，讀作「辛巳」，與甲骨卜辭相同，是董作賓首先發現的。祭、烝，二字寫法與甲骨文相同，皆是祭名。成周的「周」字下無「口」，是甲骨文和早期金文的寫法。呂，人名。據銘文來看，呂當是受賞賜者，賞賜者應是王。賞賜之物是一卣鬯酒和三朋貝。卣，一種盛酒器，因而也用作量詞。本篇銘文鬯酒和貝同時賞賜給臣下。

銘文中出現的人名有：王、呂，地名：成周。

·小臣宅簋

侈口束頸鼓腹，獸首立耳，耳下有鉤狀垂珥。頸飾兩道弦紋和浮雕犧首。圈足，邊沿有圈，圈足飾一道弦紋。內底鑄銘文 52 字。（圖像集成 11-264，集成 04201）

參考釋文

隹五月壬辰，同公在豐，令宅事伯懋父，白易（伯賜）小臣宅畫毌、戈九，易金車、馬兩，揚公、伯休，用作乙公𢀛彝，子=孫=永寶，其萬年用饗王出入。

同公，人名，也見於沈子它簋銘文，與周公旦同時人。豐，地名，陳夢家說即豐邑，近鎬京。宅，人名，擔任小臣之職。事，侍奉、事奉。伯懋父，人名，西周成王時期重臣之一，曾隨王東征、北征。晝毌、戈九、金車、馬兩，伯懋父賜給小臣宅的四樣禮物。晝毌，繪有裝飾的盾牌，一種防衛性兵器。戈，一種進攻性兵器。金車，銅製的兵車。馬兩，兩匹馬。所賜之物都與戰爭和兵器有關係。

昜，此字或釋作「錫」，從字形來看應該是「昜」字，據文義也是賞賜義。揚，對揚、答揚。公、伯，指同公和伯懋父。休，美好的賞賜。乙公，人名，是小臣宅的亡祖父。僔彝，祭祀用的禮器。用饗，用於宴饗。王出入，指王的使者。

本器及銘文或說是康王世器。恐非。

小臣宅亡祖廟號用十天干字稱之曰「乙公」，則小臣宅也是商代遺民而歸附於周王室者。

銘文中出現的人名有：同公、小臣宅、伯懋父、乙公；地名：豐。

·召尊

大口筒狀三段式，體較低，鼓腹，矮圈足沿外撇。通體素樸，僅在腹上部前後各飾一個羊首。內底鑄銘文 46 字。（圖像集成 21-277，集成 06004）

參考釋文

唯九月，在炎（郯）𠂤（師）。甲申，伯懋父睗（賜）𨣛（召）白馬㚋，黃𩠹（髮）敚（黴）。用黑（敬）不杯（丕）。召多用追于炎（郯）不（丕）㣇（肆）伯懋父旮（賄）。召萬年永光，用作團宮旅彝。

唯，此「唯」字從口佳聲。炎，讀作「郯」；𠂤，甲骨卜辭和銅器銘文讀作「師」；郯師，地名，今魯南郯城一帶是其故地。伯懋父，成王時征東夷的統帥之一。參見下文。睗，從目易，「易」字的異體，讀作「錫」，賜也。𨣛，上從臼（雙手），下從𠙴（曾），中從酉，召聲，隸作「召」，讀 shào。召，人名。此召不是召公奭，他是伯懋父的下屬，因此才受到伯懋父的賞賜。陳夢家說「召與召圜器之召疑是一人」。（第 32 頁）白馬，白色的馬。㚋，從女毛聲，字書所無，銘文或說是馬的顏色（名字）。以往皆隸作從女從丰，非是。細審字形，應是從女毛聲，毛字向下一筆與女字的右筆合書。𩠹，從首犮聲，《說文》是「髮」字的異體。黃髮，疑是黃色馬鬃，馬名曰敚。敚，「微」字的初文。陳夢家謂讀作「黴」，黑裏有斑點，是馬的顏色。古人往往以馬的毛色給馬命名，如周穆王的八駿：赤驥，盜驪，白義，逾輪，山子，渠黃，華騮，綠耳。（見《穆天子傳》卷一）至今草原上仍如此，如兔青馬。

黑，此字的隸定歷來爭議較多，就字形而言，疑當隸作「黑」，據文義當讀作「敬」。不杯，讀作「丕丕」，同義連用，有「大」的意思。《爾雅・釋訓三》：「丕丕，大也。」追，追念、追思。丕，大也；㣇，傳世文獻作「肆」；丕肆，句首發語詞，朕簋銘文或據文義釋作正直。見前大豐簋銘文。旮，從友從曰，字書所無，銘文讀作「賄」，贈送。《儀禮・聘禮》：「賄用束紡」，鄭注：「賄，與人財之言也。」《左傳・文十二年》「厚賄之」，杜預注：「賄，贈送也。」銘文指伯懋父在郯賜給召白馬之事。

永，永遠、長久。光，榮光、榮耀。團宮，宮室名。

銘文中出現的人名有：伯懋父、召，地名：炎（郯）。

・召卣

橢圓體，直口垂腹，矮圈足下沿外撇，蓋沿下折，頂有圓形捉手，兩側有犄角，提梁兩端有圓雕貘首。蓋沿和頸的前後飾浮雕貘獸首。蓋器同銘，各鑄銘文 46 字。（圖像集成 24-275，集成 05416）

蓋銘

器銘

參考釋文與考釋說明參閱召尊銘文。

陳夢家說：「此召所作的尊和卣，樸素無紋，只有提梁兩端有羊頭，蓋上項上中間有小羊頭。此種形式和下列五器相同：員父尊、嬴季卣、作冊䰧卣、作冊睘卣、作冊睘尊，令方彝、令簋、夨簋、史叔隋器、召尊。除同形制的五器外，我們又附列了銘辭內容相互有關的後五器，以資聯繫。」陳夢家說：「由此形制的銘辭的聯繫關係，可以得到以下的結論。」

（1）所有諸器的王是成王，王姜是成王的君后，凡此諸器以及可與此諸器相系聯的各器，都是成王時代的。

（2）「隹王十又九年」可以確定爲成王十九年，則成王在位至少 19 年。

（3）召和令諸器，依其史實乃屬於成王初期的，而召器和成王十九年的睘器在形制和花紋上是極其近似的，只有字體稍有早晚的差別。

（4）召所作的尊、卣與成王以前殷器的形制有所不同，它們代表了成王時代典型的「西周」尊和卣的形式。

（5）由於樸素的召器與繁縟的令器同屬於成王初期，可知銅器的年代不決定於花紋的繁簡。但簡樸式乃西周初期成、康兩朝較爲流行的風尚，與繁縟式並行；西周初期以後，則中庸式更爲盛行。（第 33 頁）

陳夢家的結論極具參考價值，故本文再次引用，作爲論據。

銘文中出現的人名有：伯懋父、召，地名：炎（郯）。

・明公簋

又名魯侯簋。筒狀方尊，侈口長頸，高方座，兩側有一對鋬。鋬下有鳥尾形裝飾，通體光素。內底鑄銘文 22 字。（圖像集成 10-289，集成 04029）

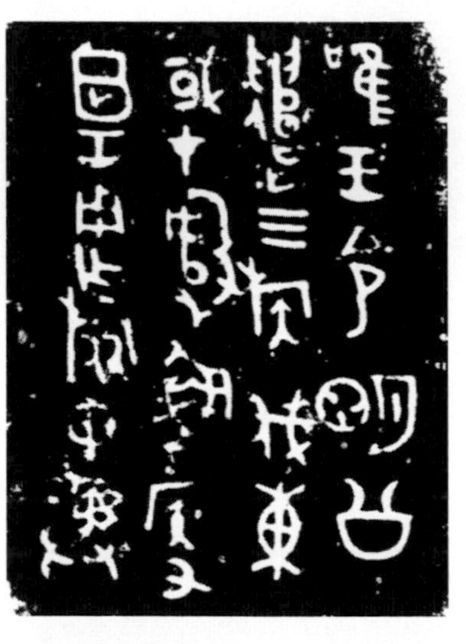

參考釋文

唯王令明公遣三族伐東或（國），在遾。魯侯又（有）臣（猷）工（功），用作旅彝。

王，周成王。明公，即作冊夨令方彝銘文中的明公，也即魯侯。《史記・魯周公世家》：「於是卒相成王，而使其子伯禽代就封於魯。」「周公卒，子伯禽固已前受封，是爲魯公。魯公伯禽之初受封之魯，三年而後報政周公。」是伯禽稱魯公，不稱周公。遣，派遣，有率領義。三族，三個氏族的兵。東或（國），見保卣銘文，亦稱東夷。遾，從止從遣從夊，字書所無。郭沫若釋作「𤞞」，即費，地名，山東費縣。魯侯，即周公子伯禽。《書序》說：「魯侯伯禽宅曲阜，徐、夷並興，東郊不開，作《費誓》。」《史記・魯周公世家》曰：「伯禽即位之後，有管、蔡等反也，淮夷、徐戎亦並興反，於是伯禽率師伐之於肸，作《肸誓》。」《肸誓》，即《尚書・費誓》。從本篇銘文來看，傳世文獻的記載是可信的。對同一個人，銘文既稱明公，又稱魯侯，可能也是因稱述的對象不同而有差異。相對於王來說，稱「明公」，相對於自己來說則稱魯侯，也許這是一種謙稱。

末行最上一字當是「𦣝」(頤) 的象形字，銘文讀作「猷」，本是謀猷、猷功，銘文指功業、功績。旅彝，旅行所用的彝器。本器是簋，看來是飲水食用的器皿。

本篇銘文的體例不同於商代遺民所鑄之器銘文，其特點是：既沒有以十天干字作亡父或亡祖廟號，亦沒有族徽符號，且所記事件屬於武成時期成王時。這是判斷商器或周器銘文的重要標準之一。因爲明公是地道的周王室家族成員，故其所鑄銅器銘文沒有任何商代銅器銘文的標識。

銘文中出現的人名有：王、明公、魯侯，地名：東國、𪗉（費）。

・作冊睘卣

橢圓形，長子口，下腹向外傾垂，圈足外侈，頸部有一對貘頭，與提梁套接。蓋隆起，有圓形捉手。蓋口沿和頸部各飾二道弦紋和浮雕獸頭。器、蓋同銘，各鑄銘文 35 字。(圖像集成 24-264，集成 05407)

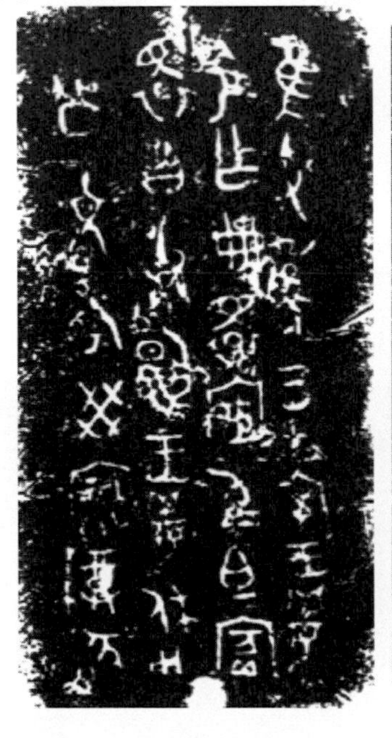

器銘文

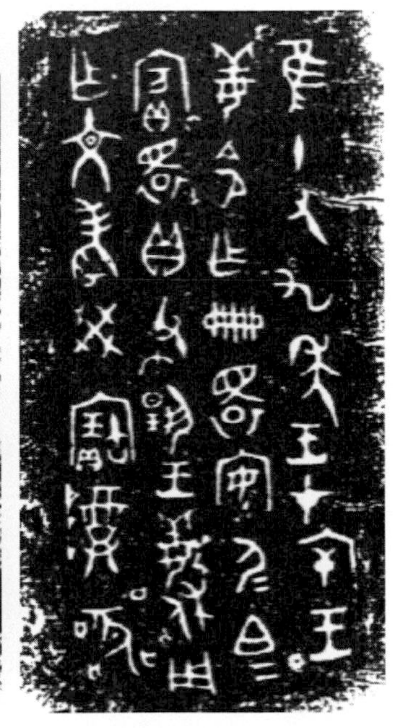

蓋銘文

參考釋文

隹十有九年，王在厈。王姜令作冊睘安夷伯，夷伯賓睘貝、布。揚王姜休。用作文考癸寶䵼彝。

厈，或隸作「斥」，地名，郭沫若疑是「漢」。王姜，人名，已見前文，或說是成王之配，或說是昭王之配。按前引陳夢家之論，當是成王之配。睘，人名，擔任作冊之職。又見於司鼎銘文。安，猶言問安、問候。

夷伯，下有重文號，是人名。夷伯之名又見於夷伯簋銘文。銘文曰：「惟王正月初吉，辰在壬寅，尸（夷）伯尸（夷）于西宮，賹（易）貝十朋。敢對揚王休，用作尹姞寶𣪘（簋），子子孫孫永寶用。」（《文博》1987.4，《近出》481，《新收》667 蓋，《圖像集成》11-125）夷伯是人名，後一「夷」字用作動詞，不是人名用字，「夷于西宮」，猶言侍候于西宮。據銘文字體來看，夷伯簋較晚，作冊睘卣銘文裏的夷伯當是夷國之先君。夷國位於何處？陳夢家說，王姜令作冊所安之夷伯乃是姜姓之夷國，今河南濮陽。（第 62 頁）結合傳世文獻的有關記載，疑當在今山東曲阜一帶。傳世文獻未見夷伯之名。

賓，賜予、贈送。貝、布，所贈之物品。所贈之物是貝和布，說明此時已有布的名稱。文考，亡父曰考。癸，亡父之廟號。據此，睘也是商代遺民而歸附於周王室並得到重用者。

今本《竹書紀年》：「（成王）十九年，王巡狩侯、甸、方岳，召康公從。」所記與銘文同。

銘文中出現的人名有：王、王姜、作冊睘、夷伯、文考癸，地名：厈。

・作冊睘尊

大口筒狀三段式，鼓腹圈足。腹及圈足各飾一道弦紋，腹部前後各有一浮雕獸首。內底鑄銘文 27 字。（圖像集成 21-259，集成 05989）

參考釋文

在厈，君令余作冊睘安夷伯，夷伯賓睘貝、布。用作朕文考日癸旅寶。（尺）。

本篇銘文與作冊睘卣銘文略有不同，但所記載的事情相同。作冊睘卣銘文漏刻文考日癸之「日」字。末一字，是商代族徽，見壺、卣，父己壺、卣等器銘文，故知作冊睘也是商代遺民而歸附於周王室者。，吳鎮烽釋文注（尺）。

結合作冊睘卣銘文「王姜令作冊睘安夷伯，夷伯賓睘貝、布」，屬於兼語句。本篇銘文稱王姜曰「君」，自稱曰「余作冊睘」，又稱「朕」，「余」和「作冊睘」是同位語的關係。這種語法現象是值得注意的。

銘文中出現的人名有：作冊睘、夷伯，族徽：。

·朁鼎

窄口方沿，口沿上有雙立耳，三柱足上粗下細，腹微外傾下垂，頸部飾兩條弦紋。內壁鑄銘文 35 字。共有二件器物，銘文字數行款亦相同。（圖像集成 5-145、146，集成 02740、02741）

參考釋文

隹王伐東夷，溓公令𡩜眔史旟曰：「以師氏眔有司後」。或𢦔（擊）伐脽。𡩜孚（俘）貝，𡩜用作饔（館）公寶䵼鼎。

東夷，東方諸夷族，約居住在今山東中東部、皖北、蘇北一帶。溓公，人名，是成王時征伐東夷的主將之一。𡩜，從宀，宀下所從象二人相向抬一物，下面所從之彐象泉流形，字書所無，銘文是人名，是溓公的屬下。眔，同「暨」，及也。旟，從㫃從車從廾，或是車輿之專字，銘文是人名，擔任史之職，也是溓公的屬下。唐蘭說通「旟」。《說文》㫃部：「旟，錯革畫鳥其上，所以進士眾。旟旟，眾也。從㫃與聲。《周禮》曰：『州里建旟。』」旟是古代一種旗幟。

師氏，西周職官名。「氏」字寫得與「氒」字相同，按文義當是「氏」字。有司，也是西周職官名。後，當是殿後、斷後的意思。或，唐蘭讀作「則」，順接連詞。𢦔從子戈聲，本或是戟一類的兵器，字書所無，唐蘭謂義同打擊之「擊」，擊伐。脽，左從肉，右側字跡不太清楚，疑從隹，唐蘭隸作從鳥，字書所無，銘文是氏族名，可能是東夷之一族。孚，讀作「俘」，俘獲。饔，從宀從餐，字書所無，或讀作「館」，銘文是人名，是𡩜的祖父輩。

本器銘文因有伐東夷之記載，故歷來諸家皆看作是成王東征時器物。

銘文中出現的人名有：王、溓公、𡩜、史旟、館公，地名：東夷、脽。

‧厚趠方鼎

又名厚趠齎。器爲長方槽形，口沿外折，雙立耳，四柱足，四角有扉棱，腹體四面飾兩條夔龍組成的獸面紋，獸面紋長角下垂於兩側，體軀省略，足上部飾浮雕狀下卷角獸面，均以雲雷紋襯底。內壁鑄銘文 34 字。（圖像集成 5-122，集成 02730）

參考釋文

隹王來各于成周年，厚趠又（有）償于溓公。趠用作氒文考父辛寶䵼齍，其子子孫孫永寶。（束）。

各，讀作「格」，來到、入。于，到。成周年，王初次來到成周雒邑之年。厚趠，人名。償，從貝從孳省，唐蘭讀如「歸」，讀若「饋」，饋贈。溓公，人名，又見於𡨦鼎等器銘文，是征東夷的將領之一。父辛，厚趠亡父的廟號。齍，銘文自稱齍，從器型看是方鼎。束，可能是氏族符號。

從厚趠稱其亡父曰「文考父辛」，沿用十天干字作亡父的廟號，以及族徽（束），而（束）也見於殷墟甲骨文來看，厚趠這一氏族也是商代遺民而歸附於西周王室者。

銘文中出現的人名有：厚趠、溓公、父辛；族徽：（束）。

·嗣（司）鼎

窄沿方唇，口沿上一對立耳，下腹向外傾垂，三條柱足較低。頸部飾兩道弦紋。內壁鑄銘文，現存 22 字。（圖像集成 4-443，集成 02659）

參考釋文

王初口𠀀（亙）于成周，溓公蔑嗣（司）歷，易睘㝨（燌）㜒。嗣揚

公休，用作父辛僔彝。。

初，初次。亙，從月，上下各有一横，左右各有一豎，唐蘭以爲就是「亘、亙」字，是「如日之恒」的「恒」本字。甲骨文已有此字，中央從日，見《殷墟書契後編》卷下第 2・1 片。葉玉森釋作「輝」，說是「暈」字之古文，周邊的四畫乃象雲氣。其說是也，學術界多從之。參閱《甲骨文字詁林》第 1137 條。本篇銘文似用作動詞，或是表示原因，因上一字殘泐不清而無法斷定。成周，東都雒邑。溓公，人名，也見於厚趠方鼎和𪓑鼎銘文，是征東夷的將領之一。蔑歷，武成時期金文開始出現這個語詞，或作「蔑某某歷」，有勉勵的意思。𤔲，從亂省司聲，讀作「司」，銘文是人名，據銘文是溓公的下屬。

睘（qióng），人名，曾擔任作冊之職，見作冊睘卣銘文。𩠐，從頁從火，字書所無，吳鎮烽釋文隸作「熉」，銘文是品物名；𨟻，從二邑從又，字書所無，銘文也是所賜之物名。以上二字銘文字跡不十分清晰，暫從吳鎮烽所釋。父辛，銘文「辛」字也不清晰。，商代族徽。

本篇銘文既言王初恒於成周，用「蔑司歷」一語，又云「用作父辛僔彝」，且文末又有商代族徽，則鑄器者司也是商代遺民而歸附於周王室者無疑。

銘文中有溓公和睘二人，結合以上有關銅器銘文，故定本器爲成王時器物。

銘文中出現的人名有：溓公、𤔲、睘，地名：成周。

・師旂鼎

又稱師旅鼎。圓淺腹，腹部稍傾垂，三柱足，二直耳。口沿下飾一周長身、分尾、垂喙的鳥紋，以雲雷紋爲襯托。器內壁鑄銘文 8 行 79 字。（圖像集成 5-314，集成 02809）

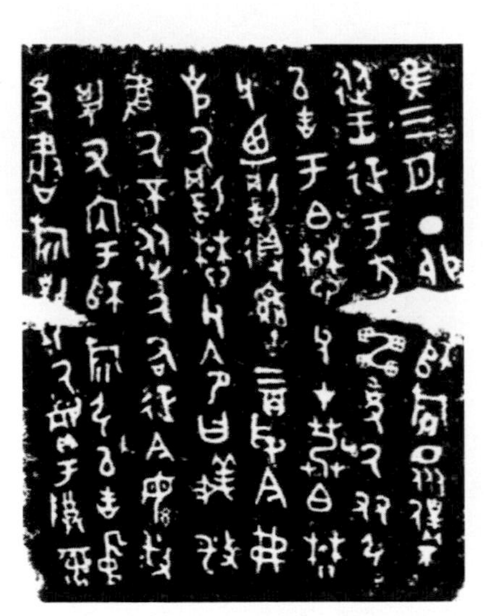

參考釋文

唯三月丁卯，師旂眾僕（(僕）不從王征于方，雷吏（使）氒（厥）友引以告于白（伯）懋父，在艿，白（伯）懋父廼罰得、㚇、古三百寽（鋝）。今弗克氒（厥）罰，懋父令曰：義敉（宜播），𠭰（且）氒（厥）不從氒（厥）右征。今母敉（毋播），期又內（其有納）于師旂。引以告中史書，旂對氒賢（劾）于僔彝。

師旂，人名，擔任師之職。僕，從人從由從廾，釋作「僕」。眾僕，猶言眾部下、眾人。于方，地名，唐蘭謂方雷，古國名；陳夢家將「雷」字連下讀，謂于方，地名。釋文從陳夢家之說，則雷是人名，作主語。吏，讀作「使」。若按康蘭的讀法，則本句主語承前省，據銘文文義主語當是「師旂」。氒，讀作「厥、其」。引，據文義當是人名，或釋作「弘」。伯懋父，人名，征于方的主帥。艿，從艸從乃，或從乃聲，地名。

廼，同「乃」，連詞。得、㚇、古，三個僕人或屬下人名，被伯懋父懲罰者。寽，即鋝，銅餅的計量單位。三百寽（鋝），即三百塊銅餅。克，能、能夠；弗克，猶言不能。義，讀作「宜」，猶言按法應當、應該。敉，從攴釆（biàn）聲，字書所無，當讀作「播」，流放、放逐。𠭰，義同「且」。期，同「其」。右，唐蘭說是右軍。內，讀作「納」，納賄物。中史，當是職官名。書，書寫、記錄。賢，讀作「劾」，判決。此字也見於𠑇匜銘文。本句銘文大意是：師旂將受懲罰的得、㚇、古三個僕的判決詞書寫在祭祀用的彝器上。

郭沫若將旂鼎和師旂鼎皆置於成王世，陳夢家將本器置於康王世，唐蘭將本器以及小臣宅簋置於穆王世。銘文中有伯懋父，此人曾從成王北征、伐東夷，因此不可能晚到穆王世。

銘文中出現的人名有：師旂、得、㚇、古、引、伯懋父、雷，地名：于方、艿。

・作冊旂尊

又名作冊折尊，細審銘文字形，當是旂字。器呈筒狀三段式，侈口長頸，腹微鼓，圈足下有邊圈，四面有透雕棱脊。腹飾兩條對稱的夔龍組成的獸面紋，頸及圈足飾垂冠回首夔龍紋，口沿下飾蕉葉鳥紋，均以雲雷紋襯底。內底鑄銘文 42 字。（圖像集成 21-274，集成 06002）

參考釋文

隹五月，王在F。戊子，令作冊旂兄（貺）朢土于相侯，易金易臣。揚王休。隹王十有九祀。用作父乙䵼，其永寶。▇（木羊冊）。

F，地名，或讀作斥，具體地望不詳，應當是東夷或淮夷之地。旂，或隸作「折」，人名，擔任作冊之職。兄，讀作「貺」，贈予、賜予。朢土，地名。相侯，侯名，其地當在今安徽淮北市相山一帶，正是淮河下游。本器或以爲成王時器，或以爲康王時器，或以爲昭王時器，尤以昭王世看法爲主。昭王南征楚荊，主要在漢水、荊江一帶，不涉及位於淮河下游的相地。結合作冊夨令方尊等器銘文，本文以爲是成王時器。

郭沫若《大系考釋》在遣尊條下曰：「此與睘卣同言『王在F』，而字跡復如出自一人手筆，決爲同時器無疑。《尚書大傳》『周公攝政，一年救亂，二年克殷，三年踐奄，四年建侯衛』。四年即文王紀元十九年，成王六年。此言『賜采』，正與『建侯衛』事合。」

本器銘文也有「王在F」字樣，且正是惟王十有九祀，和人名旂，且戊子之「子」作▇，是武王時期利簋甲子▇字的省形。甲子之「子」寫作▇，也見於下文小臣傳卣銘文。據此種種證據來看，則本器與作冊睘卣、小臣傳卣等應該屬於西周武成時期器。

銘文用十天干字作亡父廟號，又有族徽（木羊冊），據此作冊旂也是商代遺民而歸附於西周王室者。同一人所鑄之器還有觥、方彝等，銘文相同。

銘文中出現的人名有：王、作冊旂、父乙，地名：庍，族徽：（木羊冊）。

・作冊旂觥

器呈怪獸形，下部爲長方體，上部怪獸前有鋬，腹微鼓，中線和四角有透雕棱脊。觥蓋爲一羊首，曲角鼓目，獠牙巨鼻，後端作獸面，蓋脊上有兩個形態不同的獸首，蓋兩側飾回首卷尾夔龍。腹飾由兩條夔龍組成的大獸面紋，圈足飾回首夔龍紋。器、蓋同銘，各鑄 42 字。（圖像集成 24-506，集成 09303）

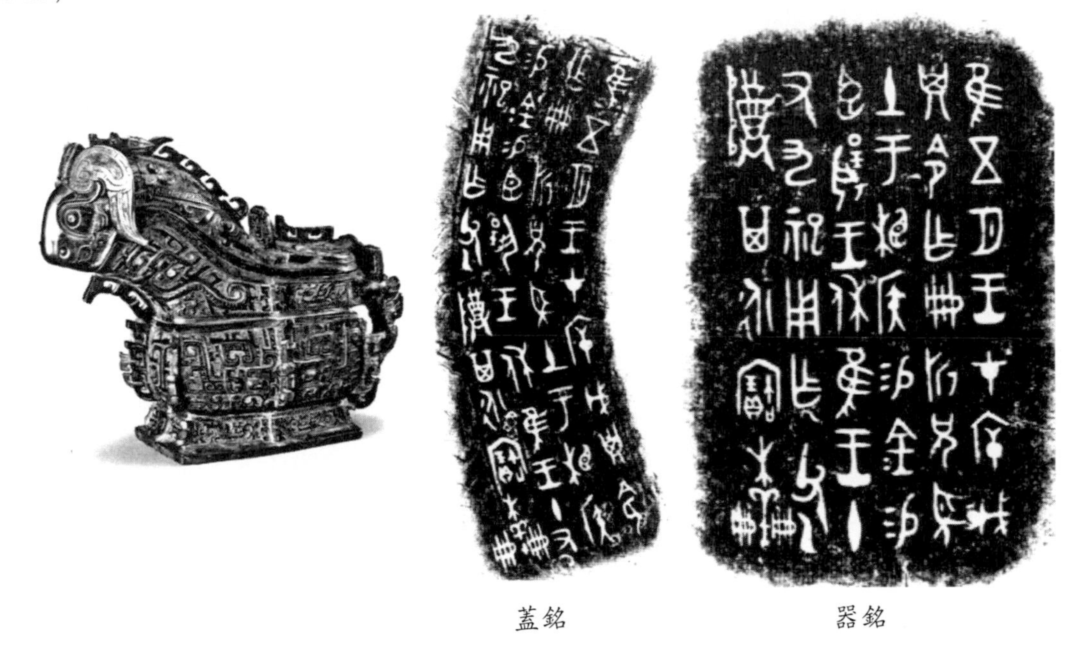

蓋銘　　器銘

參考釋文

隹五月，王在庍。戊子，令作冊旂兄（貺）朢土于相侯，易金易臣。揚王休。隹王十有九祀。用作父乙䵼，其永寶。（木羊冊）。

考釋說明參閱作冊旂尊銘文。

・趞（遣）尊

陳夢家說《三代》誤以爲尊，陳書作遣卣。但據圖像集成 24-247、集成

05402 所錄，的確還有一件提梁卣，銘文字數與尊相同。爲解釋歷史疑案，特將兩件器物器形與銘文皆移錄於下。

遣尊，喇叭口，長頸鼓腹，矮圈足外侈。頸飾浮雕犧首和花冠夔首回龍紋，以雲雷紋襯底，圈足飾雲雷紋組成的獸面紋。內底鑄銘文 28 字。（圖像集成 21-260，集成 05992）

參考釋文

隹十又三月辛卯，王在厈，易趞（遣）采曰�，易貝五朋。遣對王休，用作姞寶彝。

十又三月，這是年終置閏，故稱十又三月。年終置閏是沿襲商代的曆法，通行於西周早期。厈，地名。王在厈，見作冊睘卣、作冊旂尊等器銘文，當是同時器，郭沫若業已論之。趞，從辵，陳夢家讀作「遣」，銘文是人名。采，采邑，周王賞賜給貴族大臣的封地。曰，謂、稱、叫做。趙，從辵從歹，字書所無，銘文是采邑名。姞，姓，黃帝之後裔，銘文或代指遣的母系長輩。

郭沫若、陳夢家定此器爲成王時器，或說爲西周早期偏晚，但據隹、又、月、王、在、厈、休、寶等字的字體特徵來看，當屬於西周早期。參閱作冊睘卣和作冊旂尊等器銘文。

銘文中出現的人名有：王、遣，地名：厈、趙。

・遣卣

橢圓形，鼓腹，圈足沿外侈，頸兩側有環鈕，套接兽（獸）頭扁提梁，外罩式蓋，蓋隆起，上有圈狀捉手，沿下折作束腰形。蓋沿和器頸飾雲雷紋填底的花冠回首夔紋，頸的前後增飾浮雕犧首，圈足飾變形夔龍紋，均以雲雷紋襯底。器蓋內壁各鑄銘文 28 字。（圖像集成 24-247、集成 05402）

遣卣

蓋銘

器銘

銘文與遣尊銘文相同。但是，遣卣器蓋銘文三月的「月」字半圓方向與遣尊銘文不同，「辛」字豎筆的筆鋒較爲粗壯，且「五朋」二字的合筆橫畫長，與遣尊銘文亦不同，這些至少說明它們不會是同件器物，因此不能混淆。

・禽簋

侈口，獸首雙耳垂珥，鼓腹，圜底，圈足較高。頸和圈足均飾有三列雲雷紋組成的獸面紋，頸部還增飾浮雕獸面紋。器內鑄銘文 4 行 23 字。（圖像集成 10-332，集成 04041）

參考釋文

王伐蓋（奄）侯，周公某（謀），禽祝。禽又（有）䀠（脤）祝。王易（錫）金百寽。禽用乍（作）寶彝。

王，是成王。《尚書・大傳》曰：「一年救亂，二年克殷，三年踐奄，四年建侯衛，五年營成周。」踐奄是成王三年事，說明成王是親征的。蓋侯，亦即奄侯。奄，地名，今山東曲阜。《尚書大傳》曰：「武王殺紂。繼公子祿父及管、蔡流言，奄君薄姑謂祿父曰：『武王已死，成王幼，周公見疑矣。此百世之時也，請舉事。』然後祿父及三監叛。」可見奄侯是挑唆武庚祿父及三監叛周的主謀。「某」讀爲「謀」，主謀，證明鄭玄《書序》注「凡此伐諸叛國，皆周公謀之，成王臨事乃往，事畢則歸，後至時復行」之說是事實。

《書序》又云：「成王既黜殷命，成王既伐淮夷，遂踐奄。」可見踐奄是在成王征淮夷之後。《詩經・豳風・破斧》「既破我斧，又缺我斨。周公東征，四國是皇。哀我人斯，亦孔之將。」詩句所言與周公東征有關。四國，鄭玄注：「管、蔡、商、奄也。」

禽，人名，任太祝之職，即周公旦之子伯禽。祝，祭禱。《說文》示部：「祝，祭主贊詞者。」謂以人口交神。禽祝，可理解爲伯禽擔任太祝之職。又，讀作「有」。䀠，從頤省，從支，《說文》所無，當是祝的一種形式。或謂當釋作「脤」（shèn），脤祝，以脤肉（生肉）祭祀。此說可參。

銘文裏既有（成）王，又有周公，說明周公雖參與謀劃伐奄但並未稱王。此必爲成王時器無疑。清華簡《繫年》第三章第 14-15 簡「成王屎（繼）伐商邑，殺彔子耿，飛廉東逃於商蓋氏，成王伐商蓋，殺飛廉，西遷商蓋之民於邾虞，以禦奴䲨之戎，是秦先人，世作周𡰥（扞）。」所記也是成王伐商踐奄事。禽鼎銘文與此相同，故從略。

銘文中出現的人名有：王、蓋侯、周公、禽。

・太祝禽方鼎

長方體，窄沿方唇，口沿上一對立耳，平底四柱足。口下飾獸面紋，四壁的左右和下部飾三排乳釘紋，足飾雲雷三角紋。內壁鑄銘文 4 字。（圖像集成 2-475、476，集成 01937、01938）

參考釋文

太祝禽鼎。

此太祝禽當與上禽簋是同一人，即周公旦之子伯禽，擔任太祝之職。太祝，商、周時職官名，掌管王室祭祀祈禱之事，是太常寺的屬官。

・㓚劫尊

侈口長頸鼓腹，高圈足，三段式。頸部和圈足各飾兩道弦紋，腹飾兩道鳥紋帶，中部飾直棱紋。內底鑄銘文 16 字。（圖像集成 21-231，集成 05977）

參考釋文

王征蓋（奄），易（賜）犅劫貝朋，用作朕高且（祖）缶（寶）𣪕彝。

蓋，即奄。犅，從羊剛聲，與從牛同，故隸作「犅」。《說文》：「犅，特牛也。」公牛。犅劫，人名，由銘文記載可知是成王踐奄時隨行的將領之一。用，由也。缶，當是寶字的省文或誤寫。本篇銘文所記內容與禽簋、禽鼎銘文屬於同一件事，記成王征蓋（奄國）。

銘文中出現的人名有：王、犅劫，地名：蓋（奄）。

・犅劫卣

器呈橢方形，直口鼓腹，圈足沿外侈，頸部有一對半環鈕，套接獸頭扁提梁，蓋微隆起，上有捉手，兩端有犄角。蓋沿、器口和圈足均飾雲雷紋襯底的長尾鳥文，蓋上和器腹飾直棱紋。器蓋同銘，各鑄銘文 17 字。（圖像集成 24-216，集成 05383）

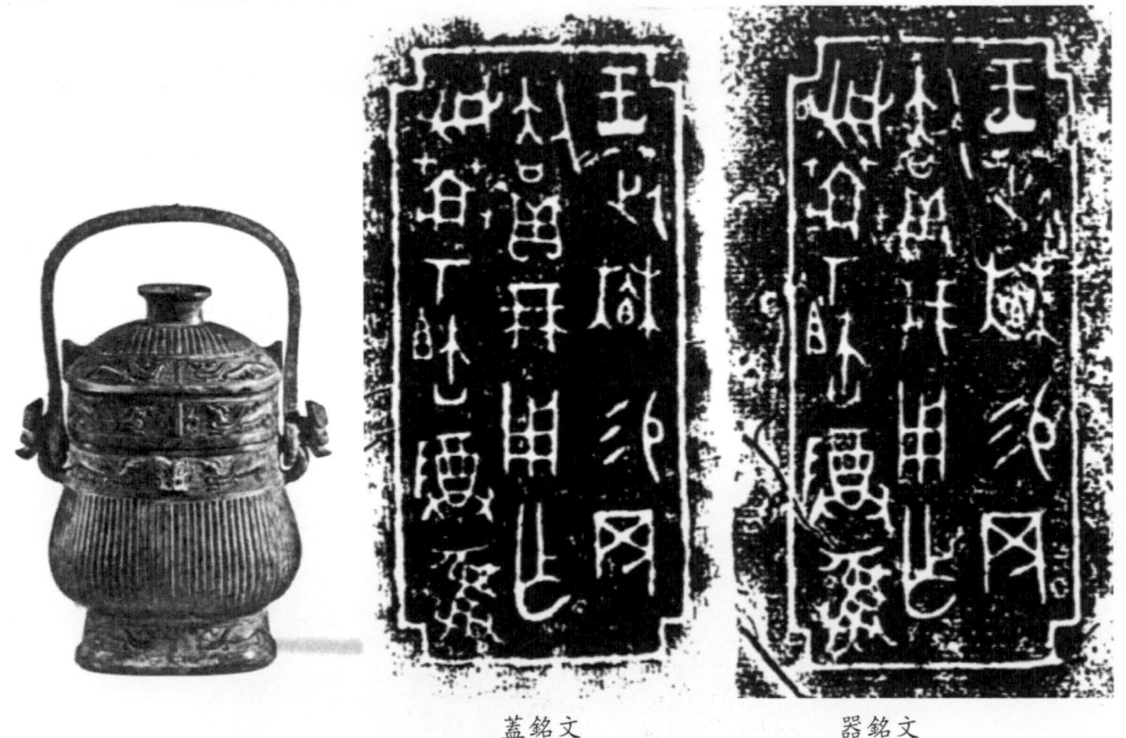

蓋銘文　　器銘文

參考釋文與考釋說明參閱犅劫尊銘文。

本篇銘文置於亞形框中，這是商代銘文的特徵之一，說明犅劫也是商代遺民而歸附於周王室者，或許其祖先在商王朝曾擔任亞之職。

·㘸（爯）鼎

又名周公東征鼎。長方體，窄口方唇，立耳，深腹平底，鳥形扁足，四隅中部各裝飾有一道以雲雷紋襯底的高浮雕鳳鳥紋，兩兩相鄰，面向四隅，兩鳥共一喙的扉棱。內壁鑄銘文 35 字。（圖像集成 5-143，集成 02739）

參考釋文

惟周公于征伐東尸（夷），豐白（伯）、專古（薄姑）咸𢦏（斬）。公歸，禦于周廟。戊辰，酓（飲）秦酓（飲）。公賞㘸貝百朋，用作尊鼎。

這是記周公旦前往征伐東夷，打敗豐伯、薄姑二國，歸而祭祀於周廟之事。于，往也。東夷，包括徐、奄及銘文裏的豐伯、薄姑、熊盈等。豐，唐蘭說即今江蘇西北的豐縣。《尚書·召誥》：「成王在豐，欲宅洛邑，使召公先相宅，作《召誥》。」又曰：「惟二月既望，越六日乙未，王朝步自周，則至於豐。」《左傳·僖公二十四年》：「管、蔡、郕、霍、魯、衛、毛、聃、郜、雍、曹、滕、畢、原、酆、郇，文之昭也。」《今本竹書紀年》：「十九年，（成）王巡守侯甸方岳，召康公從。歸於宗周，遂正百官，黜酆侯。」可見這是豐伯被打敗之後而爲周所佔有，故成王至於豐。薄姑，《書序》：「成王既踐奄，將遷其君於薄姑。周公告召公，作《將蒲姑》。」《漢書·地理志》：「周成王時，薄姑氏與四國共作亂，成王滅之，以封師尚父，是爲太公。」所言與本篇銘文正合。薄姑在今山東博興縣湖濱鎮寨卞村西北，小清河之陽，東南距齊都臨淄城（今山東淄博市臨淄區齊都鎮）25 公里（據今發現的考古證明在高青縣境內）。咸，皆也。𢦏，《說文》：「傷也。」商代甲骨卜辭已用爲「斬滅」義，銘文讀作「斬」。

公，周公旦。歸，班師而回。禦，祭也。《說文》示部：「禦，祀也。」周廟，位於周都鎬京的宗廟，見《逸周書・世俘》。本篇銘文說明周公征東夷已取得徹底勝利，故銘文曰「公歸，禦於周廟」。酓，飲字初文，飲酒禮。秦飲，當指產於秦地的酒。公，也是周公。𡎖，從臼從土，疑從「冉」聲，唐蘭謂似讀「再」音，或釋作「爯」，似可從，字書所無，銘文是鑄器者人名。百朋，二字合書。銘文稱周公或公，不稱王，可見周公並未稱王，故周公稱王之說無據，不可信。

《書序》曰：「周公在豐，將沒，欲葬成周。公薨，成王葬於畢，告周公，作《亳姑》。」看來，周公東征歸來後不久便亡故。

銘文中出現的人名有：周公、豐伯、薄姑、𡎖（爯），氏族：東夷。

二、成王銅器銘文

成王銅器銘文，是指可以確定爲成王時期所鑄的銅器銘文，但不一定是成王時周王室所鑄，也可能是某個貴族大臣所鑄，如新邑鼎、鳴士卿尊等。

・新邑鼎

窄口沿，立耳，淺分襠，三圓柱足。口沿下飾三列雲雷紋組成的獸面紋。內壁銘文現存 27 字。（圖像集成 5-5，集成 02682）

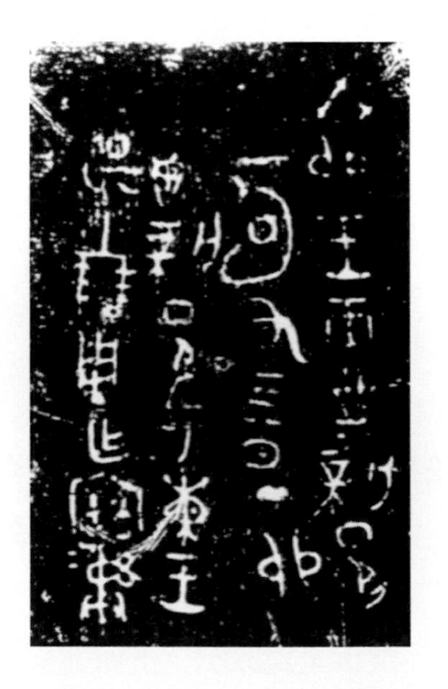

參考釋文

癸卯，王來奠新邑。〔粵〕二旬又四日丁卯，〔王〕自新邑于闌（管），王〔易〕口貝十朋，用作寶彝。

奠，定也，定居。新邑，新建之都邑，看來尚未正式命名。《尚書・周書・洛誥》:「戊辰，王在新邑烝，祭歲，文王騂牛一，武王騂牛一。王命作冊逸祝冊，惟告周公其後。王賓殺禋咸格，王入太室，祼。王命周公後，作冊逸誥，在十有二月。惟周公誕保文武受命，惟七年。」

〔粵〕二旬又四日丁卯，癸卯王來奠新邑，經過二旬又四日到丁卯這一天，王從新邑來到管這個地方。無論是商代甲骨卜辭，還是西周銅器銘文的紀時，都是含當日在內的。就是說，從人們的行爲發生之日起算，到結束之日爲止，計年計月也同樣。這是我們閱讀出土文獻的紀時應該注意的。本篇銘文用了商代常使用的「旬」這個語詞來紀時，但銘文所記事件卻是武成時期的，可見這個未署名的鑄器者也是商代遺民，因爲西周不用「旬」這個時間詞語紀時。

于，往也。闌（管），地名。關於其地望，學界眾說紛紜，有說即今河南鄭州的管城，有說即今河南偃師，有人認爲管在今鄭州市西北郊的石佛鎮一帶等。徐明波及筆者疑即朝歌。參閱武王時期利簋銘文（第 13 頁）。「貝」字之上缺一人名字。方括號內之字是本文據銘文辭例所補。此王應該是成王，初來新邑，較之何尊銘文所記時間要早。參見下文何尊銘文。

銘文中出現的人名有：王、口，地名：新邑、闌（管）。

・𠸚（鳴）士卿尊

侈口長頸鼓腹，矮圈足外侈，大口筒狀三段式。頸部和圈足各飾兩道弦紋，腹飾獸面紋，以雲雷紋襯底。內底鑄銘文 24 字。（圖像集成 21-246，集成 05985）

參考釋文

丁子（巳），王在新邑，初𨘥（速）工（功），王易（賜）嗚（鳴）士卿貝朋，用作父戊𩰫彝。（子魚）。

新邑，新建之邑，據朱駿聲《尚書便讀·多士》注「新邑洛，指下都成周也。」「成周者，洛之下都，所謂瀍水東也，王城在瀍水西」。（第 151 頁）𨘥，從止從餗從又，字書所無，唐蘭讀作「速」。工，唐蘭讀作「功」，事功，當指新邑初建成之事。嗚，從鳴從攴，字書所無，唐蘭謂同「鳴」。鳴士卿，人名。末尾「子魚」，唐蘭隸作「子黑」，謂是殷商之子族族徽。本文以爲末一字象一條光剩骨頭的魚之形，且甲骨刻辭有「子魚」，故隸作「魚」。「黑」字象火出煙囪之形，寫法與此不同，故不取。

本篇銘文既有商代族徽（子魚），又用天干作爲亡父父戊的廟號，可見鳴士卿也是商代遺民而歸附於周王室者。本篇銘文亦稱新邑，可見其與新邑鼎時間相近。

銘文中出現的人名有：王、鳴士卿、父戊，族徽：（子魚）。

·新邑戈

戈內上鑄銘文「新邑」二字。（圖像集成 30-352，集成 10885）

銘文「新邑」二字向左讀，其寫法與字體風格與新邑鼎、鳴士卿尊銘文完全相同，當是同一人所鑄之器。

·冠（何）尊

口圓體方，通體有四道鏤空的大扉棱裝飾，頸部飾有蠶紋圖案，口沿下飾有蕉葉紋。整個尊體以雷紋爲底，高浮雕處則爲卷角饕餮紋，圈足處也飾

有饕餮紋。腹內鑄銘文 122 字，殘 3 字，現存 119 字。（圖像集成 21-311，集成 06014）

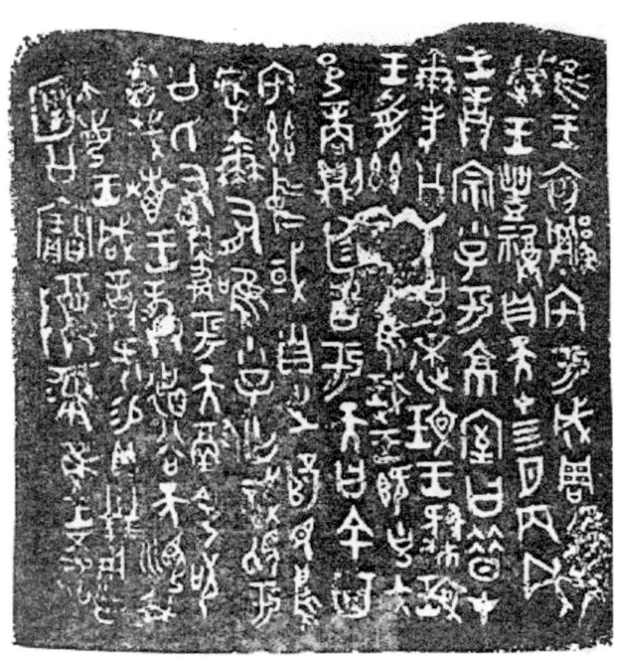

參考釋文

佳（唯）王初𨛭（遷）宅于成周。復稟珷王豊（禮），福自天。在四月丙戌，王𢍏（誥）宗小子于京室。曰：「昔在爾考公氏，克逨（弼）玟王，肄（肆）玟王受茲〔大命〕。佳珷王既克大邑商，則廷告于天，曰：『余其宅茲中（中）或（國），自之辥（乂）民。』烏虖（呼）！爾有唯小子亡（毋）戠（識），眂（視）于公氏，有爵（恪）于天，𢾊（徹）令（命）。苟（敬）享𢦏（哉）！」叀（惠）王龏（恭）德谷（裕）天，順（訓）我不每（敏）。王咸𢍏（誥）。𣄰（何）易（賜）貝卅朋，用作𡆥公寶尊彝。佳王五祀。

初，《說文》：「始也。從刀從衣，裁衣之始也。」𨛭，從邑遷聲，或讀作「遷」。或隸作𩰫，謂是相宅；或讀作壅，謂營建之營，恐皆欠妥。宅，居也。成周，銘文或稱洛邑或稱新邑。《尚書序》：「成周既成，遷殷頑民」，孔疏：「周公遷殷頑民於下都，周公親自監之。」《史記・魯世家》：「周公在豐，病，將歿，曰：『必葬我成周，以明我不敢離成王』。」說明自成王遷洛以後始稱成周，以別於西都豐、鎬之宗周。朱駿聲在其《尚書古注便讀・洛誥》下注曰：「所謂成周，今洛陽東北二十里，其故城也。王城在今洛陽縣西北二十里，相距十八里。」又在《君陳》篇下按曰：「成周，在王城近郊五十里內。天子之國，五十里爲近郊，百里爲遠郊。今河南河南府洛陽縣東北二十里爲成周故城，西北二十里爲王城故城。」〔註17〕唐蘭也說，周指成王遷都雒邑而建的王城，成周則在王城以東十八里。彭裕商先生在《新邑考》中對成周亦有說法。參閱本節注釋〔15〕。

復，又；稟，告；復稟珷王禮，以初遷宅於成周之事祭告武王。天，天室；福自天，從位於鎬京武王廟之天室取回福。此銘之「福自天」，當與德方鼎銘「福自鎬」爲同一件事。彼「福自鎬」在三月，此誥宗小子在四月。「福」，「歸福」之省稱，指祭祀所用的酒肉等祭品；歸福則指將祭祀所用的酒肉水果等取回來，分送給宗族子女，義同「歸胙」。參閱《「歸福」本義考源》及《毓祖丁卣銘文與古代「歸福」禮》。〔註18〕

昪，當從言廾聲，讀作「誥」，誥教、誥諭。《尚書・酒誥》：「文王誥教小子、有正、有事，無彝酒。」無彝酒，毋常沉迷於酒。宗小子，同宗室之年輕人。京室，或稱京宮、京宗。《詩・大雅・思齊》：「思娟周姜，京室之婦」，毛傳：「京室，王室也。」或曰：「京，大也」，則京室爲大室。宗周有京室，此成周亦有京室，當爲成王處理政事之場所。

考公氏，指宗小子的父輩們，或曰文王之卿士。克，能也。逨，從辵奉聲，字書所無，當讀作「弼」，輔弼；或釋作「逑」，勤也，勤於職事，亦通。肄，從豸聿聲，也見於商代肄簋銘文，傳世文獻作「肆」，發語詞。《尚書・舜典》：「肆類於上帝，禋於六宗，望於山川，遍於群神。」玟，「文王」二字合書，是文王的專用字。受，接受。茲，此。大令，此處殘缺，據辭例補，即大命、天命，指滅商並取而代之。《尚書・康誥》：「天乃大命文王，殪戎殷，誕受天命。」這是君權神授觀念的體現，證明自己取得的權利是天意，因而是合法的。

珷，武王的專用字。既，已也。克，攻克、佔領。大邑商，甲骨卜辭又稱天邑商。《尚書・多士》：「肆予敢求爾於天邑商。」廷，宗廟明堂之中廷。《尚

〔註17〕朱駿聲撰、葉正渤點校：《尚書古注便讀》第144、182頁，臺灣花木蘭文化出版社2013年。

〔註18〕葉正渤：《「歸福」本義考源》，《辭書研究》1999年第5期；又見《毓祖丁卣銘文與古代「歸福」禮》，《古籍整理研究學刊》2007年第6期。

書・武成》:「丁未，祀於周廟，……越三日庚戌，柴望，大告武成。」《逸周書・世俘》:「維四月乙未日，武王成辟四方，通殷命有國」(乙未，恐是丁未之誤)；武王廷告於天，當指這些事。天，上天，天帝以及祖先在天之靈。商代王室祭祀時常以開國之君成湯配天，西周王室祭祀時常以文王配天。

余，武王自稱。其，語氣詞，起舒緩語氣的作用。宅，居也，此處用作動詞，建都。中，中，牛皮張侯上下各有兩斿(飄帶)。或，「國」字的初文；中國，中央之國，指伊雒一帶。自之，從此。辥，「薛」字的初文，讀作「乂」，治也。《尚書・堯典》:「下民其諮，有能俾乂」，鄭注：「乂，治也，言有能任此責者，使之治水也。」銘文與文獻用法正相同。

爾，你、你們。有，讀如「或」，王引之《經傳釋詞》:「有，猶或也。」亡，讀作「毋、勿」，表示勸阻、禁止，不要。戠，讀作「識」，忘識。

眂，「視」字的異體，效法，看齊。《尚書・太甲》:「視乃厥祖」，孔安國傳：「法視其祖而行之。」意即要宗小子效法於考公氏輔佐周王室。爵，讀作「恪」，《玉篇》:「敬也」；也同「愨」，《說文》:「謹也。」或讀作「勞」，或如字讀，爵祿，亦通。天，上天。做人要有敬畏天命之心，否則，未知其所爲也。徹，從鬲從又，字書所無，銘文當讀「徹」，達也，誠信也。

苟，「敬」字的初文，《說文》:「敬，肅也。」享，《說文》:「獻也」，祭也。《孝經》曰：「祭則鬼享之。」𢦏，讀作「哉」，歎詞。

叀，讀作「惠」，聰慧，聰明賢惠。龔，文獻作「恭」，敬也。德，道德、德行。谷，讀作「裕」，豐裕，寬裕。順，讀作「訓」，訓諭、教諭。每，讀作「敏」；不敏，不聰慧。成王的自謙之詞。

𣄰，從旡，可聲，字書所無，銘文隸作「何」，人名，是宗小子之一。其人又見於何簋銘文。𡇞，從囗，囗內所從字跡不清晰，吳鎮烽隸作囗內從臾的𡇞(庾)，字書所無，應是何的先人名。祀，年也，《爾雅・釋天》:「夏曰歲，商曰祀，周曰年，唐虞曰載。」武成時期仍沿用殷紀年的稱謂。惟王五祀，成王即位的第五年。

(何)易(賜)貝卅朋，根據銘文語義，鑄器者是何，則受賞賜者應該是何。本句是被動句式，「賜」表示被(受)王所賜。

銘文開頭言「唯王初遷宅于成周，復稟武王禮，福自天」，說明早在成王時就已遷都於成周洛邑，而非傳世文獻所說平王東遷。《史記・魯世家》言周公旦在臨終前留下遺囑：「必葬我成周，以明不敢離成王」，說明在周公致政以後，成王確已遷居於成周。

銘文言「在四月丙戌，……隹王五祀」，根據筆者的初步研究，武王克商是公元前 1093 年，克商當年十二月即亡故，次年（前 1092 年）成王即位並單獨紀年，則成王五年應是公元前 1088 年。張培瑜《中國先秦史曆表》該年四月是乙亥朔，干支序是 12，董作賓《中國年曆簡譜》同。銘文「在四月丙戌」(23)，是四月十二日，不逢特定月相之日，故只用干支紀日。卿方鼎銘：「隹四月，在成周。丙戌，王在京宗，賞貝」，所記與何尊銘文當是同一天之事。〔註 19〕

銘文言「武王廷告于天，曰：余其宅茲中國，自之乂民」，說明武王在克商後不久就有在伊雒一帶建都的打算。《逸周書・度邑》：「我圖夷茲殷，其惟依天（室），其有憲，今求茲無遠，慮天有求，繹相我不難，自洛汭延於伊汭，居陽無固，其有夏之居，我南望過於三塗，我北望過於岳鄙，顧瞻過於有河，宛瞻（延）於伊洛，無遠天室。」《逸周書・度邑》篇中的天室，指中嶽嵩山之主峰太室山。這是成王時期的一件標準器。

本篇銘文的紀時「隹王五祀」，置於銘文之末，這是沿用商代晚期銘文的紀時方式。

銘文裏出現的人名有：王，即成王，珷王，考公氏，玟王，鑄器者𠕔（何），𠟭公；地名：成周、大邑商。時間：四月丙戌，隹王五祀。

・何簋

𠕔簋爲香港某私家收藏，器型與銘文見張光裕《𠕔簋銘文與西周史事新證》一文。張光裕說：「此器無論器型、紋飾，俱見西周早期特徵」。又曰：「本銘既與周公敉平三監之亂有關，且因以『公陝殷』之年作爲紀年之實證，可以提供周公是否稱王之重要參考。」「仔細審視銘文字形、用詞及整體內容，皆可用作青銅器斷代標尺，於史學研究深具重大價值。」〔註 20〕（圖像集成 11-82，《文物》2009 年第 2 期第 55 頁第 2 圖）

〔註 19〕葉正渤：《金文曆朔研究》第 188 頁，上海古籍出版社 2016 年。以下凡引該書只注明頁碼。

〔註 20〕張光裕：《何簋銘文與西周史事新證》，《文物》2009 年第 2 期第 53～56 頁。

參考釋文

佳（唯）八月，公陕殷年，公易（賜）𣪘貝十朋，乃令𣪘𤔲（嗣）三族，爲𣪘室。用茲𣪘（簋）褻公休，用乍（作）且（祖）乙𢍉（𢀛）彝。

公，指周公旦。陕殷年，張光裕說：「此乃以事紀年文例。」陕，從阜夷聲，字書所無，甲骨文已有此字，爲人名或地名。或讀爲「夷」，有平定、夷滅義。公陕殷年，指周公平定殷亂之年。《書序》：「武王崩，三監及淮夷叛；周公相成王將黜殷，作《大誥》。」陕殷，義與「黜殷」或相同。黜殷，廢除殷也。

𣪘，字亦見於𣪘尊銘文，與𣪘簋銘文同爲成王時器物，所載史實可以互相說明，所以兩器之𣪘當是同一人，爲便於書寫一般隸作「何」。朋，貝的計算單位。王國維《說玨朋》考證說：「古制五貝一系，二系一朋」，所以十朋當爲一百貝。〔註 21〕

𤔲，「嗣」字的初文，繼也，此處當讀作「司」，有職掌、負責的意思。三族，張先生疑爲指三監之族屬。爲何室，𣪘既受命管理三監，於是在屬地建築辦公的衙署府邸。

褻，從埶從衣，或從埶衣聲，字書所無。埶，即「藝」字的初文，從廾（雙手）、從木、從土，象植木於土之形，衣或是聲符。抑或是「揚」字的異構，揚，答揚。休，美好的賞賜。褻公休，頌揚周公美好的賞賜。

且乙，祖乙，𣪘的祖父廟號名乙者。用十天干字作爲亡父或亡祖的廟號，這是商代銘文的特徵。本篇銘文所記是武成時期的事，但銘文還在某些方面沿

〔註 21〕王國維：《觀堂集林》第 160 頁，中華書局 1984 年。

用商代銘文的表述方法，只能說明鑄器者何是商代遺民而爲周人所用者。隫，聞一多、陳夢家皆讀爲「奠」，祭也，銘文中表示器物之用途。彝，《說文》:「常也。」宗廟裏常設之禮器，因曰彝器。

本篇銘文言公夷殷年，與小臣虘鼎銘文:「惟周公于征伐東尸（夷）」，當是同指周公夷滅殷武庚及三監之亂。本文以爲，「公夷殷年」只是表明這個年份對鑄器者來說具有特殊的或值得紀念的意義，不具有一般紀年的性質，更不能作爲周公改元紀年的證據。類似這種用法的「年」，在西周其他銅器銘文裏亦有之。如，作冊魖卣銘文:「惟公太史見服于宗周年，在二月既望乙亥，公太史咸見服于辟王，辨于多正。粤四月既生霸庚午，王遣公太史，公太史在豐。賞作冊馬。揚公休，用作日己旅奠彝。」

臣辰盉銘文:「惟王大禴于宗周，造祼莠京年，在五月既望辛酉，王令士上暨史寅殷于成周。」

這是西周銅器銘文的一種特殊紀年方式，屬於以事紀年，它絕不等同於一般意義的按王年紀年。

銘文中出現的人名有：公、𠀘（何）。公，是周公旦。

·德方鼎

體呈長方形，立耳，折沿淺腹，柱足細長。四角和每面中部都有扉棱。腹飾獸面紋，兩側的龍紋以細雷紋爲底，足上端飾牛首紋。腹內底鑄銘文 5 行 24 字。（圖像集成 5-3，集成 02661）

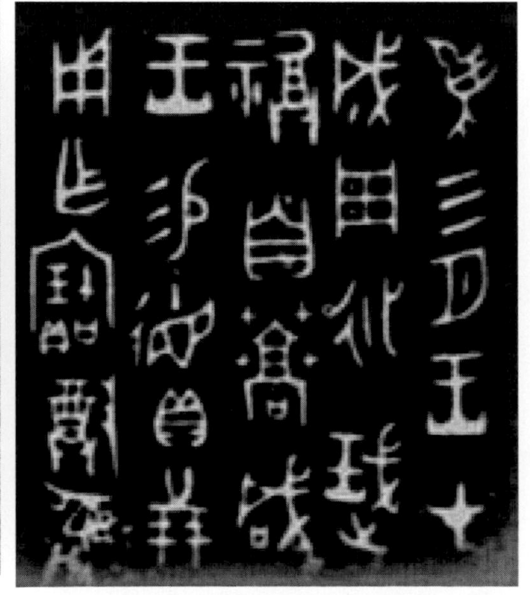

參考釋文

隹三月，王在成周，祉（延）珷（武王），福自蒿（鎬），咸。王易德貝廿朋，用作寶尊彝。

成周，即雒邑。祉，侍也。祉珷，祭祀武王。珷，是武王的專用字。所祭者僅至武王，則時王必爲武王之子成王。《左傳・定公四年》:「昔武王克商，成王定之，選建明德，以蕃屏周。」《禮記・明堂位》:「武王崩，成王幼弱，周公踐天子之位以治天下。」《史記・周本紀》:「武王病。……後而崩，太子誦代立，是爲成王。」據考證，成王即位時年僅十三歲，故周公相之，史稱周公攝政。

《尚書・大序》:「周公既沒，命君陳分正東郊成周，作《君陳》。」唐孔穎達疏:「周公遷殷頑民於下都，周公親自監之。周公既歿，成王命君陳代周公。」君陳是周公旦的二兒子，繼爲第二代周公。下都，即成周，成周在雒邑王城之東郊。參閱何尊銘文。

福，「歸福」之省稱，義同「歸胙」。參閱《「歸福」本義考源》及《毓祖丁卣銘文與古代「歸福」禮》。見注釋〔18〕。蒿，讀作「鎬」，武王所建之都城，有武王廟。今本《竹書紀年》:「三十六年春正月，諸侯朝於周，遂伐昆夷，西伯使世子發營鎬。」《詩・大雅・文王有聲》:「考卜維王，宅是鎬京。維龜正之，武王成之。武王烝哉！」毛傳:「武王卜居是鎬京之地，龜則正之，謂得吉兆，武王遂居之，修三后之德，以伐紂定天下。」福自鎬，於鎬京祭奠武王，然後將祭品取回，當時王在成周，故曰「福自鎬」。咸，皆也，範圍副詞，指祉珷、福自鎬兩件事，故曰咸。

德，人名；據叔德簋銘文「王賜叔德臣姪（致）十人」來看，德應是成王的叔父輩，可能是他代替成王到鎬京去祭奠武王並取回福，因而受到成王的賞賜。

銘文中出現的人名有：王（成王）、珷（武王）、德，地名：蒿（鎬京）、成周（洛邑）。

・盂爵

窄長流，曲口尖尾，口沿上有一對蘑菇狀圓柱，腹較直，三隻刀狀足略外撇，腹側有獸首鋬。流和尾下飾雲雷紋，腹飾雲雷紋組成的獸面紋。內壁鑄銘文 21 字。（圖像集成 17-135，集成 09104）

參考釋文

隹王初桒（祓）于成周，王令盂寧登（鄧）白（伯），賓貝，用作父寶䵼彝。

桒，象連根帶葉拔出的花草之形，甲骨文已有此字，字書所無，一般讀作「祓」，卜辭和銘文皆用作祭名，屬於攘除災害之祭。初祓於成周者唯有周成王，說明成周於武成時期業已建成，抑或即何尊銘文所記成王五祀初遷宅於成周時事也。寧，安也。登白，讀作「鄧伯」。賓（賓），下從貝，與甲骨文寫法略異，即「賓」字，賜也。本篇銘文因鑄在爵上，爵器小故行款不整齊，銘文漏寫亡父的廟號天干字，「彝」字也錯位到前一行之末。

銘文中出現的人名有：王、盂、鄧伯，地名：成周。

・盂卣

又名兮公卣。器體呈橢方形，子母口，腹下部向外傾垂，頸部兩側有一對小鈕，套接貘頭提梁，矮圈足，蓋面隆起，有一對小犄角，通體光素。蓋內鑄銘文 3 字，器內底鑄銘文 22 字，合計 25 字。（圖像集成 24-241，集成 05399）

參考釋文

蓋銘：作旅甬。器銘：兮公（休）盂鬯束，貝十朋。盂對揚公休，用作父丁寶𢍜彝。。

兮公，人名，從其賞賜盂品物來看，應該是盂的上司。盂，人名。此盂是否盂爵之盂，因盂爵銘文漏刻亡父之字，故不得而知。，從宔（休）從止，字書所無。根據文意，當讀作賞賜義的「休」。鬯束，指用來釀鬯酒的一束香茅草。一般稱鬯若干卣，不稱束。父丁，盂亡父的廟號。末一字，當是盂氏家族的族徽，也見於商代銅器銘文。由此可見，盂也是商代遺民。

銘文中出現的人名有：兮公、盂、父丁，族徽：。

‧叔德簋

侈口深腹，獸首雙耳，獸耳高聳，長方形垂珥，圈足下連鑄方座。器腹及方座均飾下卷角獸面紋，鼻樑增飾浮雕小獸面，兩側填以夔龍紋。圈足飾垂尾鳥紋。內底鑄銘文 18 字。（圖像集成 10-113，集成 03942）

參考釋文

王易弔（叔）德臣婬（致）十人，貝十朋，羊百，作寶僔彝。

弔，從人從矢繒，《說文》人部：「弔，問終也。古之葬者，厚衣之以薪。從人持弓，會驅禽。」銘文讀作「叔」。叔德，人名。婬，王進鋒《叔德簋銘「婬」字釋讀》一文認爲當隸作「婬」，讀作「致」，送詣也。臣致，即致臣，外地送詣的臣隸，無人身自由權，故可賞賜於人。〔註 22〕叔德可能是王的叔父輩，所以賞賜很厚重，有家奴十人。

銘文中出現的人名有：王（成王），叔德。

・德鼎

斂口折沿，鼓腹圜底，一對立耳甚大，下設三條柱足。口沿下飾三組外卷角獸面紋，由兩條夔龍組成，兩側配置倒置的夔龍紋，足上部飾浮雕狀外卷角獸面紋。內壁鑄銘文 11 字。（圖像集成 4-86，集成 02405）

參考釋文

王易（賜）德貝廿朋，用乍（作）寶僔彝。

德還鑄有德簋一件，銘文與此同。此德是否即叔德簋之德，從銘文字體來看，很像是同一人。

銘文中出現的人名有：王（成王）、德。

〔註 22〕王進鋒：《叔德簋銘「婬」字釋讀》，復旦大學出土文獻與保護中心網站論文，2011 年 4 月 10 日。

·德簋

侈口圈足，腹微鼓，腹側有一對獸首半環耳，獸耳高聳，長方垂珥，圈足下連鑄方座。圈足飾鳥文，腹和方座飾下卷角獸面紋，兩旁加飾夔紋。內底鑄銘文 11 字。（圖像集成 9-350，集成 03733）

參考釋文與考釋說明參閱德鼎銘文。

·獻侯顯鼎

又稱獻侯鼎、成王鼎。窄沿束頸，分襠鼓腹，三柱足，立耳，腹飾雲雷紋襯底的獸面紋，足飾變形的蟬紋。鼎內壁鑄銘文 20 字。（圖像集成 4-378，集成 02626、02627）

參考釋文

唯成王大奉（祓），在宗周，賞獻侯顥貝，用作丁侯奠彝。（黿）。

成王，此是生稱，而非死諡。奉，象連根帶葉拔出的花草之形，甲骨文已有此字，字書所無，讀作「祓」，卜辭和銘文皆用作祭名，屬於攘除災害之祭。宗周，酆京、鎬京之統稱，銘文中常與成周相對稱說。獻侯，侯名，估計參與成王的祓祭典禮，因而受到成王賞賜貝。顥，從頁從貯，字書所無。唐蘭釋作「宝」，《說文》：「器也」，形較近似，當讀作「佇」，銘文是獻侯人名。銘文言「唯成王大祓，在宗周」，所以「成王」應是生稱。《史記・魯世家》周公曰：「吾成王之叔父」，又云：「必葬我成周，以明吾不敢離成王。」郭沫若《宜侯夨簋銘文釋文》曰：「此器言『武王成王伐商』，武、成皆生號非死諡，成王時已稱成王，不能視爲器出成王之後之證。」〔註23〕故此器爲成王時期的標準器之一。或以爲「成王」是死諡，遂將此器定爲成王之子康王時器〔註24〕。

《詩・小雅・昊天有成命》：「昊天有成命，二后受之。成王不敢康，夙夜基命宥密。」是成王之子康王祭祀成王時讚頌成王的，因此是死諡。從銘文和傳世文獻記載來看，成王生稱和死諡是相同的。陳夢家說：「武成時期文、武、成、康、昭、穆、共、懿八世王號除康王外，均見金文。」〔註25〕其說是也。

丁侯，應是獻侯之祖先，且用日干爲廟號。疑是齊太公呂尚之長子丁公呂伋。參閱作冊矢令簋銘文。（第102頁）黿，或釋大黽、天黽，殷及武成時期銘文中常見。本文隸作「黿」，《說文》「黿，大鱉也」；黽，「蛙黽也。」或說是黃帝軒轅氏的族徽，黃帝居軒轅之丘（在今河南省新鄭市軒轅丘），故號軒轅氏。或說黿氏族其地在河南黽池。

銘文裏出現的人名有：成王、獻侯顥、丁侯；地名：宗周；族徽：黿。

・成王方鼎

淺腹柱足式，方唇折沿，兩窄沿上分別飾有立耳，立耳分別雕塑成伏砒狀。腹部口沿下飾有鳥紋帶，下飾乳釘紋框，五行排列，上兩行中部空缺，中塡有直紋，下三行齊整。中間飾有扉棱將乳釘分隔開。器腹四面與四角各飾扉棱，

〔註23〕郭沫若：《宜侯夨簋銘文釋文》，《考古學報》1956年第1期，又見《文史論集》第308～311頁，人民出版社1961年。

〔註24〕彭裕商：《西周青銅器年代綜合研究》第239頁，巴蜀書社2003年。

〔註25〕陳夢家：《西周銅器斷代》第511頁，中華書局2004年。

八道扉棱形成四方對稱。足上部飾有卷角獸面及短扉棱，下飾有一道弦紋。鼎內壁鑄銘文「成王隩（奠）」3 字。（圖像集成 2-316，集成 01734）

陳夢家在成王方鼎條下說：「成王鼎既作於康世，則此器與小盂鼎上的成王都是成王死後的所稱。成王的生稱、死稱如一，其他各王亦當如此。」〔註 26〕筆者以爲，從語言表達的角度來看，「成王」應是作主語的，「奠」作謂語，表示該器是成王祭祀時所用的器物，不能理解爲是康王祭奠成王的彝器。上古漢語陳述句沒有這種賓語前置的表達方式，上古漢語賓語前置都是有條件的。所以，本文作者把該器定爲成王時期的標準器之一。〔註 27〕且獻侯鼎銘文中的成王也是生稱，而非死謚，足證此器當是成王時期所鑄，且是周王室所鑄之器。

此外，也證明最後一字當隸作「奠」，祭也，而不應當隸作「尊」。因爲器型明明是方鼎，而不是尊。這也證明聞一多和陳夢家早年所釋是正確的。參閱前注。

銘文中出現的人名有：成王。

·成周鈴一

闊腔，口部微曲，絢索狀鈕。一面鑄銘文 4 字。（圖像集成 29-488，集成 00416）

〔註 26〕陳夢家：《西周銅器斷代》第 95 頁、511 頁，中華書局 2004 年。

〔註 27〕葉正渤：《金文標準器銘文綜合研究》，線裝書局 2010 年。

參考釋文

成周王鈴。

右側「鈴」字的寫法很特別，從令從兩點（兩塊金餅），行款也特別。「王鈴」，吳鎮烽說，是成周王室使用的鈴的意思。其說可從。還有一件成周鈴，銘文與此相同，從略。

·勅鼎

又名勅書鼎，斂口鼓腹立耳，圜底三柱足，頸部飾一道弦紋。內壁鑄銘文8字。（圖像集成3-471，集成02346）

參考釋文

勅𨻰（書）作丁侯尊彝。（黿）。

𨻰（書），左從阜，右從書從攴（夂），字書所無。唐蘭謂當與「書」同義，吳鎮烽隸作「肇」，銘文是人名。丁侯，人名，當是敕書的祖先。黿，族徽。唐蘭說：「此與獻侯顥鼎同是大黽族，同做丁侯的祭器，當是一家物。」結合字體風格來看，其說可信。黿，或說是黃帝軒轅氏的族徽，黃帝居軒轅之丘（位於今河南省新鄭市軒轅丘），故號軒轅氏。或說黿氏族其地在河南黽池。

銘文中出現的人名有：勅書、丁侯，族徽：（黿）。

·玔（揚）鼎

又稱己亥方鼎。器體呈長方形，窄沿方唇，口沿上一對立耳，平底，四足細高，四壁中部及四隅各有一道扉棱。四壁飾雲雷紋襯底的 T 形角獸面紋，四足上部飾浮雕獸面。內壁鑄銘文 20 字。（圖像集成 4-380、382，集成 02612、02613）

02612 銘文

02613 銘文

參考釋文

己亥，玔（揚）見事于彭，車弔（叔）賞揚馬，用作父庚僔彝。（黿）。

玔（揚），從廾（雙手向上指之形），從玉，讀作「揚」，銘文是人名。根據《集成》02612 銘文，「揚」字似從戈從廾，但是，根據《集成》02613 銘文來看，很清楚是從廾從玉，象人奉玉之形，故知「揚」字本應該從玉。《集成》02612 銘文所從的戈，實際是串玉的象形，豎劃上下寫出頭了，致使後人誤以為從戈。見事于，猶言服事、供職于。彭，銘文是地名，其地或是彭祖之鄉的大彭，在今江蘇省徐州市；或是在今河南省中部衛之河上，鄭之郊也。車叔，人名。父庚，人名，是揚的亡父。黿，族徽。

從器型紋飾和銘文亐（于）字寫法等方面來看，皆具有武成時期的特點。且有族徽黿，與獻侯鼎、勅書鼎銘文當是同族，所以本器也是武成時期所鑄。亡父廟號用日干，當是商代遺民。

銘文中出現的人名有：揚、車叔、父庚，地名：彭；族徽：（黿）。

・應公鼎

窄口方唇，鼓腹立耳，分檔三柱足，腹部飾三組下卷角獸面紋，一雲雷紋襯底。腹內壁鑄銘文 16 字。共有二件器物，銘文字數相同，行款不同。（圖像集成 4-249，集成 02553、02554）

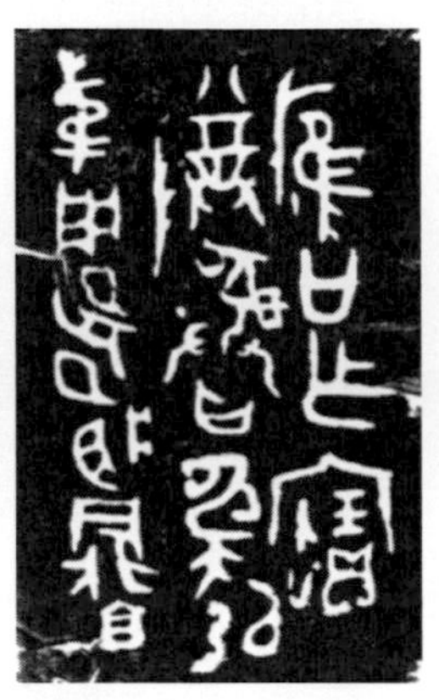

參考釋文

應公作寶𩰫彝，曰：奄以乃弟用夙夕鬺亯。

應，古國名，在今河南省寶豐縣西南，壽山縣東。應公，人名。奄，從申從大，《說文》小篆作從大從申。《說文》：「奄，覆也。大有餘也。又欠也。從大從申。申，展也。」銘文是人名。以，讀作「與」，連詞。弟，《說文》弟部：「韋束之次弟也。從古字之象。」從古字之象，意謂就像用皮條一道一道束縛散物之形，因有次第義。假借爲兄弟之「弟」。用，由也。夙夕，早早晚晚。鬺（shāng），大鼎名。亯，同「享」，享祭。

銘文中出現的人名有：應公、奄。

・應公簋

內底鑄銘文 5 字。（圖像集成 8-458、459，集成 03477、03478）

03477 銘文

03478 銘文

參考釋文

應公作旅彝。

・應公觶

器呈橢圓形，長頸鼓腹，圈足外侈，腹部有一獸首鋬。頸飾雷紋，圈足飾兩道弦紋。內底鑄銘文 2 字。（圖像集成 19-170，集成 06174）

銘文「應公」二字字體與應公鼎、應公簋銘文相同，當是同一人。

・應公尊

內底鑄銘文 6 字。（圖像集成 21-83，集成 05841）

參考釋文

應公作寶𢀛彝。

另外，應公還鑄有方鼎二件，銘文、字體與本篇銘文全同。（集成 02150、02151）

・應公卣

器蓋同銘，各鑄銘文 5 字。（圖像集成 23-473，集成 05177）

蓋銘

器銘

參考釋文

應公作寶彝。

蓋銘中的「公、寶」二字與器銘中寫法不同，且「寶」字所從的貝，寫法差異更是較大。

三、召公銅器銘文

召公，又作「邵公」、「召康公」、「太保召公」，姓姬名奭（shì）。是周文王第五子，周武王的弟弟。周武王滅商前，始封（采邑）於召（今陝西省扶風縣東北），故稱召公或召伯。《詩・召南・甘棠》：「蔽芾甘棠，勿剪勿伐，召伯所茇。蔽芾甘棠，勿剪勿拜，召伯所憩。蔽芾甘棠，勿剪勿敗，召伯所說。」是流傳下來的「甘棠遺愛」。武王滅商後，徙封於郾（今河南漯河市郾城區）。「三監之亂」和周公踐奄時，周公率殷八師東征，征服了叛亂的殷商屬國和淮夷後，召公因參與了東征且戰功顯赫，又徙封於北燕，都城在薊（今北京房山區琉璃河鎮董家林村一帶），是後來燕國的始祖。鑒於武成時期的形勢，召公派長子姬克去治理燕，自己仍留在鎬京輔佐成王。

周成王時，召公擔任太保，與周公旦分陝而治。《尚書・君奭》:「召公爲保，周公爲師，相成王左右。」《史記・周本紀》:「自陝以西，召公主之；自陝以東，周公主之」。召公歷仕武、成、康三世，卒於康王時期，頗有功德，是西周早期重臣之一。

・太保鼎

長方形，四柱足，雙立耳，耳上附雕雙獸。鼎腹部四面飾蕉葉紋與饕餮紋，四角飾扉棱。柱足上裝飾扉棱和柱足中部裝飾的圓盤，商周青銅器中僅見。太保鼎是西周早期召公所鑄的重器之一，也是梁山七器之一。梁山七器，據傳清咸豐年間（一說道光年間）出土於山東壽張縣梁山的七件青銅器。它們是小臣艅犀尊、太保簋、太保方鼎一、太保方鼎二、太保鳥形卣、太保盉、太史友甗等。除小臣艅犀尊屬於商器外，其餘皆屬於武成時期器。太保鼎腹內壁鑄「大保鑄」3 字。（圖像集成 2-317，集成 01735）

大保，即太保。在甲骨文和早期金文等古文字中，「大」和「太」，乃至「天」，是一個字，這是學人皆知的。銘文本身已經告訴人們其爲太保召公奭所鑄之器。《史記・周本記》曰：「武王即位，太公望爲師，周公旦爲輔，召公、畢公之徒左右武王，師修文王緒業。」《尚書・君奭》曰：「召公爲保，周公爲師，相成王左右。」則成王時召公業已擔任太保之職。

・太保方鼎

又名徭鼎。體呈長方形，方口平沿，口沿上有一對立耳，口沿向下漸收，四壁中部和四角各有一道扉棱，四條鳥形扁足。口沿下飾夔紋。內壁鑄銘文 6 字。共有三件器。（圖像集成 3-207、208、209，集成 02157、02158、02159）

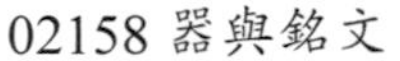

02158 器與銘文　　02159 銘文

參考釋文

徭作奠彝。太保。

徭，從彳從𠕁，字書所無，銘文是鑄器者人名。此鼎器型很特別，與武成時期鼎的一般形制不同。據介紹，此三器也在梁山七器之內。

銘文中出現的人名有：徭、太保。

・太保簋

侈口，口沿外折，深腹微鼓，高圈足沿下折成邊圈，四個獸首耳，獸角寬大高出器口，鼻上卷，下有長方形垂珥。俯視獸面紋，獸面的雙目爲器耳相隔，

圈足飾夔紋。腹內壁鑄銘文 4 行 34 字。（圖像集成 11-88，集成 04140）

參考釋文

王伐彔（彔）子耶（聽、聖），覷！氒（厥）反，王降征命于大保。大保克苟（敬）亡（無）譴。王永（迎）大保，易（賜）休余（徐）土，用茲彝對令（命）。

王，是周成王。耶，從耳從口，或隸作「聽」，或隸作「聖」，是彔子人名。覷，從又虘聲，字書所無，發語詞。反，反叛，指成王初年武庚祿父反叛之事。今本《竹書紀年》：「（成王元年）武庚以殷叛。」《史記・周本紀》：「周公乃攝行政當國，管叔、蔡叔群弟疑周公，與武庚作亂叛周。」「（成王）二年，奄人、徐人及淮夷入於邶以叛。」《逸周書・作雒解》：「周公立相天子，三叔及殷東徐、奄及熊盈以略。」

太保，周初職官名，此處指召公奭，擔任太保之職，奉成王之命征伐彔子。此「保」字與太保鼎銘文寫法不同，是其省形。克，能、能夠。苟，讀作「敬」，虔敬。亡（無）譴，猶言無尤、無差錯。永，學界有多種解釋，釋爲「迎」，今從之。就字形而言，應是「永」字，釋「迎」是就文義所作的解釋。易休，賜也，同義連用。余土，讀作徐土，其地在淮河下游一帶。對命，對答王美好的休命（賞賜）。

郭沫若認爲，「录」應讀爲「六」，地望在今安徽合肥西之六安縣。〔註 28〕陳夢家也認爲：「此器記录子之反，王降征令于太保，所征之录，疑在南土」。〔註 29〕安徽的六安，應讀爲六（lù）安。「六」（lù）與「录」讀音相同，可證郭老之說可信。

銘文中出現的人名有：王、录子𦔻、太保，地名：录、徐土。

・旅鼎

窄口方唇，口沿上一對立耳，分襠，三柱足很高。腹飾三組獸面紋。內壁鑄銘文 33 字。（圖像集成 5-123，集成 02728）

參考釋文

隹公太保來伐反尸（夷）年，在十又一月庚申，公在盩𠂤（師），公易旅貝十朋。旅用作父口𩰫彝。朿。

公太保，根據郭沫若之說即召公奭。來伐反夷年，此也是以事紀年。尸，《說文》尸部：「尸，陳也。象臥之形。」小篆與武成時期金文寫法相同。銘文讀作東夷之「夷」。盩𠂤（師），𠂤，「堆」字之初文，甲骨卜辭和西周銅器銘文皆讀作「師」。盩師，地名，有駐軍，地望不詳。旅，鑄器者人名。十朋，合書。吳鎭烽注曰：在「父」字下或以爲奪一「丁」字。

〔註 28〕郭沫若：《兩周金文辭大系圖錄考釋（修訂版）》第 71 頁，科學出版社 1958 年。

〔註 29〕陳夢家：《西周銅器斷代》，中華書局 2004 年。

郭沫若說：「旅即師旅鼎之師旅。大保即召公君奭，詳下作冊大鼎。器以光緒二十二年（公元 1896 年）出土於山東黃縣萊蔭。」（第 71 頁）本篇銘文涉及公太保來伐反夷，結合銅器出土地在山東黃縣萊蔭，知此反夷當是東夷，故其事當在成王東征之時。

銘文中出現的人名有：公太保、旅、父〔丁〕，地名：盩𠂤（師）。

·太保卣

整體造型象一隻揚首蹲坐的鳥，鳥頭有下彎緊閉的尖喙，上有小月牙狀鼻孔。頭上有大圓眼，眼中有凹陷的圓瞳。頭頂有兩冠，冠如角高而後彎，直至背部。頷下有兩長圓形片狀胡。頸部兩側有環，上銜弓狀扁梁，梁面爲竹節人字紋。鳥腹部膨大，背至腹部飾直線半弦鱗紋，至腹部成寬螺旋紋，是羽和翅的變形。鳥足彎曲前伸，上有簡練單線紋。尾自腰後伸出分叉，和雙足成鼎立狀，支撐器身。也是梁山七器之一。器有銘文「太保鑄」三字，與大保方鼎完全相同。（圖像集成 23-271，集成 05018）

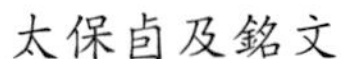

太保卣及銘文

蓋銘喉內二銘文

·御正良爵

長流槽，尖尾上翹，圓形直腹，圜底下有三條刀形足，獸首鋬，口沿上有一對菌狀柱。腹飾雲雷紋組成的獸面紋。柱上、腹部和鋬內共鑄銘文 23 字。（圖像集成 17-133、集成 09103）

參考釋文

唯四月既望丁亥，公太保賞御正良貝，用作父辛彝。子。

既望是十四日，干支是丁亥（24），則某年四月是甲戌（11）朔。公太保，即保卣銘文中的太保召公奭。御正，職官名，職掌王室車馬等事宜；良，人名，擔任御正之職。父辛，御正良亡父的廟號，則御正良也是商代遺民而歸附於周王室者。

銘文中出現的人名有：公太保、御正良、父辛。

·叔簋一

又名史叔隋器，叔卣。器呈橢方體，下腹向外傾垂，圈足沿下折，蓋面隆起，頂有喇叭形捉手，器頸與蓋沿四面均鑄有貫耳，兩兩相對，貫耳是穿繫的地方。蓋上與頸部均飾三列雲雷紋組成的列旗脊獸面紋帶，圈足飾兩道細弦紋。共二件。器蓋同銘，各鑄銘文 32 字。（圖像集成 11-44，集成 04132）

器一

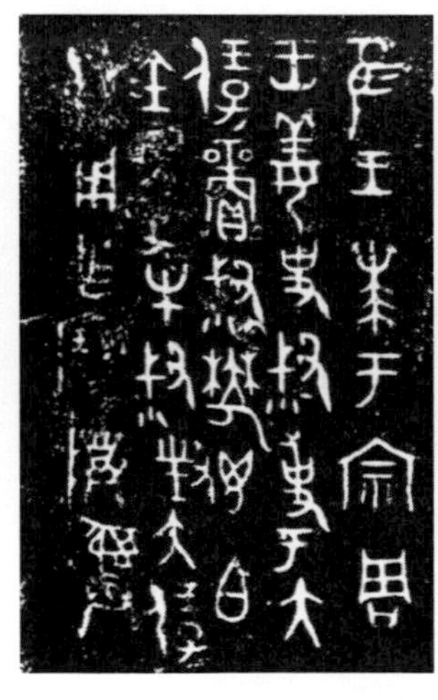

蓋銘

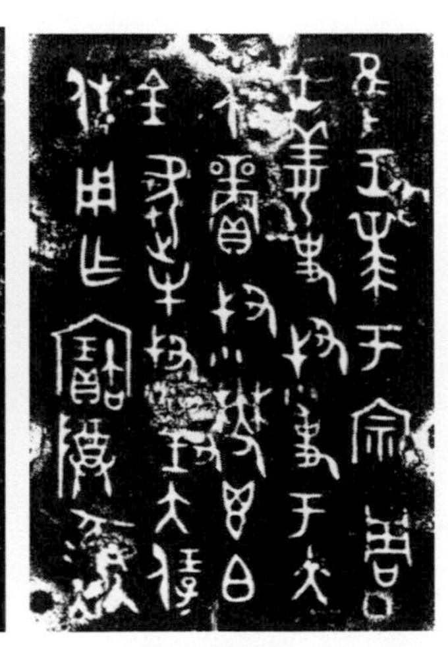

器銘

參考釋文

隹王奉（祓）于宗周。王姜史叔事（使）于太保，賞叔鬱鬯、白金、芻牛。叔對大保休，用作寶僔彝。

王，根據陳夢家之說應該是成王。奉，讀作「祓」，祓除災害之祭。王姜，人名，成王之配偶。史，陳夢家、唐蘭皆認爲是王姜的史官，屬內史一類。吳鎮烽讀作「使」，指使、指派。叔，人名，王姜的內侍之一。其他銅器銘文表示排行「伯仲叔季」的「叔」，都是借用「弔」字。「叔」的本義據字形構造以及《說文》的解釋是「拾」，本篇銘文中的「叔」是人名，屬於同音通假。事，讀作「使」，出使、前往。太保，陳夢家說是召公。（第 76 頁）鬱鬯，用香茅草釀成的香酒用以降神。白金，據考證說是白銀。芻，《說文》艸部：「芻，刈艸也。象包束艸之形。」金文從芻從止，與小篆寫法略異。芻牛，或是一種較小的牛。對，對揚、答揚。休，美好的賞賜。寶僔彝，祭祀用的彝器。

陳夢家據器型花紋以及銘文王姜等信息，認爲本器與禽簋、應公方鼎等「時代皆在武成時期而不晚於成王。」（第 77 頁）唐蘭將凡有「王姜」的銅器銘文皆置於昭王世，恐欠妥。

銘文中出現的人名有：王、王姜、叔、太保，地名：宗周。

・叔簋二

器型以及銘文皆與叔簋一相同。（圖像集成 11-47，集成 04133）

器二

蓋銘

器銘

參考釋文與考釋說明參閱叔簋一銘文。

·小臣𧇀鼎

內壁鑄銘文 17 字。(圖像集成 4-286，集成 02556)

參考釋文

𥃝(召)公𦥑(饋)匽(燕)，休于小臣𧇀貝五朋，用作寶䵼彝。

𥃝，上從𦥑(雙手)，下從曾(曾)，中從酉，召聲，隸作「召」，讀 shào。「𥃝」字又見於召圜器及召尊、召卣銘文。召公，周武王弟，武王克商後封於北燕。《史記·燕召公世家》:「召公奭與周同姓，姓姬氏。周武王之滅紂，封召公於北燕。其在成王時，召公爲三公：自陝以西，召公主之；自陝以東，周公主之。」𦥑(饋)，此字構形很特殊，從丮(人)從匕，中間從廾持十，下從立，字書所無。唐蘭讀作「饋」，贈送。𧇀，從爪盧聲，字書所無，銘文是人名，擔任小臣之職。唐蘭釋作從爪虘聲，細審字形，爪下當從盧聲。

此時召公尚健在，且匽侯已獲封。

銘文中出現的人名有：召公、匽即匽侯、小臣𧇀。

·匽侯簋

侈口束頸鼓腹，圈足有卷邊，兩獸首耳，下有鉤狀垂珥。頸部和圈足均飾兩道弦紋，頸前後飾浮雕獸首。內底鑄銘文 7 字。(圖像集成 9-191，集成 03614)

參考釋文

匽侯作姬承奠彝。

匽侯，人名。據考證此匽侯不是召公，而是召公之子克而被封於匽者，也即第一任匽侯。參閱下文太保罍、太保盉、太保卣（又名克罍、克盉、克卣）銘文中的克，以及堇鼎銘文中的匽侯與太保稱謂同時出現，可見是兩個人。匽侯還鑄有匽侯旅盂、盾飾等器。姬承，人名。

銘文中出現的人名有：匽侯、姬承。

·匽侯盂一

體呈鉢形，深腹圜底，矮圈足沿外撇，蓋面隆起，上有圈狀捉手。蓋面和腹部均飾獸面紋。蓋、器內各鑄銘文 5 字。（圖像集成 13-433，集成 10303）

蓋銘

器銘

參考釋文

匽侯作旅盂。

·匽侯盂二

蓋、器內各鑄銘文「匽侯作旅盂」5 字。（圖像集成 13-434，集成 10304）

·匽侯盂三

侈口，深腹，二附耳，圈足。腹飾垂冠鳳鳥紋，以細雲雷紋爲地紋，足飾夔紋。內壁鑄銘文 1 行 5 字。（圖像集成 13-435，集成 10305）

參考釋文

匽（燕）侯作𩜇（饙）盂。

𩜇：從食𣎳聲，讀作「饙」（fén）。後世字書或作「餴」，蒸飯曰饙。據研究，此匽侯不是召公奭，而是召公奭之子被封於匽者，也即第一任匽侯。參閱下文克盉、克罍銘文。

‧堇鼎

折沿方唇，口微斂，折沿，方唇，直耳，鼓腹，獸蹄形足。兩耳外側各飾一組兩頭相對的龍紋，口沿下飾一周由六組獸面組成的獸面紋帶，每組獸面紋均以凸起的扉棱爲中軸的鼻、額組成，三足根部各飾一組獸面紋，獸面紋下飾以三道弦紋。鼎腹內壁鑄銘文 4 行 26 字。（圖像集成 5-33，集成 02703）

參考釋文

匽侯令堇飴太保于宗周。庚申，太保賞堇貝。用作太子癸寶𩰫餗。𠕁𠬝。

匽侯，上三件銅器銘文中的匽侯。堇，人名。「堇」下一字象雙手舉器皿，皿中有食，唐蘭釋作「飴」，謂是饋貽之專字。〔註 30〕太保，召公奭。餗，下從鬲，上從煮省，從肉從匕，象鬲中煮肉，以匕（勺）取之之形，鼎中的食物叫餗。或釋作鬻。𠕁𠬝，從𠕁，𠕁是盾牌，兩旁從丩，銘文是商代遺民氏族名或徽號。本篇銘文說明太保召公奭還健在。本篇銘文既用十天干癸字作太子的廟號，又有族徽，因此鑄器者堇也是商代遺民而歸附於周王室者。是否堇的兒子也可稱爲太子？抑或堇是匽侯的同宗兄弟？存疑待考。

銘文中出現的人名有：匽侯、堇、太保、太子癸。

〔註 30〕唐蘭：《西周青銅器銘文分代史徵》第 97 頁，中華書局 1986 年。

・太保罍

又名克罍。圓唇、弇口、鼓腹，圈足，有蓋，雙獸首耳銜環，器體肩部腹部飾圓形漩渦紋，頸部和腹部各飾一道凸出和凹的弦紋。蓋內和壁內各鑄銘文43字。（圖像集成25-123，《考古》1990年第1期第25頁圖4.1）

太保罍（克罍）

蓋銘文

太保罍（克罍）腹部銘文

參考釋文

王曰：「太保！隹乃明乃鬯（暢），亯（享）于乃辟。余大對（封）乃亯（享），令（命）克侯于匽（燕）。事羌、狸，䖒（徂）雩（于）馭（御）、髟（岿、微）。」克宅匽（燕），入（納）土眔乎（厥）嗣（司），用乍（作）寶僔彝。

王，是成王。太保，即召公奭。乃，你，你的。明，賢明；鬯，讀作「暢」，暢達、豁達、大度。下文的，或釋作「對」，李仲操釋作「封」。〔註 31〕對，蓋銘作，器銘作，寫法略異，釋作「對」，答也，此處當有報答義。《說文》丵部：「對，譍無方也。從丵從口從寸。」金文、從殳從丵，不從「口」，又見太保簋銘文。亯，同「享」，本義是祭祀，李仲操說當理解爲奉事、輔佐等意思。或謂指治國的道理方法，下一「享」字同。辟，君。余，成王自稱。

克，匽侯人名，太保召公奭的元子，首封於匽爲侯者。《史記・燕召公世家》召公奭之後世系缺載，曰「自召公已下九世至惠侯。燕惠侯當周厲王奔彘、共和之時。」所以，本篇銘文可補正史之缺。事，職事，猶言統治、治理。羌、狸，地名。叡，讀作「徂」，有往、到的意思。雩，讀作「于」，介詞。馭、髟，也是地名。宅，駐守、寓居。眔，及，連詞。銘文中常見此字。氒（厥、其）嗣（司），有學者讀作「厥亂」，吳鎮烽讀作「氒嗣（司）」，本文讀作「氒（厥）嗣（司）」，氒（厥），代詞；司，治理，猶言其治。

這兩篇銘文所記是成王對太保的命辭，又是對召公長子克的命辭，屬於成王時所鑄之器。據考證，燕是武王時期分封的諸侯。《史記・燕召公世家》：「召公奭與周同姓，姓姬氏。周武王之滅紂，封召公於北燕。其在成王時，召公爲三公：自陝以西，召公主之；自陝以東，周公主之。」而稱匽侯的是召公奭長子克，封地在薊（今北京房山琉璃河一帶）。銘文所記之史實，傳世文獻缺載。

銘文中出現的人名有：王、太保、克，地名：匽、羌、狸、馭、微。

・太保盉

又名克盉。分檔四足，蓋面隆起，上有半環形鈕，蓋沿有一鈕用鏈條與鋬相連。管狀流，獸首鋬。蓋沿和頸飾回首卷尾長鳥紋帶。器蓋同銘，各 43 字。（圖像集成 26-207，《考古》1990 年第 1 期第 25 頁圖 4.2）

〔註 31〕李仲操：《燕侯克罍盉銘文簡釋》，《考古與文物》1997 年第 1 期；參閱張亞初：《太保罍、盉銘文的再探討》，《考古》1993 年第 1 期。

太保盉（克盉）蓋銘文

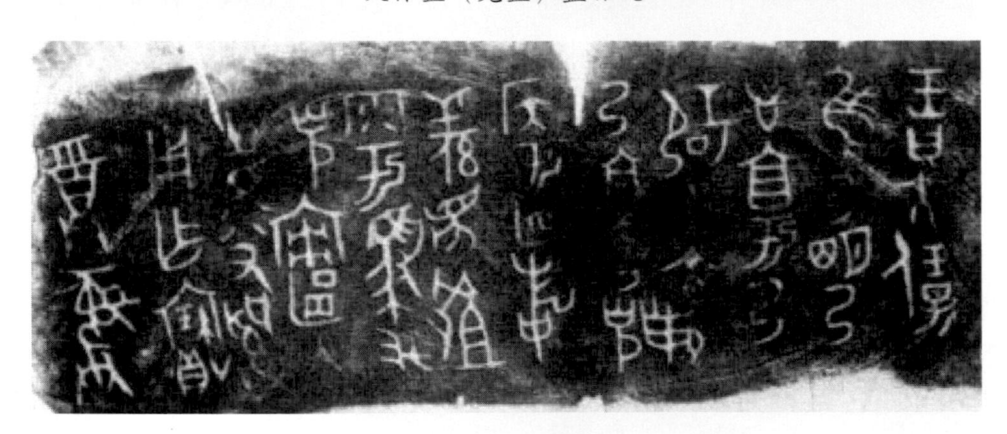

太保盉（克盉）腹部銘文

參考釋文

王曰：「太保！隹乃明乃鬯（暢），亯（享）于乃辟。余大對（封）乃亯（享），令（命）克侯于匽（燕）。事羌、狸，𠭯（徂）雩（于）馭、髟（兕、微）。」克宅匽（燕），入（納）土眔氒（厥）嗣（司）。用乍（作）寶僔彝。

考釋說明參閱克罍銘文。

・保卣

高蓋沿，圈形捉手，垂腹，圈足，帶獸首提梁。其蓋、沿下、圈足處各飾有龍紋、聯珠紋、蟬紋等。器蓋對銘，各鑄 7 行 46 字。（圖像集成 24-272，集成 05415）

參考釋文

乙卯，王令保及殷東或（國）五侯，征（誕）兄（貺）六品，蔑歷于保，易（賜）賓。用乍文父癸宗寶𢀛彝。遘于四方，途（會）王大祀，祓（祓）于周。在二月既望。

保，鑄器者人名，此保並非召公奭。根據銘文稱其父廟號曰「父癸」來看，應是商代遺民而歸附於周王室者，但銘文又用周初的月相詞語「既望」紀時，可見其爲周初之器。及，連詞，連接保與東國五侯。或以爲「及」用爲動詞，「翦滅」的意思，故有貺保六品之事。錄此以備一說。東或，即東國。五侯，《逸周書・作雒》:「周公立，相天子。三叔及殷東徐、奄及熊、盈以叛。周公、召公內弭父兄，外撫諸侯。」《史記・周本紀》:「召公爲保，周公爲師，東征淮夷，踐奄，遷其君薄姑。」《漢書・地理志》:「殷末有薄姑氏，皆爲諸侯，國其地。至周成王時，薄姑氏與四國共作亂，成王滅之，以封師尚父，是爲太公。」據以上所引文獻，四國當指徐、奄及熊、盈，而五侯，則加上薄姑。《左傳・僖公四年》:「昔召康公命我先君太公曰：『五侯九伯，女實征之，以夾輔周室』。」五侯應是西周早期普遍的說法。唐蘭說殷東國五侯當指衛、宋、齊、魯、豐五國的諸侯，〔註 32〕說法與傳世文獻不同。傳世文獻去古未遠，且衛不在東夷之地，當以傳世文獻說法爲準。

征，讀作「誕」，發語詞。兄，讀作「貺」，贈予。按照唐蘭的解釋，保及東國五侯皆是受王命者，也是受貺者。六品，唐蘭謂指六種等級的賜品。蔑歷，勉勵。保，鑄器者人名。

賓，指所賜之物，或就是貝。用，由也，表原因。文，是謚美之詞，修飾父癸。父癸，保的亡父廟號曰癸者。由此也可知鑄器者保並非召公奭，而是商代遺民而爲周王室所用者。宗，宗廟。籩彝，常年置於宗廟裏祭祀用的禮器。𨑓，從辵從合，讀作「會」，有恰巧遇到的意思。大祀，盛大的祭祀活動。祓，從示友聲，《說文》所無，當讀作「祓」。《說文》示部：「祓，除惡祭也。從示，犮聲。」引申指祭祀。周，指成周雒邑。既望，月相詞語。據筆者研究，既望是太陰月十四日傍晚所形成的月相。這是西周早期銘文中首次見到用月相詞語「既望」紀時。

本器銘文所記之事應是周公平定三監之亂以後，成王伐東夷之事。陳夢家在《西周銅器斷代》一書中將本器定在武王時期，郭沫若、黃盛璋、唐蘭等人定於成王時期。參閱郭沫若《保卣銘文釋文》。〔註 33〕筆者在《金文曆朔研究》中推得成王元年是前 1092 年，成王十一年（前 1082）年二月張培瑜《中國先秦史曆表》是壬寅（39）朔，董作賓《西周年曆譜》是辛丑（38）朔，蓋此年是成王大會殷東國五侯並於周舉行大祀之年。（第 190 頁）同出還有保尊，銘文與保卣相同，唯行款不同。

銘文中出現的人名有：王、保、殷東國五侯；地名：周。時間：二月既望（十四日）。

·保尊

大口筒狀三段式，侈口圈足，腹微鼓。腹飾獸面紋，上下各有一道連珠紋鑲邊，頸和圈足各飾兩道弦紋。圈足內鑄銘文 45 字。銘文與保卣同。（圖像集成 21-276，集成 06003）

〔註 32〕唐蘭：《西周青銅器銘文分代史徵》第 65、66 頁，中華書局 1986 年。

〔註 33〕郭沫若：《保卣銘文釋文》，《文史論集》第 320～322 頁，人民出版社 1961 年。

參考釋文

乙卯，王令保及殷東或（國）五侯，祉（誕）兄（荒）六品，蔑歷于保。易（賜）賓，用乍文父癸宗寶䵼彝。遘于四方，迨（會）王大祀，祓（祐）于（于）周。才（在）二月既望。

考釋說明參閱保卣銘文。

·召圜器

又名召卣。圓筒形，弇口平底，雙環耳，腰中部有一道箍棱。口沿下飾浮雕獸頭和回首夔紋帶，腹飾斜條夔紋和斜條雲雷紋，靠近底部飾蛇紋帶。器型特殊，陳夢家命名爲召圜器，學界沿用之。內壁鑄銘文 45 字。（圖像集成 35-38，集成 10360）

參考釋文

隹十又二月初吉丁卯，𥃝（召）公啓（肇）進事，旋走事皇辟君，休王自穀事（使）賞畢土方五十里，召弗敢諲（忘）王休異（翼），用乍（作）歖宮旅彝。

初吉，月相詞語，初一，也即朔日。𥃝（召）公，人名。見上文小臣𧇍鼎銘文。陳夢家疑是畢公高。參閱下文。啓，或讀作「肇」，始也。啓進事，陳夢家說猶燕侯旨鼎的「初見事」，即初任職。旋走，郭沫若讀作奔走。事，侍奉。皇辟，皇，大也；辟，君也。君，陳夢家說「武成時期金文的『君』指君后，於成王時爲王姜，詳下第 31 器作冊睘卣。召因事於王后，故王錫之畢土。……所以畢土乃王錫於召的采地。」（第 52 頁）畢土，即畢原，在雍州萬年縣西南二十八里，今陝西咸陽市北畢原。

「休王自穀事（使）……」，休，美好，用來修飾「王」。這種用法又見於圉鼎銘文、效父簋一和效父簋二銘文。自，從。穀，從子𣪊省聲，或通「穀」字。陳夢家說是地名，疑在河南。或即穀城，地近瀔水，故址在今洛陽西北。事，讀作「使」。陳夢家說：銘云「吏賞」是說王自穀地使人來賞召以畢土。畢近豐、鎬，乃文武周公的葬地。方，方圓。

召，陳夢家說：此王賞畢土之召疑是畢公高，「召」與「高」音近義通。畢公高，與武王、周公、召公、管叔、蔡叔、霍叔等同是文王之子，受封於畢，位居三公之一，「高」是其私名。諲，從言𦣞（望）聲，讀作「忘」。休，賜也。異，陳夢家隸作「畢」，銘文是「異」字，吳鎮烽釋文隸作「翼」。也許本該是「畢」字，因形近而誤寫。歖，從欠止口，字書所無，銘文是宮室名。

銘文既然說：「召公肇進事，旋走事皇辟君，休王自穀使賞畢土方五十里」，則此事當在成王時期，而不可能在成王之後，否則怎麼叫「初見事」。《史記・周本紀》：「成王將崩，懼太子釗之不任，乃命召公、畢公率諸侯以相太子而立之。」說明早在成王時畢公高就已經稱公，地位很高。所以，「初見事」當是在成王時期，則本器之鑄亦當在成王世。本文作者曾推得該器銘文所記曆日符合成王十六年（前 1077 年）十二月丁卯（4）朔。（第 190 頁）

銘文中出現的人名有：召公、王、召，地名：畢、穀。

・獻簋

又名𣛯伯簋。侈口束頸，鼓腹，圈足沿下折，形成一道邊圈，一對獸首耳，下有方形垂珥。頸和圈足均飾三列雲雷紋組成的列旗脊獸面紋，頸的前後增飾浮雕獸首。內底鑄銘文 52 字。（圖像集成 11-255，集成 04205）

參考釋文

隹九月既望庚寅，𣛯（楷）白（伯）于遘王休，亡（無）尤。朕辟天子，𣛯伯令氒臣獻金車。對朕辟休，乍（作）朕文考光父乙。十枻（世）不諲（忘），獻身在畢公家，受天子休。

既望，月相詞語，太陰月的十四日。𣛯，從木虘聲，字書所無。甲骨卜辭有個不從木的字，也是地名。見《殷墟書契後編》卷上 18・10 片。𣛯，地名；𣛯伯，人名。于，往也。遘，正巧遇到。王休，王美好的賞賜。亡尤，無差錯。朕，我，𣛯伯自稱。辟，君也。天子，即君。「朕辟」和「天子」是同位語。令，賜予。氒臣，其臣。金車，用銅裝飾的車子。

獻，陳夢家說「作器者『身在畢公家』，是說獻乃畢公家之人」。按陳夢家之說，則「獻」是人名，且是畢公家之人。但是，根據銘文獻是𣛯伯的臣屬，因而受到𣛯伯賞賜金車。陳夢家說「獻身在畢公家而受命於𣛯伯，此人恐即畢仲。……伯是侯伯，仲是排行，㮚是封地，疑是《說文》櫨字，音近於鄠（hù）」，吳鎮烽釋文注「楷」。按陳夢家之說，㮚伯即畢仲，畢仲是畢公高之長子。這樣，關係就理清了：

畢公家（畢公高）——畢仲（畢公之子）——獻（畢仲之臣）。

對，對揚、答揚。朕辟，我君。休，賞賜。文考光父乙，亡父光的廟號，郭沫若以爲當是「文考父乙光」之誤倒，唐蘭說「光似是父乙之名。」十枻，十世，猶言十代，喻指世世代代。古代三十年爲一世。

畢公，陳夢家說：「此器的畢公應是生稱。」其說是也。《史記·周本紀》：「成王將崩，懼太子釗之不任，乃命召公、畢公率諸侯以相太子而立之。」據此，則早在成王時畢公高就已經受封爲公。陳夢家還說：「銘中之『王』與『天子』前後互舉，則天子之稱起於成王之時。」（第 54 頁）那麼，本器之鑄應該是在成王時，唐蘭定本器爲昭王時，恐非是。諲，從言垔聲，銘文讀作「忘」。銘文中多見此種用法。

銘文中出現的人名有：㮚伯、王、獻、畢公。

·奚方鼎

又名己公方鼎（姢奚方鼎）。體呈長方形，窄沿方唇，口沿上一對立耳，器壁略向下收束，平底四柱足，四壁中部和四隅各有一條扉棱，耳上各飾一對聳角小龍，腹飾獸面紋，獸角逶迤而下，足上部飾浮雕獸面。內壁鑄銘文 32 字。（圖像集成 5-112，集成 02729）

參考釋文

隹二月初吉庚寅，在宗周，樆中（仲）賞氒嫊奚遂毛兩、馬匹，對揚尹休，用作己公寶䵼彝。

樆，本篇銘文聲符虍下有「口」，與獻簋銘文寫法略異，當是同一字。銘文中有樆仲這個人物，又見於獻簋銘文。樆中，陳夢家曰：「作器者的上司（主賞者）尹，乃畢公之子畢仲。畢公是作冊，故其子襲爲尹，尹亦作冊。」姘，唐蘭說通養，是臣僕之類，奚是姘之名，又見成王時的弔德鼎銘文。唐蘭懷疑本篇銘文之樆中與樆伯簋銘文的樆伯是兄弟。根據陳夢家的說法當是同一人。參閱獻簋銘文考釋與說明。

嫊，從女從羌字頭從臣臣，字書所無。唐蘭隸作姘，讀作「養」，屬於臣僕一類的家臣。吳鎮烽釋文隸作「嫊」。後一字從䜌，從奚，字書所無，當讀作「奚」，銘文是私名。遂毛，讀作「旞旄」，是建在導車上的旗子，以羽毛、犛牛尾作裝飾，有左右兩杆，故賞賜兩杆，且同時賞賜馬一匹。對揚，答揚。尹，西周職官名，本篇銘文指樆仲。休，賜予。己公，當是嫊奚的亡祖廟號。陳夢家曰：「此方鼎形制特異之處，在其兩耳伏獸，乃有直立之角的龍。……則此方鼎的形制、花紋俱屬成王。」（第 55 頁）

根據陳夢家的說法，樆中與樆伯當是同一人，即畢仲，則本器也是成王時器。

銘文中出現的人名有：樆仲、嫊奚、己公，地名：宗周。

四、其他銅器銘文

其他銅器銘文，指的是通過人名系聯，結合器型、紋飾、銘文、字體或歷史事件等要素，通過系聯法可以確定爲除了上文所舉以外而屬於成王時期的銅器銘文。

・𩰫簋

1989 年山東滕州莊里西周墓（M7）出土。斂口折沿，束頸鼓腹，一對龍首耳，下有鉤狀垂珥，圈足外侈，且有折沿。頸部飾三列雲雷紋組成的列旗脊獸面紋，圈足飾目雲紋。內底鑄銘文 30 字。（《首陽吉金》第 83 頁，圖像集成 11-34）

參考釋文

隹（唯）九月者子具服，公廼令（命），在庰（廦），曰：「凡朕臣興晦。」𡗜敢對公休，用乍（作）父癸寶𠤳彝。

者子，當讀作諸子。具，從貝從廾，《說文》収部：「具，共置也。從廾，從貝省。古以貝爲貨。」服，服事。公，老年男子的尊稱，此處專指何人？不得而知。庰，從广（yǎn）辟聲，《說文》：「廦，牆也。從广辟聲。」根據語法關係銘文是地名，其地望不詳。凡，下面殘泐不清，是否還有筆劃，此據吳鎮烽釋文隸定。興，起也。晦，《說文》：「晦，六尺爲步，步百爲晦。」《說文》是漢制。田畝的畝本字，銘文當引申指開闢田地之事。𡗜，從大從舛（雙腳），或從𡗜，下從鬲或鬲聲，《說文》所無，銘文是鑄器者人名。父癸，鑄器者𡗜的亡父廟號。以日干作亡父的廟號，則𡗜也應是商遺民而歸附於周王室者。從銘文字體特徵來看，頗具濃烈的商代遺風，吳鎮烽定其爲西周早期前段，可信。

銘文中出現的人名有：公、𡗜；地名：廦。

・臣卿鼎

斂口窄沿，口沿上有一對立耳，鼓腹圜底，三條柱足。口下飾三列雲雷紋組成的羽脊獸面紋。內壁鑄銘文 18 字。（圖像集成 4-329，集成 02595）

參考釋文

公違眚（省）自東，才（在）新邑，臣卿易（錫）金，用乍（作）父乙寶彝。

公違，人名，成王征淮夷的將帥之一。唐蘭說：「公違疑即《逸周書・世俘解》的百韋。」（第 69 頁）自東，說明在新邑之東。新邑，見前新邑鼎銘文。銘文中有「新邑」之稱，可見此鼎之鑄當在成王早年新邑剛建成不久，尚未正式命名。臣卿，卿是人名。臣卿易（錫）金，表示被動，指臣卿因受到賜金而鑄器。本篇銘文用十天干字稱其亡父廟號曰「父乙」，則臣卿也是商代遺民而歸附於周王室者。臣卿同時還鑄一臣卿簋，銘文與此同，唯行款不同。

銘文中出現的人名有：公違，臣卿，地名：新邑。

・臣卿簋

侈口鼓腹，圈足較高，下沿有邊圈，龍首雙耳，下有雲片狀垂珥。頸飾列旗脊夔紋，間以浮雕小獸首，下加一道弦紋，圈足飾列旗脊夔龍組成的獸面紋。內底鑄銘文 18 字。（圖像集成 10-182，集成 03948）

參考釋文與考釋說明參閱臣卿鼎銘文。

·圉（圉）鼎

器呈長方形，直口鼓腹，附耳，平底，四柱足，蓋可倒置作淺盤，蓋沿和口沿下各飾雙身共首龍紋。器內蓋內各鑄銘文 14 字，器蓋同銘。（圖像集成 4-184，集成 02505）

器銘

參考釋文

休朕公君匽侯易（賜）圉（圉）貝，用作寶僔彝。

休，美好的。朕，我。公君匽侯，唐蘭說：「公君匽侯應指最初封在燕國的第一代燕侯。這個燕侯不是召公。」「由這件器可以證明第一代燕侯，當是召伯，是很重要的。」既然是第一代燕侯，則其時代當屬成王。圉，一般著錄和著作皆隸作圉，人名。圉還鑄有一件甗、簋及二件卣。見下文。

銘文中出現的人名有：公君匽侯、圉。

・圉（圉）甗

連體式，上甑下鬲。甑侈口深腹，一對綯索立耳；鬲部分檔三柱足下部呈圓形，甑口沿下飾列旗脊獸面紋帶，鬲腹飾牛角獸面紋。內壁鑄銘文 14 字。（圖像集成 7-209，集成 00935）

參考釋文

王奉（祓）于成周，王易（賜）圉貝，用作寶僔彝。

奉，讀作「祓」，攘除災禍之祭，亦稱祓祭。結合圉鼎銘文唐蘭之說，以及銘文字體特徵，則此王亦當是成王。圉，人名。與圉鼎銘文中的圉當是同一人，故其時代亦相同。

銘文中出現的人名有：王、圉。

・圉簋

又名白魚簋。蓋與器扣合似球體，獸首形半環形立耳，下有垂珥，圈足連鑄方座。蓋面、腹部和方座均飾下卷角獸面紋和倒立的夔龍紋，口沿下和圈足飾相同的夔龍紋，無地紋。盖內鑄銘文 14 字，器內鑄銘文 6 字。（圖像集成 9-439、440，集成 03824、03825）

蓋銘

器銘

參考釋文

王奉（祓）𠦪（于）成周，王易圉貝，用作寶𩰫彝。白魚作寶𩰫彝。

白魚，人名。疑白魚是圉的別稱。

銘文中出現的人名有：王、圉、白魚。

圉還鑄有二件卣，銘文、字體與甗、簋蓋銘相同，從略。（集成 05374.1，05374.2）

・效父簋一

侈口束頸，鼓腹圈足，沿下折形成一道邊圈，一對獸首耳，下有長方形垂珥，獸耳寬大高聳，腹前後面有扉棱，圈足有四道扉棱。腹飾頭大體短身體捲曲如蝸牛形獸紋，圈足飾垂尾鳥紋，均以雲雷紋襯底。內底鑄銘文 14 字。（圖像集成 9-446，集成 03822）

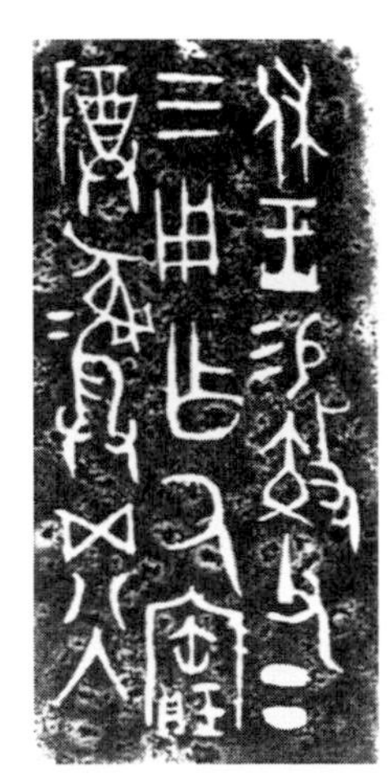

參考釋文

休王易效父呂（金）三，用作氒寶𣪘彝。五八六。

休，美好，銘文有頌揚意。「休」修飾「王」或其他人名，這種用法已見於召圜器銘文和圉鼎銘文。效父，人名。呂，象兩塊銅餅之形。鑒於武成時期不會有鋁、鐵之類的金屬，所以，所賜之物「呂」，疑是「金」字的省形。呂三，即金（銅餅）三。氒，其。五八六，或說是卦名。

本篇銘文字體似武成時期太保簋等器銘文，唐蘭雖將其置於穆王世，但又言「疑此器較早，當更考。」（第 332 頁）陳夢家在召圜器條下舉例謂此器型制、花紋都是不晚於成王的。（第 53 頁）彭裕商則將效父簋置於成王世。

銘文中出現的人名有：王、效父。

・效父簋二

器型花紋同效父簋一，銘文亦與之相同。（圖像集成 9-447，集成 03823）

參考釋文與考釋說明參閱效父簋一銘文。

・伯矩鼎一

內壁鑄銘文 6 字。（圖像集成 3-293，集成 02170）

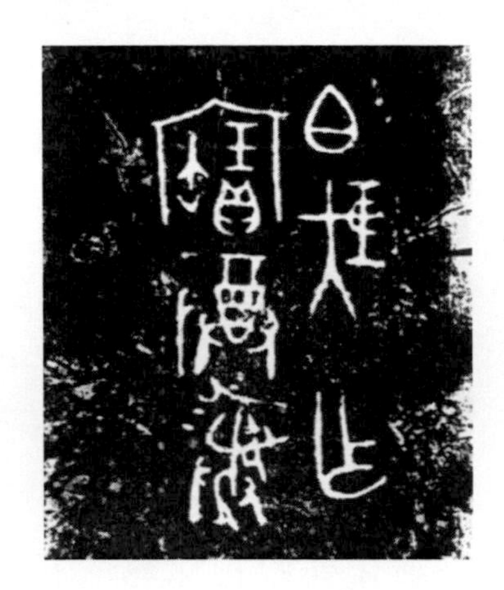

參考釋文

伯矩作寶䵼彝。

銘文中出現的人名有：伯矩。

・伯矩鼎二

伯矩鼎，內壁鑄銘文 12 字。（圖像集成 4-115，集成 02456）

參考釋文

白（伯）矩作寶彝，用言（饗）王出內（入）事（使）人。

白矩，人名。言，讀作宴饗之「宴」。內，或讀作「納」，或讀作「入」。事，讀作「使」，使人，王的使者。或曰：「言」讀作「歆」，《說文》欠部：「歆，神食氣也。」指祭享。恐非是。讀作「宴」爲宜。

琉璃河出土的伯矩器以及傳世器很多。據同出伯矩鬲銘文中有匽侯，因知此器之鑄亦當為西周早期成王時。唐蘭說：「伯矩器很多，最近琉璃河發現，始知為武成時期燕器，鼎銘說『用歆王出內使人』，則當是燕國的行人之官，掌管迎接周王的使者的。」（第 105 頁）

銘文中出現的人名有：伯矩、王。

・伯矩鬲

伯矩鬲，立耳平折沿，分檔款足，平蓋，上有兩個相背的高浮雕牛首，牛角高翹，蓋的正中有由兩個浮雕牛頭組成的鈕。鬲頸飾夔龍紋，腹飾牛角獸面紋，獠牙外露，無底紋，器蓋上下共鑄大小 7 個牛頭。蓋內及頸部內銘文相同，蓋內鑄銘文 4 行 15 個字，頸內壁鑄銘文 5 行 15 字。（圖像集成 6-314，集成 00689）

蓋銘　　器銘

參考釋文

在戊辰，匽侯易伯矩貝，用作父戊𩰫彝。

伯矩稱其亡父廟號曰「父戊」，這是商代晚期銘文的稱謂法，但銘文曰「匽侯易伯矩貝」，匽侯是成王時封第一代燕國諸侯名，所以伯矩也是商代遺民而歸附於周王室者。

銘文中出現的人名有：匽侯、伯矩、父戊。

・伯矩甗

連體式。侈口淺腹，立耳分襠三柱足，下腹微斂，腰內有箅，箅上有五個十字形孔。口沿下飾三足獸面紋帶。鬲腹飾獸面紋。內壁鑄銘文 6 字。（圖像集成 7-143，集成 00893）

參考釋文

伯矩作寶𩰫彝。

銘文中出現的人名有：伯矩。

伯矩還鑄有卣，蓋銘文、字體皆與尊同。（集成 05229、05230）伯矩還鑄有盉一件，銘文與此同。（集成 09412）

・伯矩盤

直口平折沿，腹較深，圜底高圈足。口沿下和圈足均飾列旗脊獸面紋。內底鑄銘文 7 字。（圖像集成 25-403，集成 10073）

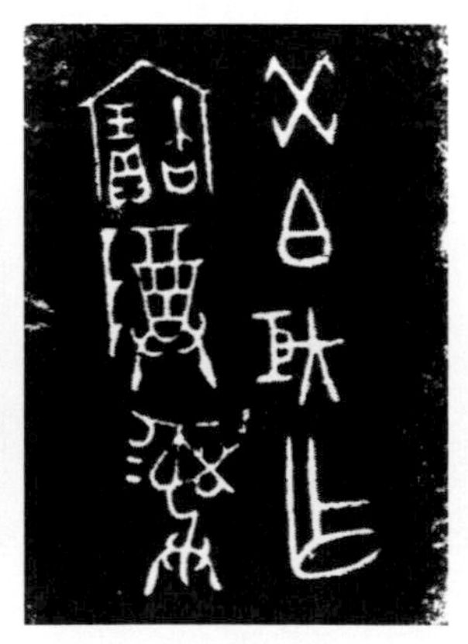

參考釋文

（X、規），伯矩作寶𩰫彝。

首字吳鎮烽釋文注（規）。此字也見於西周早期（X）斧，當是族徽。（集成 11768）

・矩盤

內底鑄銘文「矩作寶𩰫彝」5字。（圖像集成25-384，集成10060）

此銘文單稱矩，以上幾件器稱伯矩，從字體來看當是同一人。不過，本篇銘文「作」字「寶」字的寫法與其他銘文略有不同，故錄此。

・復鼎

折沿圜底，鼓腹三柱足，綯索形立耳，口沿下飾一周列旗脊紋飾。內壁鑄銘文15字。（圖像集成4-217，集成02507）

參考釋文

侯賞復貝三朋，復用作父乙寶𩰫彝。（析子孫）。

侯，根據復尊銘文當是匽侯。復，鑄器者人名。銘文末尾是族徽。早期古文字學者隸作「析子孫」，並言銅器銘文中有這樣字符的是殷代器物。其實，是上古時期的一種祭祀儀式。上古時期死者生前沒有留下遺容，於是祭祀者就抱子坐於丌上象徵亡父而進行祭祀的陳尸之祭。《禮記‧曲禮》:「爲人子者……祭祀不爲尸。」「孫可以爲王父尸，子不可以爲父尸。」《儀禮‧特牲禮》注:「尸，所祭者之孫也。祖之尸則主人乃宗子。禰之尸則主人乃父道。」在商代可能因某人曾擔任協助王室陳尸之祭的職務，於是陳尸之形就成了該家族的族徽。在商代銅器銘文中很常見，武成時期銅器銘文中亦有所見。

銘文稱其亡父曰「父乙」，且有族徽，則復也是商代遺民而歸附於周王室者。復尊亦同。

銘文中出現的人名有：侯、復、父乙，族徽：。

‧復尊

侈口圓筒狀，鼓腹圜底，三段式，圈足矮而外侈。頸飾兩道弦紋，腹飾兩道花冠回首夔紋帶，圈足上部亦飾兩道弦紋。內底鑄銘文 17 字。(圖像集成 21-237，集成 05978)

參考釋文

匽侯賞復冖(幎)、衣、臣、妾、貝，用作父乙寶尊彝。(析子孫)。

匽侯，即燕侯，見匽侯鼎。復，人名。冖，讀作「幎」，大巾、披巾。衣，《說文》:「上曰衣，下曰裳。」穿在上身的叫衣，穿在下身的叫裳，今人統稱爲衣裳。臣妾，指男奴隸和女奴隸。貝，海貝殼。賞賜之物有物有人，可見在西周時期的確存在沒有人身自由權的奴隸,他們像物品一樣被隨意賞賜給臣下。

銘文亦稱其亡父曰「父乙」，且有族徽，又同受匽侯賞賜，與復鼎銘文相同，故知兩器之鑄者當是同一人。

銘文中出現的人名有：匽侯、復、父乙，族徽：。

·攸簋

侈口束頸，鼓腹矮圈足，圈足下有三個呈站立虎形足，器兩側有一對象首卷鼻形耳。蓋上有圈捉手，蓋面和器腹各飾四隻垂冠回首大鳳鳥，頸部前後加飾浮雕獸頭，圈足飾目雷紋。蓋內和內底各鑄銘文 17 字，字數相同。（圖像集成 10-103，集成 03906）

器銘

蓋銘

參考釋文

侯賞攸貝三朋，用作父戊寶僔彝，启作綦。

唐蘭說：「賞字從㗊商聲，㗊象星形，此爲參商的商星的專字。」启，始也。綦，左從糸，右從其聲，即「綦」字，唐蘭疑是氏族名，意爲做綦氏的祭器。

本器與復鼎、復尊同出於琉璃河西周墓中，故當是同時代之物，銘文中的侯也當是匽侯。銘文稱其亡父廟號曰「父戊」，則攸亦爲商代遺民而受到匽侯賞賜者。

銘文中出現的人名有：攸、父戊、启。

・中鼎

中鼎，內壁鑄銘文 12 字。（圖像集成 4-115，集成 02458）

參考釋文

侯易𠁩（中）貝三朋，用作且（祖）癸寶鼎。

侯，根據唐蘭等說法則是匽侯。銘文「中」字的寫法與商代甲骨文以及何尊銘文相同。當然，這種寫法的「中」，一直延續到西周中期。唐蘭說，本器與復鼎、攸簋均是侯賞貝三朋，當是同時器。銘文稱其亡祖廟號曰「祖癸」，則中亦是商代遺民而歸附於周王室者，且「中」在商代銅器銘文中經常單獨出現，似是族徽，也可證中氏亦當是商代遺民而爲周王室所用者。

銘文中出現的人名有：中、祖癸。

・寓鼎

深圓腹，三柱足，二立耳。口沿下飾列旗脊獸面紋帶。內壁鑄銘文 31 字。（圖像集成 5-90，集成 02718）

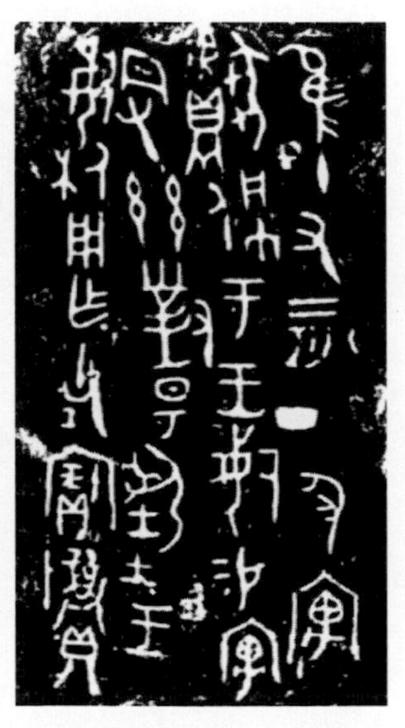

參考釋文

隹十又二月丁丑，寓獻佩于王妸(姒)。易寓曼茲(絲)。對揚王姒休，用作父壬寶尊鼎。

寓，人名。獻，進獻。佩，佩巾。《說文》人部：「佩，大帶佩也。從人從凡從巾。佩必有巾，巾謂之飾。」小篆寫法與武成時期金文相同。根據錢大昕「古無輕唇音」的說法，疑「凡」是聲符，輕唇音，上古讀重唇音，與「佩」讀音相同。于，表示動作的趨向。

王妸，「姒」字從女司聲，疑即太姒，姒姓，周文王正妃，武王之母。陳夢家對此字有論說，說當是昭王之后妃（第 138～141 頁），但所舉相關器物皆是成王時器物，故本文作爲成王時器。曼，讀作「縵」。《說文》：「縵，繒無文也。」縵絲，猶縵帛，一種無文采的布帛。「揚」字寫分開了。父壬，寓亡父的廟號。由此觀之，寓也是商代遺民而歸附於周王室者。

銘文有王姒之名，字體與武成時期相同，器型花紋亦是武成時期特徵，故定爲成王時器物。銘文有兩處省略主語，一處是「易」前省主語「王姒」，另一處是「對揚」前省主語「寓」。

銘文中出現的人名有：寓、王姒、父壬。

・憻季遽父卣

橢圓形，長子口，鼓腹，圈足外侈，頸兩側有環鈕，套接貘頭扁提梁。蓋沿下呈束腰形，有兩個犄角，頂部有圈狀捉手。蓋上和圈足各飾兩道弦紋，器頸飾三道弦紋，前後增飾高浮雕貘頭。器、蓋內各鑄銘文 10 字，銘文相同。（圖像集成 24-164、166，集成 05357、05358）

蓋銘

器銘

參考釋文

𢤎季遽父作豐姬寶𢀛彝。

𢤎，從心從虫（huǐ），亩（亶）聲，字書所無，銘文中是人名。𢤎季遽父，鑄器者前字後名。

銘文中出現的人名有：𢤎季遽父、豐姬。

·亞盉

侈口束頸，鼓腹圜底，前有管狀流，後有獸首鋬，圜底下有三柱足，蓋上有半環形鈕。蓋沿和頸部均飾有三列雲雷紋組成的獸面紋。器、蓋內各鑄銘文15字，器蓋同銘。（圖像集成 26-170，集成 09439）

器銘

蓋銘

參考釋文

㠱侯亞疑。匽侯易亞貝，作父乙寶𢀛彝。

㠱侯亞疑，㠱，氏族名，也是古國名，見於商代甲骨文；亞疑，人名，封爲侯爵。匽侯，與伯矩鬲、復尊等器銘文中的「匽侯」字體相同，當是同一人。

銘文既有「㠱侯亞疑」徽號，又有廟號「父乙」，則亞亦是商代遺民而歸附於周王室者。在商末恐被封爲侯，因曰「㠱侯」，入周後恐隸屬匽侯管轄。

銘文中出現的人名有：㠱侯亞疑、匽侯、父乙。

・作冊䰧卣

器呈橢圓狀，直口垂腹，矮圈足略有外撇，蓋沿下折，蓋上有圈形捉手，兩側有犄角。頸兩側有鈕連接提梁。頸前後飾浮雕犧首。器、蓋同銘，各鑄銘文 28 字。（圖像集成 24-243，集成 05400）

器銘文

蓋銘文

參考釋文

隹明保殷成周年，公易作冊䰧鬯、貝。䰧揚公休，用作父乙寶䵼彝。（肖冊舟）。

明保，人名，即周公子明保，見作冊夨令方彝銘文。陳夢家認爲是周公次子、伯禽之弟君陳。殷，郭沫若說，殷見之禮即大會內外臣工之意，唐蘭謂諸侯同來朝會的名稱。《說文》㐆部：「殷，作樂之盛稱殷。」引申有「盛大」義。《周禮・春官・大宗伯》：「殷見曰同。」鄭玄注：「殷，猶眾也。十二歲王如不巡守，則六服盡朝。朝禮既畢，王亦爲壇，合諸侯以命政焉。所命之政，如王巡守。殷見，四方四時分來，歲終則徧。」本文以爲，銘文「殷成周年」可能是指周王室遷殷頑民到成周以後，專門派明保前往會見諸侯以命政，同時安撫商代遺民的意思。因授命之事意義重大，故隨行之作冊特鑄件銅器銘文記之以爲榮耀。

成周，即雒邑，或作洛邑。𤕧，從𤔔從田，字書所無，銘文是人名，擔任作冊之職，或是隨行之臣。唐蘭讀作「蹊」，與字形不合。𤔔，象雙手理絲之形，所以，本文以爲隸作「細」，與字形方有直接的關聯。鬯，鬯酒，銘文中亦稱秬鬯，用黑黍米和香茅草釀成的酒，主要用於祭祀。貝，海貝殼。公，指明公。休，美好的賞賜。父乙，人名，作冊𤕧之父廟號曰乙者。（肖冊舟），當是族徽。

周公子明保殷見成周之年當在武成時期，也即遷殷頑民之後不久奉命前來安撫商遺民。銘文既稱亡父廟號曰「父乙」，又有族徽（肖冊舟），則作冊𤕧也是商代遺民而歸附於周王室者。

銘文中出現的人名有：明保、作冊𤕧、父乙；族徽：（肖冊舟）。

・作冊𤕧尊

長頸，喇叭口，鼓腹，矮圈足，頸飾兩道弦紋。內底鑄銘文 27 字。（圖像集成 21-258，集成 05991）

參考釋文與考釋說明參閱作冊𤕧卣銘文。

・作冊夨令簋

又名夨令簋。長子口，鼓腹，獸首雙耳，下有方垂珥，圈足下連鑄方座，方座四角又有矩形足。口下飾浮雕犧首和圓渦間簡化夔紋，腹飾鉤連雷紋。內底鑄銘文 12 行 110 字。據《斷代》共有二件器，失蓋，銘文相同。（圖像集成 12-96、98，集成 04300、04301）

器一　　銘文

器二　　銘文

參考釋文

隹王于伐楚伯，在炎（郯）。隹九月既死霸丁丑，作冊夨令隩宜于王姜。姜賞令貝十朋、臣十家、鬲百人。公尹伯丁父兄（貺）于戍，戍冀嗣（司）氣（餼）。令敢揚皇王宣（休）。丁公文報，用韻（稽）後人享。唯丁公報，令用弇（敬）扆（揚）于皇王。令敢扆（揚）皇王宣（休），用作丁公寶簋，用隩（奠）事于皇宗，用饗王逆造，用殿（敬）寮（僚）人，婦子後人永寶。雋冊。

王，郭沫若、陳夢家定其爲成王，唐蘭定爲昭王。郭沫若在《大系考釋》中曰：「此成王東伐淮夷踐奄時器。楚即淮夷，淮徐初本在淮水下游，爲周人所迫始溯江而上至於鄂贛。」（第 24 頁）于，往也。伯，唐蘭連下讀爲「伯在炎」，說是白懋父。炎，郭沫若以爲即成王踐奄之奄，今山東曲阜，陳夢家以爲是濟南歷城縣東南 75 里的龍山鎮，唐蘭以爲是郯城縣西。根據字形關係當以唐蘭之說爲是，「炎」讀作「郯」，今山東南部郯城是其故地。據此來看，則炎（郯）屬於東夷之地，武成時期曾屬於楚。今蘇北、魯南一帶直至秦末楚漢相爭時還屬於楚，項羽建都彭城（今徐州），號曰「張楚」，就是明證。而昭王南征主要在楚荊，在今江漢平原一帶。古本《竹書紀年》：「周昭王十六年，伐楚荊，涉漢，遇大兕。」《呂氏春秋・音初》篇：「周昭王親將征荊，辛余靡長且多力，爲王右。還反涉漢，梁敗，王及祭公抎於漢中，辛余靡振王北濟，又反振祭公。」漢，指漢水。可見昭王南征楚荊在江漢，未及東夷之地。既然炎（郯）屬東夷地，則本篇銘文中之王當以成王爲是，而非昭王，故本文列其爲成王時器。

既死霸，月相詞語，太陰月廿三日傍晚所形成的月相。所逢干支是丁丑（14），則某年九月是乙卯（52）朔。查檢曆表，前 1085 年九月，張表是乙卯（52）朔，董譜閏八月是乙卯朔，九月是乙酉（22）朔。筆者在《金文曆朔研究》一書中推得成王元年是前 1092 年，則前 1085 年是成王八年。（第 189 頁）作冊，商周職官名。夨令，人名，擔任作冊之職，銘文或單稱令。王姜，是西周王的配偶。王姜其人，歷來說法不一，或說是武王、成王、康王、昭王之配，此當是成王之配。隩，古文字著錄書皆隸作「尊」，其實應該隸作「奠」。奠宜，唐蘭說是宴饗時的贈賄，郭沫若說爲晉食之意，根據銘文當以郭說爲長。「宜」，象矮足有隔、一頭略銳的托盤內置以肉之形，所以「奠宜」釋晉食之義爲長。

臣十家，家內奴隸中擔任管理事務的奴隸十家。鬲百人，家內奴隸中的普通奴隸百人。公尹伯丁父，公和尹都是職官名。

伯丁父，人名，伯是排行。唐蘭說是丁公之子。據唐蘭之說推算當是齊太公呂尚之孫，所以他把本器向後推至昭王世。本文懷疑伯丁父與丁公可能是同一人，由於鑄器者對其稱呼方式不同而有差異。伯丁父，根據稱謂推測，當是鑄器者夨令的父輩。而丁公是齊太公呂尚的元子，站在晚輩立場上可以稱其伯某。《史記・齊太公世家》曰：「蓋太公之卒百有餘年，子丁公呂伋立。」丁公，當是呂伋的別稱或美稱，呂伋則是其姓名。作爲晚輩的夨令，既可以按輩分稱其爲伯丁父，也可以稱其別稱曰丁公。本篇銘文的人物關係不一定如唐蘭所說是：齊太公——丁公——伯丁父，直系祖、子和孫三代關係。而應當是：齊太公——丁公（伯丁父）——夨令，祖、子和孫三代關係。

兄，讀作「貺」，賜予。戍，指戍守之地。冀，古地名，唐蘭說在龍門以南，爲重要渡口，所以在此設戍，郭沫若認爲「冀」當讀爲輔翼之「翼」。那麼，「戍翼」就是輔助戍守的意思。嗣，讀作「司」，負責、職掌；氣，讀作「餼」，本指饋贈客人的糧食，此處代指一般的糧食。

敢，謙敬副詞。揚，答揚，即對揚。皇，大也；皇王，猶言大王。宔，字書所無，銘文讀作「休」，有賞賜義。異體下面加「止」，作（盂卣）。丁公，人名。此丁公當是齊太公呂尚之元子呂伋。《史記・齊太公世家》曰：「蓋太公之卒百有餘年，子丁公呂伋立。」文報，文，文采；報，酬謝、酬答，唐蘭說是祭名。韻（稽），《說文》稽部：「留止也」，後漢時作「稽留」。享，饗也。此時丁公未必如唐蘭說已亡故，應尚健在，否則本篇銘文不好理解。

㚟，從尞井聲，字書所無。唐蘭隸作「靑」，讀如「靖」，恭敬的意思；郭沫若疑即「敬」字，吳鎮烽釋文注「深」。㕄，從厂長聲，字書所無，根據銘文辭例當讀作「揚」。皇宗，猶言大宗。造，從辵從舟，讀作「造」，吳鎮烽釋文注「復」；逆造，猶言迎送。㕍，從厂從殷，字書所無，郭沫若疑乃「敬」字之別構。寮（僚）人，同僚之人。雋，從隹從丙，字書所無，可能是族徽。雋冊，可能是世襲作冊之職家族的族徽。

本銅器銘文郭沫若、陳夢家定其爲成王時器，唐蘭定爲昭王時器。從字體風格方面來考察，銘文字體多筆鋒和捺筆，當屬武成時期成王時所應有。

銘文中出現的人名有：王、夨令、王姜、伯丁父、丁公，地名：炎（郯）、冀。

・作冊夨令方彝

四阿式蓋和蓋鈕，侈口束頸腹微鼓，蓋和腹部飾大獸面，頸飾雙體龍紋，圈足飾鳳鳥。蓋內、器內底各鑄銘文 187 字。（圖像集成 24-438，集成 09901）

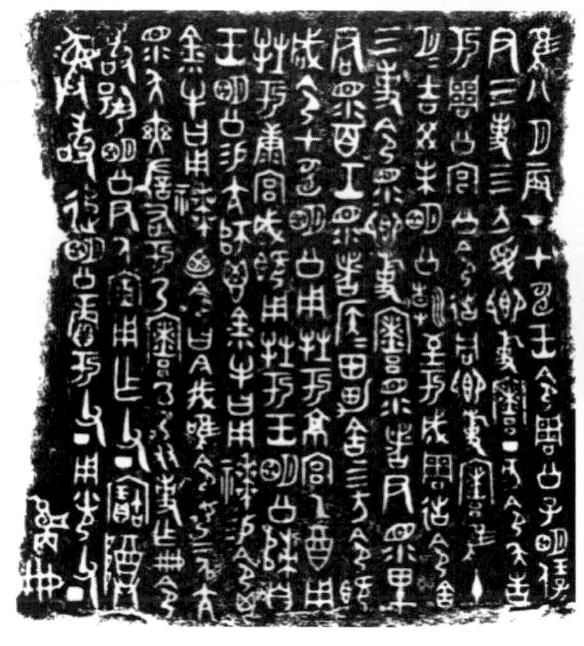

蓋銘文

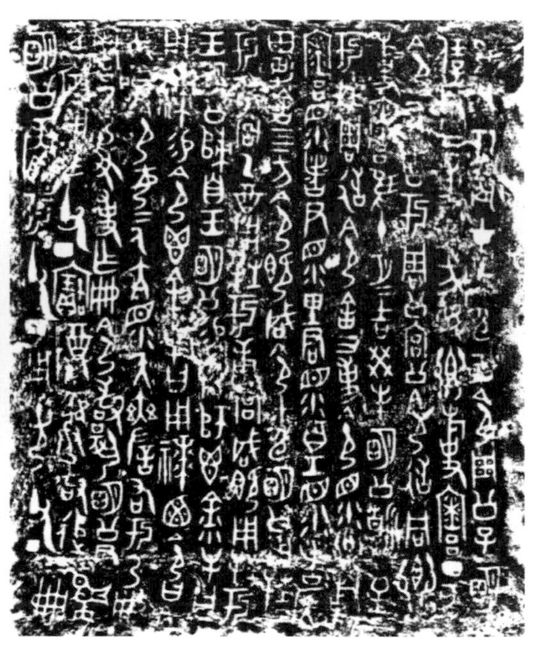

器銘文

參考釋文

唯八月，辰在甲申，王令周公子明保，尹三事（吏）四方，授卿事寮（僚）。丁亥，令夨告于周公宮。公令徣（出）同卿事寮。唯十月月吉癸未，明公朝至于成周，徣（出）令舍三事（吏）令，暨卿事寮、暨諸尹、暨里君、暨百工、暨諸侯：侯、甸、男。舍四方令。既咸令。甲申，明公用牲于京宮。乙酉，用牲于康宮。咸既。用牲于王。明公歸自王。明公賜亢師鬯、金、小牛，曰：「用祓」；賜令鬯、金、小牛，曰：「用祓」。迺令曰：「今我唯令汝二人亢暨夨，奭左右于乃僚以（與）乃

友事」。作冊令敢揚明公尹厥宦（休），用作父丁寶僔彝，敢追明公賞于父丁，用光父丁。雋冊。

辰，日辰。王，與作冊夨令簋銘文中的王當是同一人。周公子明保，人名，陳夢家認爲是周公次子、伯禽之弟君陳；唐蘭考證說是君陳的兒子，也即周公旦的孫子，擔任太保之職。本文以爲當以陳夢家之說爲是。尹，治理、掌管。三事（吏）四方，三事（吏）指的是司徒、司空、司馬，合稱爲三司；四方，指四方諸侯。卿事寮，寮，同「僚」，可能是最高行政總管之稱。

令，仍然是周王命令。夨，人名，即作冊夨令。告，稟告。古人遇有大事則祭告於祖廟，稱告廟。周公宮，據考證是周公旦之廟，周公死於成王時期。但是，根據下句「公令浩（出）同卿事寮」來看，顯然是周公對王命的確認，「公」似乎是活著的，而非已死。不然，怎麼能令出同卿士僚呢？！若此分析不錯的話，則「周公宮」就是周公所居的宮室，而非供奉周公神主的廟室。再進一步推論，再上一句「丁亥，令夨告于周公宮」之告，就是稟告的意思，而不是祭告。全篇銘文都是寫實，並無借鬼神之口的虛幻託詞。浩，從彳從止從口，字書所無，歷來被讀作「誕」，發語詞，陳夢家釋作「造」。本文根據字形結構以爲當是「出」字異構，這樣解釋於文義才暢通無礙。該字又見於臣辰盉銘文。

月吉，同初吉，即初一朔，周人以月初見爲吉。到目前爲止，西周銅器銘文僅此一見。明公，即明保，相對於周王來說稱「明保」，但相對於臣下的夨來說則稱「明公」，因身份地位不同而稱謂有所不同。成周，即雒邑。舍，發佈。以下是卿士僚等職官以及不同等級的四方諸侯。既，已經。咸，皆、全部。用牲，用全牲祭祀。京宮，宮室名。康宮，唐蘭認爲是康王之廟，因此他將本器定爲康王之子昭王時器。但也有學者認爲作冊夨令諸器應屬於成王時器，認爲康宮非康王之廟，乃是西周宗廟建築群中規模較大的一間。「康」是康寧、安康的意思，所以「康宮」是宮室名。〔註34〕又據下文明公簋銘文，明公是參與伐東國之人，據傳世文獻記載，武成時期唯有成王踐奄伐東國。所以，夨令諸器當屬於成王時器，昭王之說不可遽信。如果大膽地推測，本

〔註34〕杜勇、沈長雲：《金文斷代方法探微》第102、103頁，人民出版社2002年版；葉正渤：《此鼎、此簋銘文曆朔研究》，《中國文字研究》第17輯2013年。

篇銘文所記或許是伐東國前夕成王授予明公「尹三吏四方，授卿事寮」的大權，做好人事方面的安排準備伐東國。參閱明公簋銘文。

「用牲于王，明公歸自王」，此處的兩個「王」，當指位於洛邑西北王城的王社，社是祭祀的場所。若是指生王，則本句銘文「用牲于王」不好理解。亢師，人名，擔任師之職，參與活動的卿士之一，因此受賞。祓，祓祭，攘除災禍的一種祭祀儀式。令，夨令，人名，或單稱夨，參與活動的卿士之一，因此受賞。迺，同「乃」，連詞。二人，指亢和夨。奭，象人兩腋下夾有器物之形，此字在商代甲骨卜辭裏已有之，且異體也較多，是商王配偶用字，或讀作「配」。本篇銘文中或作「配」字用，有配合義。

厥，𠭯，同「其」。宔，讀作「休」，美好的賞賜。父丁，作冊之父，廟號曰丁。光，光大（父丁的功德）。雋冊，作冊夨令家族的族徽。

夨令既稱其亡父廟號曰「父丁」，又有族徽雋冊，那麼夨也是商代遺民而歸附於周王室者。可能也有例外的情況存在。

筆者曾在《金文曆朔研究》一書中對作冊夨令尊銘文的曆朔和王世做了考證指出：

由銘文可以推斷八月可能是甲申（21）朔，丁亥（24）是八月四日，九月可能是癸丑（50）朔，則十月月吉方得癸未（20），甲申（21）是十月二日，乙酉（22）是十月三日。本文推得成王元年是前 1092 年，成王三年（前 1090 年）八月，張表是甲寅（51）朔，九月是甲申（21）朔，十月是癸丑（50）朔，十一月是癸未（20）朔，正好錯後一個月合曆。而董譜八月正是甲申（21）朔，九月是癸丑（50）朔，十月是癸未（20）朔，銘文與之完全合曆。在成王在位的三十年間，再無與銘文所記曆日相合者，說明成王元年就是前 1092 年，且成王「令周公子明保，尹三事四方，受命卿事寮」等事是成王三年（前 1090 年）之事。（第 188 頁）

銘文中出現的人名有：王、周公子明保，也即明公，夨、亢、丁公，地名：成周。

·作冊夨令尊

又名夨令尊。（圖像集成 21-315，集成 06016）

銘文與作冊夨令方彝全同，唯行款不同，是一人所鑄。參考釋文與考釋說明參閱作冊夨令方彝銘文。

·息伯卣

器呈橢圓形，長子口，失蓋，下腹向外傾垂，圈足外侈，頸部有一對環鈕，套接貘頭扁提梁。器頸前後飾浮雕獸頭。內底鑄銘文 17 字。（圖像集成 24-227，集成 05386）

參考釋文

隹王八月，息伯易貝于姜。用作父乙寶𢀛彝。

息伯，鑄器者人名。姜，即王姜，陳夢家以爲是成王之配偶，唐蘭以爲是昭王之配偶。于姜，表示被動，意思是息伯從王姜那兒得到貝的賞賜。

銘文既有周王之配偶姜，又用十天干字作亡父的廟號，則鑄器者息伯也是商代遺民而歸附於周王室者。

銘文中出現的人名有：息伯、姜、父乙。

·息伯卣蓋

蓋內鑄銘文 17 字，與息伯卣器銘相同。（圖像集成 2424-228，集成 05385）

參考釋文與考釋說明參閱息伯卣銘文。

・商尊

又稱庚姬尊，三段式，侈口鼓腹，圈足外撇，沿下折。四面有透雕棱脊，頸飾蕉葉形獸面紋，其下有歧身夔龍，腹部和圈足飾獸面紋。內底鑄銘文 30 字。（圖像集成 21-265，集成 05997）

參考釋文

隹五月，辰在丁亥，帝后賞庚姬貝卅朋，弋茲（絲）廿寽。商用作文辟日丁寶彝。 （析子孫）。

辰在丁亥，猶言日辰在丁亥。這是武成時期銅器銘文的紀時用語。帝后，當是已故帝君的配偶。銘文中首見這種稱謂。后，有人釋作司，讀作姒。庚姬，女性人名。卅，三十。廿，二十。弋，從辵弋聲，字書所無，銘文當是茲的名稱。弋茲，是一種金屬貨幣名。或讀作貸，有賜予、施予義，恐非是。因爲前面有動詞「賞」，賞的對象既包括貝卅朋，亦涵蓋弋茲。寽，金屬貨幣的單位名稱，鋝字的初文。參閱師旂鼎銘文。商，鑄器者人名。從銘文文義來看，當是庚姬的私名。文辟，文是謚號，辟指君后，此指庚姬的亡夫。日丁，根據商代用日干命名亡祖父廟號的習慣，此是亡夫文辟的廟號。，商代族徽。或釋作舉，非是，是陳尸之形，是一個複合表義的字，猶如納西族的東巴文，屬於文字初創階段的一種形態。

本器雖然器型、紋飾以及銘文字體、以十天干字作亡夫廟號、有族徽等要素來看皆屬商代晚期銅器銘文的特徵。但是，銘文又用「辰在某干支」這種武成時期才有的格式紀時，所以，本器應是武成時期所鑄，鑄器者商也是商代遺民而歸附於周王室者。

銘文中出現的人名有：帝后、庚姬、商、日丁，族徽：[族徽字形]（析子孫）。

・商卣

又稱庚姬卣。器蓋同銘，各鑄銘文 30 字，字數、字體與商尊完全相同，唯行款不同。（圖像集成 24-251，集成 05404）

蓋銘

器銘

參考釋文

隹五月，辰在丁亥，帝后賞庚姬貝卅朋，迖茲（絲）廿寽。商用作文辟日丁寶尊彝。▣（析子孫）。

銘文中出現的人名有：帝后、庚姬、商、日丁，族徽：▣（析子孫）。

·旂鼎一

內壁鑄銘文 16 字。（圖像集成 4-247，集成 02555）

參考釋文

文考遺寶責（積），弗敢喪，旂用作父戊寶尊彝。

文考，對已故父親的謚稱。遺寶責，遺寶，留下來的珍寶；責，從貝朿聲，讀作「積」，積蓄。喪，喪失。旂，人名。父戊，人名。用十天干作亡父廟號，可見旂也是商代遺民而歸附於周王室者。

銘文中出現的人名有：旂、父戊。

·旂鼎二

斂口窄沿，口沿上有一對小立耳，下腹外鼓，三柱足。頸部飾弦紋一道。內壁鑄銘文 24 字。（圖像集成 4-487，集成 02670）

參考釋文

唯八月初吉，辰在乙卯，公易旂僕。旂用作文父日乙寶彝。（析子孫）。

本篇銘文稱「文父日乙」，而旂鼎一銘文稱「父戊」，可見本篇銘文中的旂與旂鼎一銘文中的旂當非同一人，與下文作冊旂尊和作冊旂觥銘文中的旂恐是同一人。

銘文使用族徽「析子孫」以及用日干作亡父的廟號，但是，銘文同時又用武成時期才有的「初吉」「辰在某某（干支）」的方式紀日，說明此器之鑄只能在武成時期，而非商代晚期。所以，旂也當是商代遺民而歸附於周王室者。

銘文中出現的人名有：公、旂、文父日乙；族徽：析子孫。

·旂簋

內底鑄銘文 4 字。（圖像集成 9-338，集成 03371）

參考釋文

旂作寶𣪘（簋）。

・旟鼎

立耳深腹，平沿方唇，圓底三柱足。口下飾獸面紋，足跟飾浮雕大獸面，耳外側飾兩條夔龍。內壁鑄銘文 28 字。（圖像集成 5-79，集成 02704）

參考釋文

唯八月初吉，王姜易旟田三于待劀（鐔），師樜（櫨）酤兄（貺），用對王休，子=孫其永寶。

八月初吉，即八月初一。王姜，此王姜亦當是成王之配。或以爲是昭王之配，故將本器定在昭王世，也有人將其定在康王世。旟，從㫃輿聲，唐蘭在䜌鼎條下以爲通「旟」字，銘文是人名。田三，猶言三田。待劀，銘文是地名，是三田所在地。劀，從襾（象果實之形，「栗」字所從）從田從刀，唐蘭疑當讀「鐔，是刀劍的鼻」。師樜，人名，擔任師之職。樜，陳夢家、唐蘭讀作「櫨」，吳鎮烽釋文讀作「楷」。酤，從酉從舌，唐蘭隸作「酷」，讀爲「告」。

本篇銘文字體肥大，有筆鋒和方筆，又有人名王姜和旟，聯繫以上幾篇銘文，故本文將其列爲成王時器。

銘文中出現的人名有：王姜、旟、師楷，地名：待劀（鐔）。

・亳鼎

無器型，內壁鑄銘文 22 字。（圖像集成 4-444，集成 02654）

參考釋文

公侯易亳杞土、麇（𧊒）土、（栥）禾、（齜）禾，亳敢對公中（仲）休，用作尊鼎。

公侯，人名。陳夢家說：「公侯、公中當是一人，侯是爵名，中是排行。公中與但稱中者恐非一人。」（第 70 頁）唐蘭說：「此公仲或者就是宋國的微仲，即仲旄父。爲諸侯之一，所以稱公侯。」（第 122 頁）亳，鑄器者人名。杞土，位於杞的土地。杞，地名，也是西周諸侯國名，在今河南杞縣。，下所從似禾，上部象某種動物，字書所無，吳鎮烽隸作「麇」，或是「𧊒」字，銘文是地名。，下從禾，上部不知所從，字書所無，釋文採用吳鎮烽的隸定作栥，銘文是地名，產禾。，左側似從鬼，右側似從微，字書所無，釋文採用吳鎮烽的隸定從齒從微作齜，銘文是地名，產禾。所賜之物有土，還有土上所長的禾，這大概是公田，所以可以連禾一起賞賜。公仲，即銘文開頭的公侯。休，賜也。

陳夢家、唐蘭皆將本器置於成王世。

銘文中出現的人名有：公侯（公仲）、亳，地名：杞、麇、栥、齜。

·弖簋

無器型，內底鑄銘文 22 字。（圖像集成 10-283，集成 10581）

參考釋文

隹八月甲申，公中（仲）在宗周，易弖貝五朋，用作父辛𢍎彝。[illegible]（㝩）。

公中，即公仲，唐蘭說：「此公仲或者就是宋國的微仲，即仲旄父。爲諸侯之一，所以稱公侯。」（第 122 頁）宗周，地名，酆京鎬京。弖，從弓從上下二丁，字書所無，前之學者隸作弖，或以爲即「弜」字，銘文是鑄器者人名。末一字㝩，從宀從丮從屮，字書所無，唐蘭疑是族徽。暫從之。

銘文既有宗周，又用十天干字作亡父的廟號，又有族徽，則鑄器者弖也是商代遺民而歸附於周王室者。

銘文中出現的人名有：公仲、弖、父辛，地名：宗周，族徽：[illegible]。

・奢簋

無器型，內底鑄銘文 26 字。（圖像集成 10-432，集成 04088）

參考釋文

隹十月初吉辛子（巳），公㛅（姒）易奢貝，在𦰩京。用作父乙寶彝，其子孫永寶。

初吉，月相詞語，即初一朔。㛅，從女從嗣聲，讀作「姒」。公姒，人名，唐蘭疑是召公之妻。（第 192 頁）奢，《說文》奢部：「奢，張也。從大者聲」，銘文是鑄器者人名。𦰩京，地名，西周五邑之一。根據錢大昕古無輕唇音的說法，疑是酆京，在宗周。對西周金文中𦰩京的地望作考證的人和文章很多，說法也不一。父乙，鑄器者奢亡父的廟號。

本篇銘文既用武成時期月相詞語紀時，又有西周地名𦰩京，同時還沿襲商代用十天干字作亡父的廟號，則鑄器者奢也是商代遺民而歸附於周王室者。

銘文中出現的人名有：公㛅（姒）、奢、父乙，地名：𦰩京。

·臣辰盉

又名士上盉。侈口、長頸，分檔四柱足。蓋上有一半環鈕，一側有鏈條與鋬相連。頸飾三列雷紋組成的獸面紋，蓋上及腹部飾曲折角獸面紋，除眉目以外，均用細雷紋組成，流管飾葉狀獸體紋。鋬下有族名 4 字，蓋內鑄銘文 46 字。（圖像集成 26-213，集成 09454）

參考釋文

隹王大龠（禴）于宗周，徙（出）𩞁（祼、館）葊（旁）京年，在五月既望辛酉。王令士上眔史寅（黃）𣪕（殷）于成周。替（䚴）百生（姓）豚，眔賞卣鬯、貝，用作父癸寶𩰫彝。臣辰（先冊）。

龠，讀作「禴」，春祭曰禴，字亦作「礿」。宗周，鎬京，西周都城之一，武王所建。徙，從彳從止從口，前人讀作「誕」，發語詞，陳夢家隸作「造」。本文根據字形結構認為當是「出」字異構。此字又見於作冊夨令方彝銘文。𩞁，或讀作「館」，用作動詞居住，或以為是祭名。葊，從茻從亼方聲，或讀作「旁」，菊京，地名，即鄷京，文王所建；或建築物名，位於宗周豐、鎬附近。「菊京年」，也是以事紀年。既望，月相詞語，太陰月的十四日。

士上，鑄器者人名。史寅，或讀作史黃，人名。䆁，從宀殷聲，唐蘭說同「殷」。小臣傳卣銘文就用「殷」字。見下文。成周，西周東都雒邑，成王時建。替，即𣊭字，唐蘭謂讀作「穀」，有飤（給……食）的意義。百生，讀作「百姓」，上古指百官。《尚書‧堯典》：「九族既睦，平章百姓。百姓昭明，協和萬邦。黎民於變時雍。」「百姓」與「黎民」相對，「黎民」是庶民的意思。豚，小豬。眔，及。卣，盛酒器；鬯，鬯酒，用香草釀成的清酒。

父癸，士上亡父的廟號。本篇銘文也是用十天干字作亡父的廟號，可見士上也是商代遺民而歸附於周王室者。臣辰冊先，對於周王室而言士上是臣的身份。辰冊先，當是士上家族的族徽，或隸作「辰先冊」等。商代銅器銘文有先鬲，或稱先鼎（集成 00445），其族徽也作，與臣辰盉諸器銘文中的族徽完全相同，足證武成時期先氏家族是商代遺民之一。

菊京之地名，一般見於穆王時期的銅器銘文中，故唐蘭將本器與下一器小臣傳卣置於穆王世。銘文中有「臣辰冊先」氏族徽號的還有臣辰父乙鼎、臣辰父癸鼎等多器。參見下文。

鑄器者士上還鑄有士上卣和士上尊（集成 05999），與士上盉銘文字數相同，唯行款略異，尊的銘文字跡不清晰，故未錄。

筆者在《金文曆朔研究》一書中曾推算本器與成王二十五年（前 1068 年）五月曆日相合，該年五月張表是戊寅（15）朔，六月是戊申（45）朔，錯月相合。董譜五月是戊申朔，日偏食，完全合曆。（第 191 頁）

銘文中出現的人名有：王、士上、史黃、父癸；地名：宗周、菊京、成周；族徽：臣辰（冊先）。

‧臣辰父癸鼎

窄口方沿，腹微鼓，淺分襠三柱足，一對立耳。腹飾雲雷紋襯底的下卷角獸面紋，兩旁增飾倒置的卷尾夔紋。內壁鑄銘文 6 字。（圖像集成 3-187，集成 02135）

參考釋文

臣辰先冊，父癸。

本篇銘文也稱亡父的廟號曰父癸，與士上盉銘文相同，族徽相同，當是同一人所鑄。

・臣辰父乙鼎一

鼎一斂口窄沿，下腹向外傾垂，一對立耳，三柱足。頸部飾三列雲雷紋組成的列旗脊獸面紋帶。內壁鑄銘文 5 字。共有四篇銘文，本文錄其二。（圖像集成 3-60、61、62，集成 02006、02004）

鼎一銘文

鼎二銘文

參考釋文

父乙，臣辰先。

父乙臣辰鼎四器銘文皆稱亡父廟號曰父乙，而臣辰盉（士上盉）銘文稱亡父曰父癸，說明不是一人所鑄之器。但族徽相似，惟少一「冊」字，可見應是同一家族，可稱爲臣辰先氏。

·臣辰父乙鼎二

直口窄沿，襠部微分，立耳，三柱足細而高。體飾下卷角獸面紋，兩側增飾倒立的夔紋，雲雷紋襯底。內壁鑄銘文 6 字。（圖像集成 3-185、186，集成 02115、02116）

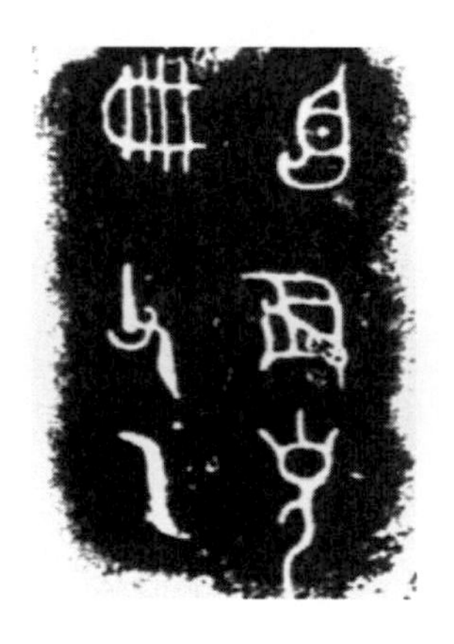

鼎一銘文

又一器銘文

參考釋文

臣辰先冊，父乙。

本器銘文稱亡父也曰父乙，與臣辰父乙鼎一銘文相同，或許是同一人所鑄。但也有不同之處：本篇銘文有「冊」字，而父乙鼎一銘文則沒有，或許是漏寫。以上所列臣辰先氏諸器，屬於同一家族，皆爲商代遺民而歸附於周王室者。從器型和文字特點來看，同屬武成時期則是肯定無疑的。此外，還鑄有臣辰父乙簋等數器。字體、族徽與此相同，從略。

·元尊

內底鑄銘文 12 字。（圖像集成 21-209，彙編 465）

參考釋文

元作高宛日乙彝。臣辰先冊。

宛，似左從各右從乃（人），臣辰盉銘文中還有一個上從宀或釋作裸、或釋作館的字，宀下的寫法與此字相同，在該器銘文中用作動詞，而於本篇銘文中似是輩分之稱謂。

本篇銘文中也有族徽「臣辰先冊」，故與上幾件器物當是同一人所鑄。，從宀從水從皿從考（？），皿上右側所從字跡不清楚，本文疑是考（象人形），吳鎮烽釋文隸作從升。根據銅器銘文的辭例，疑是「寶」字的誤寫。

銘文中出現的人名有：元、日乙，？族徽：臣辰冊先。

・小臣傳卣

吳鎮烽稱爲小臣傳簋，又稱師田父敦。未見器型。內底鑄銘文 59 字。（圖

像集成 11-266，集成 04206）

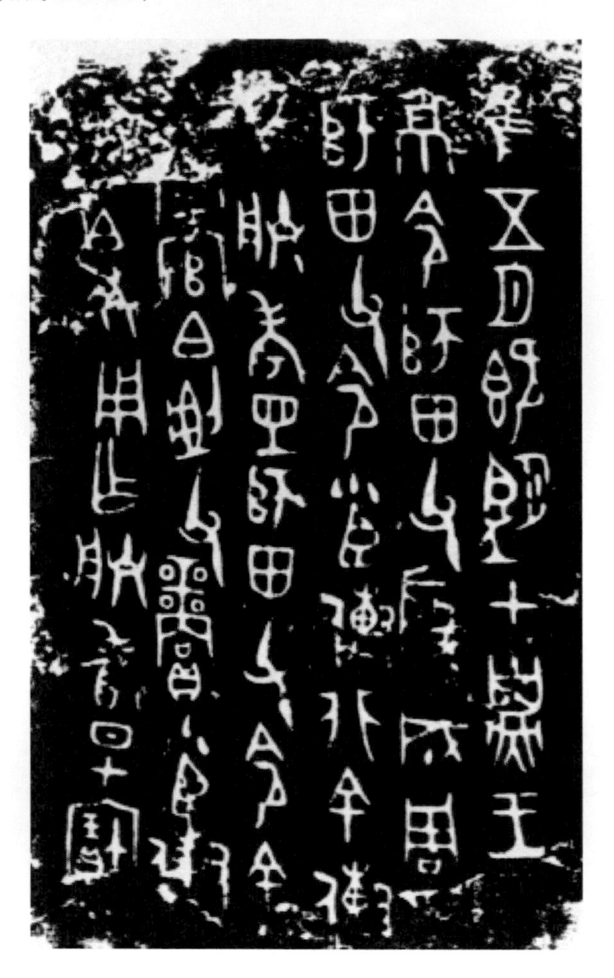

參考釋文

隹五月既望甲（子），王〔在蒡〕京，令師田父殷成周年。師田父令小臣傳非余（緋琜），傳口朕考𤰇（工），師田父令余口嗣（司），白俎父賞小臣傳口。揚白休，用作朕〔文〕考日甲寶〔僔彝〕。

既望，月相詞語，太陰月的十四日。蒡京，地名，西周五邑之一。根據錢大昕古無輕唇音的說法，疑是酆京，在宗周。令，命令、指派。師田父，人名，擔任師之職，父是成年男子的通稱。陳夢家說師田父可能即明保，亦即周公次子君陳。（第 41 頁）令，據文義是賜予義。小臣傳，小臣是西周職官名，傳是人名。非余，說法不一，有讀作「緋琜」，謂是紅色的玉笏。笏，古代大臣上朝時手中所持的狹長微曲的板子，用來記事，按品第不同分別用玉、象牙或竹製成。《禮記・玉藻》:「笏：天子以球玉，諸侯以象，大夫以魚須文竹。」笏的作用是用來記事以備忘。𤰇，字書所無，甲骨文中已有此字，釋作「工」。本句銘文缺字，句義不明。嗣，讀作「司」，職掌、負責。本句也缺字，句義不明。白俎父，人名。本句也缺一字，不知白俎父賞給小臣傳是何物。末一句銘文也有缺字或漏字，釋文據一般銘文辭例補。日甲，也是用十天干字作亡父的廟號，說明小臣傳也是商代遺民而歸附於周王室者。

本篇銘文中甲子之「子」寫作，這是甲骨卜辭和武成時期銘文中的寫法，如武王時期的利簋銘文，以及成王時期的作冊旂尊銘文等。據此來看，則小臣傳卣等器應該是武成時期所鑄。

銘文中出現的人名有：王、師田父、小臣傳、白俎父、文考日甲；地名：成周、蒡京。

·叔夨方鼎

器型呈直口、立耳、淺腹、平底、四柱足。腹部飾雲雷紋襯底的獸面紋，有扉棱，耳之外側飾兩道平行倒U形凹紋，四柱足飾雲紋和蕉葉紋，形制、紋飾與德方鼎頗類似。內壁鑄銘文8行48字。（圖像集成5-234，《文物》2001年第8期第9頁圖12）

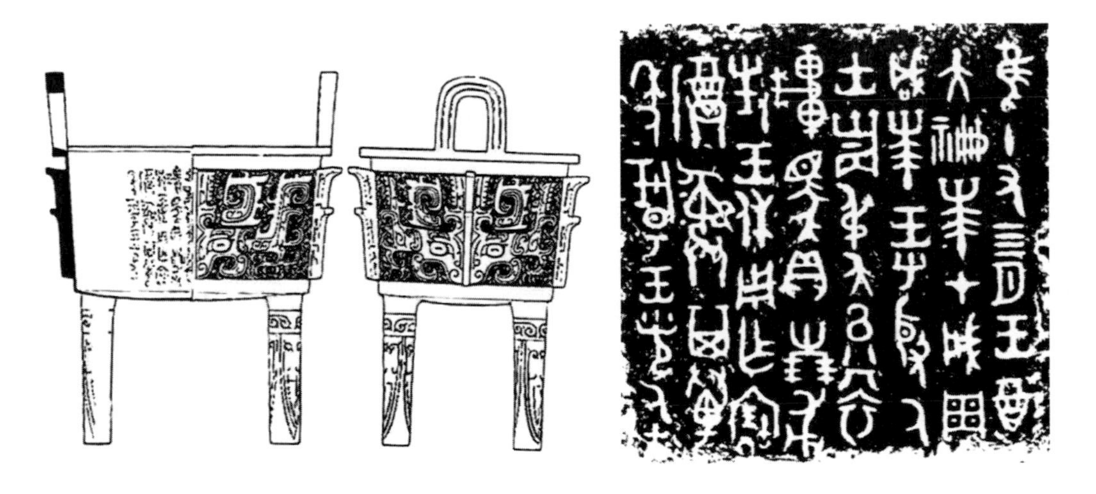

參考釋文

隹十又三（四）月，王酌，大禘（禴、礿）㝵（祓），在成周。咸㝵（祓）。王乎（呼）殷氒（厥）士，𠬝（爲）弔（叔）夨𠃊（以）𠔿衣、車馬、貝卅朋。敢對王休，用作寶𩰫彝。其萬年揚王光厥士。

三，四。十又四月，是年終置閏，本年當有雙閏月。酌，從酉從彡，商代祭名，多見於商代甲骨卜辭。大，盛大。禘，從示從冊，字書所無，銘文是祭名，或即「礿」字的異體。𠦪，象艸木連根拔起之形，甲骨卜辭中多作𠦪，讀作「祓」，攘除災禍之祭。成周，地名，東都王城所在，即雒邑。

乎，「呼」字初文。殷，郭沫若說，殷見之禮即大會內外臣工之意。本文以爲，殷氒（厥、其）士，即《尚書・多士》：「王若曰：『爾殷遺多士，弗弔旻天，大降喪於殷，我有周祐命，將天明威，致王罰，敕殷命終於帝。肆爾多士！非我小國敢弋殷命。』……『今爾惟時宅爾邑，繼爾居；爾厥有干有年於茲洛。爾小子乃興，從爾遷』。」《書序》曰：「成周既成，遷殷頑民，周公以王命誥，作《多士》。」所以，殷厥士，當是指商王朝遺留下來而被遷于成周的眾多士，或曰頑民。從本句的語法結構角度來看，「呼」是本句的動詞，「殷厥士」作「呼」的賓語，是一個詞組，「殷」不是殷見義的動詞，而是修飾「厥士」的，表示領屬關係。

𡨦，象某種器具側視形，前之學者隸作「齎」，〔註 35〕但與字形不合。據語法關係和文義，銘文用作動詞，含有賞賜、贈送義。叔夨，人名，叔是排行，夨是私名。穴衣，有學者疑是「尚衣」二字之省略，讀作「裳衣」，與車馬、貝同爲王賞賜給叔夨之品物。本文以爲就是復尊銘文裏的冖（幎）衣，在復尊銘文中也是與臣、妾、貝同賞給臣下的。揚，答揚。光，光寵。厥士，當指上文的殷厥士。

據李伯謙《叔夨方鼎銘文考釋》一文引羅振玉、郭沫若等人考證說，「夨」上古可能有與「吳、虞」相近的音，則叔夨就是叔虞，是晉第一代受封之君。這樣看來，本器應命名爲叔虞方鼎。其制作時代應該是成王。本文以爲，青銅器之命名，有銘文者一般是根據作器者來命名的。既然本器銘文所寫作器者是「叔夨」二字，那就還應按照銘文用字來命名。至於叔夨是叔虞其人，即使是歷史事實，也不宜改字命名銅器，因爲銘文上寫的就是「夨」字。這就是忠於事實的原則。

銘文中出現的人名有：王、叔夨，地名：成周。

・緐簋殘底

內壁鑄銘文殘存 38 字。（圖像集成 11-107、集成 04146）

〔註 35〕李伯謙：《叔夨方鼎銘文考釋》，《文物》2001 年第 8 期。

參考釋文

隹十又一月初吉辛亥，公令𦅫伐（閥）于曩白（伯），曩伯蔑𦅫歷，賓𦅫柀廿、貝十朋。𦅫對揚公休，用作祖癸寶奠彝。

公，可能是召公奭。𦅫，人名。曩伯，也是人名。伐，《說文》：「閥閱，自序也。從門伐聲。義當通用伐。」閥閱，官宦人家自序功狀而樹立在門外左邊的柱子。《玉篇》：「在左曰閥，在右曰閱。」從銘文的內容來看，曩伯蔑𦅫歷，是𦅫受伐於曩伯的，可見是𦅫豎閥閱。

蔑歷，或作「蔑……歷」格式，勉勵的意思。賓，有贈送義。柀，樹名，據說橡柀樹放在室內有吸煙味的作用。廿，二十棵。公休，公美好的賞賜。祖癸，𦅫的亡祖曰癸的廟號，則𦅫也是商代遺民之一。最後一句吳鎮烽隸作「用作祖戊寶尊彝」，誤，銘文是「祖癸」。

從某些字的體態來看，很像西周初年武成時期的特點，如「隹、且（祖）、公」等字，且行款也不整齊。又有人名公，或即召公奭。故本文將其列入武成時期器。

銘文中出現的人名有：公（召公）、緐、曩伯、祖癸。

・賢簋之一

斂口鼓腹，圈足沿外侈，一對獸首耳，下有方形垂珥，蓋面隆起，上有圈狀捉手。蓋器均飾瓦紋。器蓋同銘，各鑄銘文 27 字。（圖像集成 10-470、集成 04105）賢簋有數器，銘文皆相同，有的字跡不清晰。還有一件賢簋蓋，銘文也相同。從略。

銘文

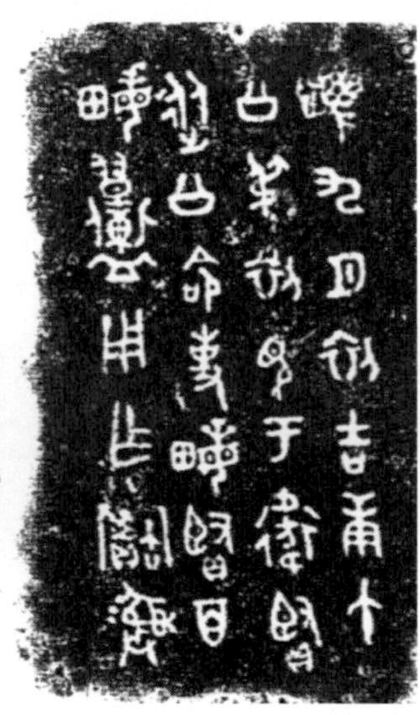

器銘

參考釋文

唯九月初吉庚午，公叔初見于衛，賢從，公命吏（使）晦（賄）賢百晦（畝）糧。用作寶彝。

郭沫若曰：「此器甚古，當在周初。公叔殆即康叔，公其字也。」（《大系》釋文二二九）衛康叔，即康叔封，是周武王的同母弟，獲武王封畿內之康國。成王平定三監之亂後，徙封康叔於商故墟（朝歌）之衛。伯懋，即康叔之子康伯髦，因爲是周文王之孫，故亦稱王孫牟。銘文記公叔初見於衛，賢可能是公叔之子，故隨從之衛，則此器當爲成王時器。吏，讀作「使」。晦，讀作「賄」，饋贈。第二個晦，讀作「畝」，田畝的計算單位。《說文》田部：「六尺爲步，步百爲晦。從田每聲。畮，晦或從田、十、久。莫厚切。臣鉉等曰：

十，四方也。久聲。」

銘文中出現的人名有：公叔、賢。

・不壽簋

圓腹侈口，圈足，腹兩側有附耳。口下飾獸面紋，以雲雷紋襯底，腹飾一道凸弦紋。內底鑄銘文 24 字。（圖像集成 10-369、集成 04060）

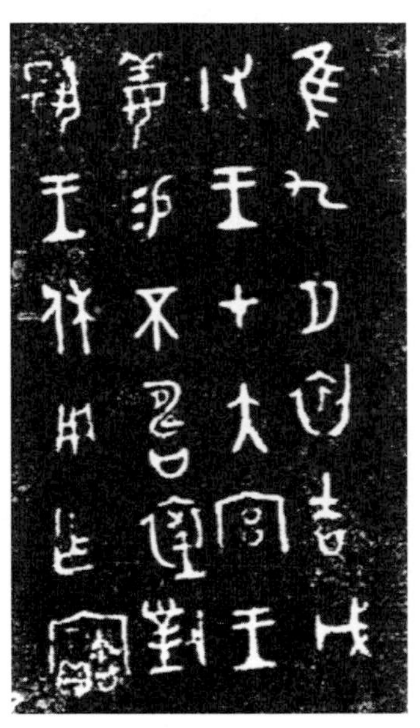

參考釋文

隹九月初吉戊辰，王在大宮。王姜易不壽裘。對揚王休，用作寶。

大宮，宮室名。王姜，即作冊夨令簋銘文中的王姜，或單稱姜，郭沫若說是成王之后（夫人）。不壽，人名。裘，皮裘，皮衣。陳夢家說本篇銘文裏的王姜與成王時的王姜並非一人，故將本器列於共王世。（第 176 頁）但是從字體特徵來看當是西周初期之器，不會晚到西周中期共王時。銘文末尾漏鑄「彝」字。

銘文中出現的人名有：王、王姜、不壽。

・員方鼎

長方體，口沿外折，兩端有一對立耳，淺腹平底，四柱足，四隅飾扉棱。四壁上部飾蛇紋，左右及下部飾三排乳釘紋，足上部飾浮雕獸面。內壁鑄銘文 26 字。（圖像集成 5-37、集成 02695）

參考釋文

唯正月既望癸酉，王狩于眂廩。王令員執犬，休善（膳）。用作父甲𩰫彝。析子孫。

眂廩，廩，從南從攴，當隸作敵，字書所無，銘文是地名。令，郭沫若謂當讀作錫，賜也。執，讀作「鷙」，兇猛。善，讀作「膳」，牲肉。父甲，員的亡父廟號，又有商代特有的旅徽「析子孫」，則員也是商代遺民之一。𩰫彝，大的禮器。

銘文中出現的人名有：王、員、父甲；地名：眂廩；族徽：析子孫。

・匽侯旨鼎

平沿方唇，口沿上一對立耳，淺分襠，三條柱足。腹飾三組雲雷紋襯底的外卷角獸面紋。內壁鑄銘文 22 字。（圖像集成 4-408、集成 02628）

參考釋文

匽（燕）侯旨初見事于宗周，王賞旨貝廿朋，用乍（作）㚸（姒）又（有）寶𠤳彝。

燕爲周王室同姓封國，始封君爲召公奭，但召公奭爲成王太保，未就封，故以元子就封。學者多認爲第一代燕侯名克，旨爲第二代燕侯，召公的三子、姬克的三弟。初見事於宗周，意謂匽侯旨初次到宗周朝見周天子。王，疑是成王，匽侯旨初次到宗周朝見周天子或爲成王晚期時事。㚸，讀作「姒」，女性用字。此「姒」字右上尚有一個「又」（有）字。

銘文中出現的人名有：匽侯旨、王、有姒，地名：宗周。

·公太史鼎

方鼎，平沿方唇，兩立耳，平底四柱足，四角有扉棱。口下飾一頭雙身龍紋，左右和下部飾乳釘紋。內壁鑄銘文 9 字。（圖像集成 3-482、483，集成 02371、02339）

M30.5　器型和銘文

M30.3　銘文

M30.4 銘文

參考釋文

公太史乍（作）姬𡖊（瑩）寶䵼彝。

公太史，太史是職官名。此公太史，或即召公奭。姬，是女性用字。𡖊，從矢從玉，字書所無，或可隸作「瑩」，銘文是人名。

銘文中出現的人名有：公太史、姬𡖊。

・曆盤

僅有銘文，未見器形。內底鑄銘文 5 字。（圖像集成 25-384，集成 10059）

參考釋文

曆乍（作）寶䵼彝。

曆，鑄器者人名。銘文字體與矩盤銘文完全相同，如出一人之手筆，故列爲成王時器物。乍（作），鑄。

銘文中出現的人名有：曆。

・祉（延）盤

直口折沿，斂腹高圈足，紐索形附耳。盤壁及圈足均飾雲雷紋襯底的蟬紋帶，盤壁前後增飾浮雕犧首。內底鑄銘文 6 字。（圖像集成 25-390，集成 10067）

參考釋文

徃（延）乍（作）周公僔彝。

徃，鑄器者人名。徃，商代甲骨文中就有此字，用作表示前往的動詞，吳鎮烽注作「延」，爲便於書寫暫從之。銘文是人名。乍（作），鑄。僔彝，祭祀用的禮器。所以，唐蘭說「此當是周公死後所作」。（第 94 頁）周公死於成王時期。《史記・魯周公世家》：「周公在豐，病，將沒，曰：『必葬我成周，以明吾不敢離成王。』周公既卒，成王亦讓，葬周公於畢，從文王，以明予小子不敢臣周公也。」可見本器的確屬於成王時期器物。

銘文中出現的人名有：徃（延）、周公。

武成時期王室和貴族大臣所鑄的銅器銘文可能不止這 100 餘篇，本文收錄約略可系聯、可驗證且有文字資料價值者如上。只有材料可靠可信，據此研究歷史語言文化所得到的結論方才可靠可信。不過，就這 100 餘篇銘文來說，以前的學者對它們的所屬王世，斷代分歧也較大，可謂仁者見仁、智者見智，各人都能舉出一些理由來論證。本文在以前學者研究成果基礎上，結合自己的理解作出判斷和取捨。未敢確信屬於武成時期銅器者，如宜侯夨簋、班簋，其銘文有非常重要的文字資料價值，但暫未收入。原因如下，宜侯夨簋，郭沫若和陳夢家定爲成王時器（後陳夢家改爲康王時），唐蘭定爲康王時器；班簋，郭沫若、陳夢家定爲成王時器，劉心源、于省吾、楊樹達、唐蘭等以爲是穆王時器。從銘文字體特徵方面來考察，宜侯夨簋比較接近西周早期的字體，而班簋銘文字體則像西周中期靠前的穆王時代。

從銅器器形紋飾等方面來看，晚商的某些銅器器型紋飾很繁縟，造型非常形象逼真。加之有不少是商遺民所鑄之器，其器型紋飾更是直接繼承了晚商的風格特點。其實西周亦然，如太保所鑄諸器。陳夢家總結道：「在初期，是從殷、周並行發展形式變爲殷、周形式的混合，所以此期的銅器更接近於殷式。」（第354 頁）從銘文的篇章結構以及字體來看，相對於西周中後期的銘文和字體來說，普遍比較鬆散，不夠謹嚴。詳見第三章有關論述。

第三節　武成時期銅器銘文中的人名和族徽

之所以把武成時期銅器銘文中出現的人名和族徽列出，目的是爲了更好地進行系聯，從而確定武成時期的銅器銘文。這是基於這樣的看法：對一個成年人來說，他所生活的時間和他所事奉某位君主的時間大致可以推算出來。在古代，一般人的年齡也就在六十餘歲，加之七十而致仕的制度，在官位也就三十來年。而成王在位的時間，雖然史籍文獻的記載語焉不詳，大抵上成王在位三十年和三十七年兩說比較可信。這樣，同一個大臣所鑄的銅器，或與之同時代的其他大臣所鑄的銅器也應在成王時期。當然，例外的情況也有，那畢竟是少數。基於這樣的看法，我們列出了所舉銅器銘文中出現的人名若干以及族徽十餘種，以爲系聯之用。使用十天干作爲亡父或先祖廟號的，則不予列出，因爲可能有相同的，所以無參考價值。

一、武成時期銅器銘文中出現的人名

文王、玟王：

大豊簋銘文：「王衣（殷）祀于王不（丕）顯考文王，事喜（糦）上帝。文王〔德〕在上。」銘文中的王是武王，文王之子，故銘文曰「王衣（殷）祀于王不（丕）顯考文王」，亡父曰顯考。今本《竹書紀年》：「文王既沒，太子發代立，是爲武王。」《史記・周本紀》：「公季卒，子昌立，是爲西伯。西伯曰文王。」又曰：「明年，西伯崩，太子發立，是爲武王。」是武王爲文王之子。文王，字也寫作「玟」，即周文王。何尊銘文：「昔在爾考公氏，克逨（弼）玟王，肄（肆）玟王受茲〔大命〕。」

珷：

利簋銘文：「珷（武王）征商，隹（唯）甲子朝，歲鼎（對），克聞夙又（有）商。」德方鼎銘文：「隹三月，王在成周，征（延）珷（武王），福自蒿（鎬），咸。」何尊銘文：「隹珷王既克大邑商，則廷告于天。」武王，字皆寫作「珷」。武王征商，傳世文獻多有記載，所以「珷」是「武王」二字的合書，是武王的專用字。

利：

利簋銘文：「辛未，王才（在）𩐋（闌）𠂤（師），易（錫）又（有）事利金，用乍（作）旜公寶障（彝）彝。」利，擔任有事之職，傳世文獻未見其名。

旜（檀）公：

參閱上引利簋銘文。檀公，是有事利的先人，傳世文獻未見。

康侯：

沐司徒疑簋銘文：「王來伐商邑，征（徙）命康侯啚（鄙）于衛。」康侯豐方鼎銘文：「康侯豐作寶障（彝）」。康侯鬲銘文：「康侯」。

王國維今本《竹書紀年輯校》：「遷殷民於衛。」引《尚書序》曰：「成王以殷餘民封康叔。」《左傳・定四年》：「分康叔以殷民七族。」《史記・衛康叔世家》：「衛康叔名封，周武王同母少弟也。其次尚有冉季，冉季最少。」「武王既崩，成王少。周公旦代成王治，當國。管叔、蔡叔疑周公，乃與武庚祿父作亂，欲攻成周。周公旦以成王命興師伐殷，殺武庚祿父、管叔，放蔡叔，以武庚殷餘民封康叔爲衛君，居河、淇間故商墟。」故商墟，即銘文中的「闌」，也即紂王中晚年所居的朝歌。康叔封于此改名曰衛。所以，這個康侯就是衛康叔，或稱康叔封，銘文稱「康侯豐」。

沐司徒疑：

沐司徒疑簋銘文：「渣（沐）嗣（司）土（徒）𠔿（疑）眔啚（鄙）乍（作）乁（氒、厥）考𩱧彝。」沐，地名，即沐邑，即銘文中的「闌」（朝歌）以前的叫法。司徒，西周職官名；疑，人名，擔任司徒之職。傳世文獻未見。

沐伯疑：

沐伯疑鼎銘文：「渣（沐）伯𠔿（疑）作寶𩱧彝。」沐伯疑尊銘文：「沐伯疑作氒考寶旅𩱧彝。」渣（沐）伯疑，人名，沐是衛以前的稱謂，康叔封于此後改名曰衛。伯是排行，疑是私名，與沐司徒疑簋銘文中的沐司徒疑當是同一人。

疑：

疑鼎銘文：「疑作寶僔彝」，疑盤銘文：「疑作辛考寶僔彝。」疑，可能就是沐司徒疑，或許此時還沒有擔任司徒之職，故單稱疑。

康侯豐：

見康侯豐方鼎銘文，即康侯封。參閱「康侯」條。

疐：

作冊疐鼎銘文：「康侯在柯師，賜作冊疐貝，用作寶彝。」又見於亞疐鬲（集成 00455），銘文僅一字，當是同一人。疐與康侯是同時代之人。

小臣謎：

小臣謎簋銘文：「厥復歸在牧師，伯懋父承王命易（錫）師率征自五齵貝。小臣謎蔑歷，眔易（錫）貝，用作寶僔彝。」謎，人名，擔任小臣之職。由銘文可知小臣謎與伯懋父是同時代人。

伯懋父、懋父：

小臣謎簋銘文：「東尸（夷）大反，伯懋父以（率）殷八師征東尸（夷），……厥復歸在牧師，伯懋父承王命易（錫）師率征自五齵貝。」伯懋父，或省稱作懋父。御正衛簋銘文：「五月初吉甲申，懋父賞御正衛馬匹，自王，用作父戊寶僔彝。」伯懋父之名又見於呂行壺、召尊、召卣等器銘文。

伯懋父，西周成王時期重臣之一，曾隨王東征、北征。孫詒讓說伯懋父就是成王叔父康叔封之子康伯髦，即《左傳・昭公十二年》：「熊繹與呂伋、王孫牟、燮父、禽父並事康王」中的王孫牟。根據本篇銘文來看，伯懋父的地位權勢的確很高，深受周王信賴，故授以軍事大權，專征伐。從語音上看，「髦、懋、牟」三字讀音相近，可以通用。本文懷疑伯懋父是武王異母弟毛叔鄭，此人在武王伐商過程中立有大功，封爲伯，成王時爲王卿士，故有此專征伐大權。《逸周書・克殷》記武王宣佈克殷的典禮時曰：「群臣畢從，毛叔鄭奉明水，衛叔傳禮。召公奭贊采，師尚父牽牲」，毛叔鄭與武王諸弟同時參加典禮，可見其地位不一般。

白懋父其人又見於呂行壺銘文：「唯三月，伯懋父北征。唯睘（還）。呂行𢦏（捷），寽（捋）兕，用作寶𩰫彝。」小臣宅簋銘文：「隹五月壬辰，同公在豐，令宅事伯懋父，白易（伯賜）小臣宅畫毌、戈九，易金車、馬兩。」白懋父，或單稱白。師旂鼎銘文：「唯三月丁卯，師旂眾（（僕）不從王征于方，雷吏（使）氒（厥）友引以告于白（伯）懋父，在艿，白（伯）懋父迺罰得、𢅠、古三百寽（鋝）。」據文獻記載，成康之際刑錯四十年不用，可見成王後期和康王時天下安寧久矣。而銘文中的伯懋父乃隨王征戰之主帥，據此可知伯懋父恐非康王時人也。

周公：

小臣單觶銘文：「王後阪（反），克商，在成師。周公易（賜）小臣單貝十朋。」此克商並非武王克商，而是成王平息武庚祿父反叛與三監之亂。因爲此時已有成師，武王時尚未來得及組建成師，故此乃成王時事也。成師，駐軍名，位於成地的駐軍，亦用作地名。

周公，周公旦，人名，擔任宰之職。《史記．魯周公世家》曰：「周公旦者，周武王弟也。自文王在時，旦爲子孝，篤仁，異於群子。及武王即位，旦常輔翼武王，用事居多。」又曰：「管、蔡、武庚等果率淮夷而反。周公乃奉成王命，興師東伐，作《大誥》。遂誅管叔，殺武庚，放蔡叔。收殷餘民，以封康叔於衛，封微子於宋，以奉殷祀。」銘文所記乃此時事也。周公之名又見於禽簋，𡢁鼎，何簋等器銘文。

小臣單：

小臣單觶銘文：「王後阪（反），克商，在成師。周公易（賜）小臣單貝十朋。」單，人名，擔任小臣之職。傳世文獻未見。

禽、太祝禽：

禽簋銘文：「王伐蓋（奄）侯，周公某（謀），禽祝。禽又（有）敐（脤）祝。」太祝禽方鼎銘文：「太祝禽鼎。」《史記．魯周公世家》：「周公卒，子伯禽固已前受封，是爲魯公。」又曰：「伯禽即位之後，有管、蔡等反也，淮夷、徐戎亦並興反。於是伯禽率師伐之於肸，作《肸誓》……作此《肸誓》，遂平徐戎，定魯。」今本《竹書紀年》：「命魯侯禽父、齊侯伋遷庶殷於魯。」從上引傳世文獻的記載來看，禽或伯禽是周公旦的長子，參與平叛三監之亂。

所以，禽簋屬於成王時器無疑。

犅劫：

犅劫尊、卣銘文：「王征蓋（奄），易（賜）犅劫貝朋。」犅劫，人名，參與成王踐奄的將領之一。奄，今山東曲阜是其故地。傳世文獻未見。

𪓐：

𪓐鼎銘文：「惟周公于征伐東尸（夷），豐白（伯）、尃古（薄姑）咸𢦏（斬）。公歸，御于周廟。戊辰，酓（飲）秦酓（飲）。公賞𪓐貝百朋，用作尊鼎。」𪓐，人名。據銘文來看，當是此次隨周公征伐東夷有功者。傳世文獻未見。

豐伯：

見於上引𪓐鼎銘文。

薄姑：

見上引𪓐鼎銘文。薄姑，《尚書序》曰：「成王既踐奄，將遷其君於薄姑。周公告召公，作《將蒲姑》。」《漢書・地理志》：「周成王時，薄姑氏與四國共作亂，成王滅之，以封師尚父，是爲太公。」所言與本篇銘文正合。《詩經・豳風・破斧》：「周公東征，四國是皇。哀我人斯，亦孔之將！」四國，指管、蔡、殷、奄，一說指管、蔡、徐、奄。據文獻記載，參與反叛的還有東夷的徐、奄、薄姑、熊、盈等國。

口（殘）：

新邑鼎銘文。根據銘文語法關係，所殘之字是人名。

𠹈（鳴）士卿：

𠹈（鳴）士卿尊銘文：「丁子（巳），王在新邑，初𩟔（速）工（功），王易（賜）𠹈（鳴）士卿貝朋。」新邑，新建之邑，據朱駿聲《尚書便讀・多士》注「新邑洛，指下都成周也。」「成周者，洛之下都，所謂瀍水東也，王城在瀍水西」。（第151頁）鳴士卿，人名。傳世文獻未見。

㓶（何）：

何尊銘文：「王咸𢍰（誥）。㓶（何）易（賜）貝卅朋，用作囷公寶尊彝。隹王五祀。」何簋銘文：「唯八月，公陕殷年，公易（賜）㓶貝十朋，乃令㓶𤔲（嗣）三族，爲㓶室。」何，人名。傳世文獻未見。

考公氏：

何尊銘文：「在四月丙戌，王誥（誥）宗小子于京室。曰：『昔在爾考公氏，克逨（弼）玟王，肄（肆）玟王受茲〔大命〕。隹珷王既克大邑商，則廷告于天』。」考公氏，指宗小子的父輩們，或曰文王之卿士。傳世文獻未見。

德：

德方鼎銘文：「隹三月，王在成周，征（延）珷（武王），福自蒿（鎬），咸。王易德貝廿朋，用作寶僔彝。」德鼎、德簋銘文：「王易（賜）德貝廿朋，用乍（作）寶僔彝。」德，人名，據叔德簋銘文「王賜叔德臣娎（致）十人」來看，德應是成王的叔父輩。傳世文獻未見。

叔德：

叔德簋銘文：「王易弔（叔）德臣娎（致）十人，貝十朋，羊百。」德，與叔德或是一人。

盂：

盂爵銘文：「隹王初奉（祓）于成周，王令盂寧登（鄧）白（伯），賓貝。」盂卣器銘文：「兮公[illegible]（休）盂鬯束，貝十朋。盂對揚公休。」盂，人名，並非大小盂鼎銘文中的盂，這是成王初祓於成周時的貴族大臣。傳世文獻未見。

兮公：

兮公，人名，見於上引盂卣銘文。傳世文獻未見。

獻侯：

獻侯顥鼎銘文：「成王大奉（祓），在宗周，賞獻侯顥貝，用作丁侯僔彝。」獻侯，侯名。傳世文獻未見。

丁侯：

見於獻侯顥鼎銘文。勅書鼎銘文：「勅𤔲（書）作丁侯僔彝。」兩件器物銘文中的丁侯疑是同一人。疑是齊太公呂尚之兒子丁公呂伋。據銘文後面的族徽黿來看，勅書應是商遺民之一。

勅書：

見於上引勅書鼎銘文。敕書，人名，根據銘文後面的族徽黿來看，勅書應是商遺民之一。

玔（揚）：

揚鼎銘文：「己亥，玔（揚）見事于彭，車弔（叔）賞揚馬，用作父庚䵼彝。」揚，人名。根據銘文後面的族徽黿來看，也應是商遺民之一。

車叔：

見於上引揚鼎銘文。車叔，人名。傳世文獻未見。

應公：

應公鼎銘文：「應公作寶䵼彝，曰：奄以乃弟用夙夕鬺（shāng）亯。」應公，人名，又見於應公簋、應公觶、應公尊、應公卣等器銘文。應，古國名，在今河南省寶豐縣西南，壽山縣東。

奄：

見於上引應公鼎銘文。奄，是人名。傳世文獻未見。

太保、保：

太保鼎銘文：「大保鑄」。太保，西周職官名，三公之一，周初指召公奭。《史記・周本記》曰：「武王即位，太公望爲師，周公旦爲輔，召公、畢公之徒左右武王，師修文王緒業。」《尚書・君奭》曰：「召公爲保，周公爲師，相成王左右。」則成王時期召公早已經擔任太保之職。

太保簋銘文：「王伐彔子耶（聽、聖），叡！氒（厥）反，王降征命于大保。大保克苟（敬）亡（無）譴。王永（迎）大保，易（賜）休余（徐）土，用茲彝對令（命）。」旅鼎銘文：「隹公太保來伐反尸（夷）年，在十又一月庚申，公在盩𠂤（師）。」公太保，根據郭沫若之說即召公奭。太保之名又見於他器銘文，參見下文，茲不贅引。

御正良：

御正良爵銘文：「唯四月既望丁亥，公太保賞御正良貝，用作父辛䵼彝。子。」公太保，即召公奭。御正，職官名，職掌王室車馬等事宜。良，人名，擔任御正之職。

𢓊：

太保方鼎銘文：「𢓊作䵼彝。太保。」𢓊，鑄器者人名。傳世文獻未見。

彔子耵（聽、聖）：

太保簋銘文：「王伐彔子耵（聽、聖），𠭰！乎（厥）反，王降征命于大保。」耵，或隸作「聽」，或隸作「聖」，是彔子人名。傳世文獻未見。

叔：

叔簋一、二銘文：「隹王𠦪（祓）于宗周。王姜史叔事（使）于太保，賞叔鬱鬯、白金、芻牛。」叔，人名。不過，這個「叔」字已經寫作「叔」，而不是他器銘文中借「弔」作伯仲叔季之「叔」。這是武成時期新出現的金文單字。傳世文獻未見。

召公：

小臣𧍙鼎銘文：「𥃝（召）公𩞁（饋）匽（燕），休于小臣𧍙貝五朋，用作寶𩁹彝。」召公，人名，即召公奭。《史記・燕召公世家》：「召公奭與周同姓，姓姬氏。周武王之滅紂，封召公於北燕。其在成王時，召公爲三公：自陝以西，召公主之；自陝以東，周公主之。」

召：

召圜器銘文：「隹十又二月初吉丁卯，𥃝（召）公启（肇）進事，旋走事皇辟君。」陳夢家說：此王賞畢土之召疑是畢公高，「召」與「高」音近義通。畢公高，與武王、周公、召公、管叔、蔡叔、霍叔等同是文王之子，受封於畢，位居三公之一，「高」是其私名。

召尊、召卣銘文：「唯九月，在炎（郯）𠂤（師）。甲申，伯懋父睗（賜）𥃝（召）白馬妦，黃𩬂（髮）敚（黴）。用黑（敬）不杯（丕）。召多用追于炎（郯）不（丕）𩵦（肆）伯懋父沓（賄）。召萬年永光，用作團宮旅彝。」召，人名。此召不是召公奭，他是伯懋父的下屬，因此才受到伯懋父的賞賜。陳夢家說「召與召圜器之召疑是一人」。（第 32 頁）

畢公：

獻簋銘文：「十枻（世）不諲（忘），獻身在畢公家，受天子休。」《史記・魏世家》：「武王伐紂，而高封於畢，於是畢姓。」《史記・周本紀》：「成王將崩，懼太子釗之不任，乃命召公、畢公率諸侯以相太子而立之。」《書序》曰：「康王命作冊畢（公），分居里，成周郊，作《畢命》。」《尚書・畢命》：「惟十有二年，六月庚午，朏。越三日壬申，王朝步自宗周，至於豐。以成周之眾，命畢公保釐東郊。」畢公，人名，文王庶子，武王弟。

榰伯：

獻簋銘文：「隹九月既望庚寅，榰（楷）白（伯）于遘王休，亡（無）尤。朕辟天子，榰伯令氒臣獻金車。」榰，吳鎮烽釋文注「楷」，陳夢家疑是《說文》「櫨」字，音近於鄠（hù）。按陳夢家之說，榰伯即畢仲，畢仲是畢公高長子。傳世文獻未見。

獻：

獻簋銘文：「十枻（世）不諲（忘），獻身在畢公家，受天子休。」獻，人名。傳世文獻未見。

榰仲：

奚方鼎銘文：「隹二月初吉庚寅，在宗周，榰中（仲）賞氒嫊奚遂毛兩、馬匹，對揚尹休。」榰仲，人名。唐蘭懷疑本篇銘文之榰中與榰伯簋銘文的榰伯是兄弟。根據陳夢家的說法當是同一人。

嫊奚：

見於上引奚方鼎銘文。人名，傳世文獻未見。

小臣䖒：

小臣䖒鼎銘文：「𥁕（召）公[illegible]（饋）匽（燕），休于小臣䖒貝五朋，用作寶𩰫彝。」䖒，人名，擔任小臣之職。傳世文獻未見。

匽、匽侯：

匽，人名，侯名。見於上引小臣䖒鼎銘文。匽侯簋銘文：「匽侯作姬承𩰫彝。」匽侯，侯名。據研究此匽侯並非召公奭，而是其子克。《史記・燕召公世家》：「召公奭與周同姓，姓姬氏。周武王之滅紂，封召公於北燕。其在成王時，召王爲三公：自陝以西，召公主之；自陝以東，周公主之。」參閱下文太保罍、太保盉、太保卣（又名克罍、克盉、克卣）銘文中的克，以及堇鼎銘文中的匽侯與太保稱謂同時出現，可見是兩個人。匽侯之名又見於匽侯盂一，匽侯盂二，匽侯盂三，堇鼎，伯矩鬲，亞盉，復尊等器銘文。

姬承：

匽侯簋銘文：「匽侯作姬承𩰫彝。」姬承，人名。傳世文獻未見。

堇：

堇鼎銘文：「匽侯令堇飴太保于宗周。庚申，太保賞堇貝。用作太子癸寶𠍙餗。𠕁𠂤。」堇，人名，是匽侯的下屬。傳世文獻未見。

太子癸：

見上引堇鼎銘文。太子癸，人名。傳世文獻未見。

克：

太保罍銘文：「太保！隹乃明乃鬯（暢），亯（享）于乃辟。余大對（封）乃亯（享），令（命）克侯于匽（燕）。……克宅匽（燕），入（納）土眔乎（厥）嗣（司），用乍（作）寶𠍙彝。」克，匽侯人名，太保召公奭的元子，首稱匽侯者。傳世文獻未見。又見於太保盉、太保卣銘文。

[illegible]：

[illegible]簋銘文：「[illegible]敢對公休，用作父癸寶𠍙彝。」[illegible]，人名，字不識，傳世文獻未見。

卿：

臣卿鼎、臣卿簋銘文：「公違眚（省）自東，才（在）新邑，臣卿易（錫）金，用乍（作）父乙寶彝。」臣卿，人名。傳世文獻未見。

公違：

見於上引臣卿鼎，臣卿簋銘文。

公君匽侯：

圛（圉）鼎銘文：「休朕公君匽侯易（賜）圛（圉）貝，用作寶𠍙彝。」人名。傳世文獻未見。

圉：

見上引圛（圉）鼎銘文。圉簋銘文：「王𠦪（祓）予（于）成周，王易圉貝，用作寶𠍙彝。白魚作寶𠍙彝。」人名，傳世文獻未見。又見於圛（圉）甗銘文。

白魚：

人名，見上引圉簋銘文。傳世文獻未見。

效父：

效父簋一、二銘文：「休王易效父吕（金）三，用作乎寶𠍙彝。五八六。」

效父，人名。傳世文獻未見。

伯矩、矩：

伯矩鼎一銘文：「伯矩作寶僔彝。」伯矩鬲銘文：「在戊辰，匽侯易伯矩貝，用作父戊僔彝。」伯矩，人名。據伯矩鬲銘文，伯矩當是匽侯的屬下，也是商遺民之一。又見於伯矩鼎二、伯矩甗，伯矩盤銘文。也單稱矩。矩盤銘文：「矩作寶僔彝。」

復：

復鼎銘文：「侯賞復貝三朋，復用作父乙寶僔彝。（析子孫）。」復尊銘文：「匽侯賞復冖（幎）、衣、臣、妾、貝，用作父乙寶僔彝。（析子孫）。」侯，根據復尊銘文當是匽侯。匽侯，即匽侯克，是首任匽侯。參閱上文。復，鑄器者人名。傳世文獻未見。

攸：

攸簋銘文：「侯賞攸貝三朋，用作父戊寶僔彝，啓作綦。」本器與復鼎、復尊同出於琉璃河西周墓中，故當是同時代之物，銘文中的侯也當是匽侯。攸，人名。傳世文獻未見。

𠁧（中）：

中鼎銘文：「侯易𠁧（中）貝三朋，用作且（祖）癸寶鼎。」𠁧（中），人名。此種寫法也見於何尊銘文，曰「余其宅茲中國」。傳世文獻未見。

寓：

寓鼎銘文：「隹十又二月丁丑，寓獻佩于王妸（姒）。易寓曼茲（絲）。」寓，人名。傳世文獻未見。王妸（姒），人名，疑即文王之配太姒，武王之母。

王姒：

見上引寓鼎銘文。又見於燕侯旨鼎銘文。

憻季遽父：

憻季遽父卣銘文：「憻季遽父作豐姬寶僔彝。」憻季遽父，鑄器者前字後名。傳世文獻未見。

豐姬：

見於上引憻季遽父卣銘文。傳世文獻未見。

曩侯亞疑：

亞盉銘文：「曩侯亞疑。匽侯易亞貝，作父乙寶尊彝。」曩侯亞疑，曩，氏族名，也是古國名，見於商代甲骨文；亞疑，人名，封爲侯爵。傳世文獻未見。

明保：

作冊䰧卣、尊銘文：「隹明保殷成周年，公易作冊䰧鬯、貝。」作冊夨令方彝銘文：「唯八月，辰在甲申，王令周公子明保，尹三事（吏）四方，授卿事寮（僚）。」周公子明保，人名，陳夢家認爲是周公次子、伯禽之弟君陳；唐蘭考證說是君陳的兒子，也即周公旦的孫子，擔任太保之職。本文以爲以陳夢家之說爲是。傳世文獻未見記載。

作冊䰧：

見上引作冊䰧卣、作冊䰧尊銘文。作冊，西周職官名，䰧，人名。傳世文獻未見。

作冊夨令：

作冊夨令簋銘文：「隹王于伐楚伯，在炎（郯）。隹九月既死霸丁丑，作冊夨令隩宜于王姜。」夨令，人名，擔任作冊之職。傳世文獻未見。又見作冊夨令方彝、作冊夨令尊銘文。

王姜、姜：

見前引叔簋銘文：「隹王桒（祓）于宗周。王姜史叔事（使）于太保，賞叔鬱鬯、白金、芻牛。」以及作冊夨令簋、作冊睘卣銘文，又見於息伯卣、旟鼎，不壽簋等器銘文。

伯丁父：

作冊夨令簋銘文：「公尹伯丁父兄（貺）于戍」。伯丁父，人名，伯是排行。唐蘭說是丁公之子。據唐蘭之說推算當是齊太公呂尚之孫，伯丁父，根據稱謂推測，當是鑄器者夨令的父輩。而丁公是齊太公呂尚的元子，站在晚輩立場上可以稱其伯某。《史記·齊太公世家》：「蓋太公之卒百有餘年，子丁公呂伋立。丁公卒，子乙公得立。」齊太公——丁公（伯丁父）——夨令，祖、子和孫三代關係當如是。伯丁父，或即傳世文獻中的丁公呂伋。

亢：

作冊夨令方彝、作冊夨令尊銘文銘文：「廼令曰：『今我唯令汝二人亢暨夨，奭左右于乃僚以（與）乃友事』。」亢和夨傳世文獻未見。

明公：

作冊夨令尊銘文：「唯十月月吉癸未，明公朝至於于成周，徣（出）令舍三事（吏）令，暨卿事寮、暨諸尹、暨里君、暨百工、暨諸侯：侯、甸、男。」明公，即明保，相對於周王來說稱「明保」，但相對於臣下（也是兒子）的夨來說則稱「明公」，因身份地位不同而稱謂有所不同。

明公簋銘文：「唯王令明公遣三族伐東或（國），在遾。魯侯又（有）㕚（猷）工（功），用作旅彝。」明公，即作冊夨令方彝銘文中的明公，也即魯侯。《史記・魯周公世家》：「於是卒相成王，而使其子伯禽代就封於魯。」「周公卒，子伯禽固已前受封，是爲魯公。魯公伯禽之初受封之魯，三年而後報政周公。」是伯禽稱魯公，不稱周公。銘文既稱明公，又稱魯侯，可能也是因稱述的對象不同而有差異。相對於王來說，稱「明公」，相對於自己來說則稱魯侯，也許這是一種謙稱。

魯侯：

參閱上引明公簋銘文。

作冊睘：

作冊睘卣銘文：「隹十有九年，王在厈。王姜令作冊睘安夷伯，夷伯賓睘貝、布。」作冊睘尊銘文：「在厈，君令余作冊睘安夷伯，夷伯賓用貝、布。」兩篇銘文所記當是同一件事。睘（qióng），人名，擔任作冊之職。傳世文獻未見。

𤔲（司）：

𤔲（司）鼎銘文：「王初囗亙（亙）于成周，溓公蔑𤔲（司）歷，易睘𡚸（熌）嬰。𤔲揚公休，用作父辛𤔲彝。」𤔲（司），人名。溓公的下屬。傳世文獻未見。

夷伯：

見上引作冊睘卣和作冊睘尊銘文。夷伯之名又見於夷伯簋銘文。銘文曰：

「惟王正月初吉，辰在壬寅，尸（夷）伯尸（夷）于西宮，賹（易）貝十朋。敢對揚王休，用作尹姞寶毀（簋），子=孫=永寶用。」(《文博》1987.4，《近出》481，《新收》667 蓋，《圖像集成》11-125）夷伯是人名，後一「夷」字用作動詞，不是人名用字。「夷于西宮」，猶言侍候於西宮。據銘文字體來看，夷伯簋較晚，作冊睘卣銘文裏的夷伯當是夷國之先君。夷國之地望？陳夢家說，王姜令作冊所安之夷伯乃是姜姓之夷國，今河南濮陽。（第 62 頁）結合傳世文獻的有關記載，疑當在今山東曲阜一帶。傳世文獻未見。

趞（遣）：

趞（遣）尊銘文：「隹十又三月辛卯，王在厈，易趞（遣）采曰䟚，易貝五朋。遣對王休，用作姞寶彝。」趞（遣），人名。傳世文獻未見。

楙父：

御正衛簋銘文：「五月初吉甲申，懋父賞御正衛馬匹，自王。」懋父，當即白懋父，曾隨成王東征。參閱下文。

御正衛：

見上引御正衛簋銘文。御正，職官名；衛，人名。傳世文獻未見。

呂行：

呂行壺銘文：「唯三月，伯懋父北征。唯睘（還）。呂行𢦚（捷），孚（捋）兕，用作寶𩰫彝。」呂行，人名，隨從伯懋父北征者。傳世文獻未見。

呂：

呂壺蓋銘文：「辛子（巳），王祭，烝，在成周。呂易（錫）鬯一卣、貝三朋。用作寶𩰫彝。」呂，人名。與呂行是否同一個人？存疑待考。傳世文獻未見。

小臣宅：

小臣宅簋銘文：「隹五月壬辰，同公在豐，令宅事伯懋父，白易（伯賜）小臣宅畫毌、戈九，易金車、馬兩，揚公、伯休，用作乙公𩰫彝。」宅，人名，擔任小臣之職，與伯懋父同時代之人。傳世文獻未見。

同公：

參閱上引小臣宅簋銘文。同公，也見於沈子它簋銘文，與周公旦同時人，據銘文來看其地位比小臣宅要高。傳世文獻未見。

帝后：

商尊、商卣銘文：「隹五月，辰在丁亥，帝后賞庚姬貝卅朋，迖茲（絲）廿寽。商用作文辟日丁寶彜彝。」帝后，當是帝君的配偶。銘文中首見這種稱謂。傳世文獻未見。

庚姬：

參閱商尊、商卣銘文。庚姬，女性人名。傳世文獻未見。

商：

參閱上引商尊、商卣銘文。商，人名。傳世文獻未見。

旂：

旂鼎一銘文：「文考遺寶責（積），弗敢喪，旂用作父戊寶彜彝。」

旂鼎二銘文：「唯八月初吉，辰在乙卯，公易旂僕。旂用作文父日乙寶彜彝。族徽（析子孫）。」旂，人名。本篇銘文稱「文父日乙」，而旂鼎一銘文稱「父戊」，可見本篇銘文中的旂與旂鼎一銘文中的旂當非同一人，但與下文師旂鼎、作冊旂尊和作冊旂觥銘文中的旂恐是同一人。傳世文獻未見。

旂簋銘文：「旂作寶毀（簋）。」師旂鼎銘文：「唯三月丁卯，師旂眾僕不從王征于方。」旂鼎二銘文曰「公易旂僕」，本篇銘文曰「師旂眾僕不從王征于方」，則旂有僕，僕可能是能出征作戰的家兵。旂，或師旂疑是同一人，據銘文與伯懋父同時代。傳世文獻未見。作冊旂尊、作冊旂觥銘文：「隹五月，王在厈。戊子，令作冊旂兄（貺）塱土于相侯，易金易臣。」

師旂：

見於上引師旂鼎銘文，疑與旂鼎二銘文中的旂是同一人，據銘文與伯懋父同時代。傳世文獻未見。

雷、得、系玄、古、引：

師旂鼎銘文：「唯三月丁卯，師旂眾（(僕）不從王征于方，雷吏（使）氒（厥）友引以告于白（伯）懋父，在艿，白（伯）懋父廼罰得、系玄、古三百寽（鋝）。」「引以告中史書，旂對氒賢（劾）于彜彝。」雷、得、系玄、古、引，據銘文是四個人名，與伯懋父同時代。傳世文獻未見。

厚趠：

厚趠方鼎銘文：「隹王來各于成周年，厚趠又（有）償于溓公。」厚趠，人名。傳世文獻未見。

溓公：

見於上引厚趠方鼎銘文。𤔲（司）鼎銘文：「王初囗𠄢（亙）于成周，溓公蔑𤔲（司）歷，易睘𡨦（煩）嬰。」據司鼎銘文可見溓公當是成王初遷宅於成周時人。傳世文獻未見。𡩜鼎銘文：「隹王伐東夷，溓公令𡩜眔史旟曰……」。

𡩜：

見於上引𡩜鼎銘文。人名，傳世文獻未見。

史旟、旟：

見於上引𡩜鼎銘文。又見於旟鼎銘文：「唯八月初吉，王姜易旟田三于待劃（鐔），師樝（櫨）酤兄（貺），用對王休。」

師櫨：

見於上引旟鼎銘文。人名，傳世文獻未見。

公侯：

亳鼎銘文：「公侯易亳杞土、麋（蟞）土、（栗）禾、（齵）禾，亳敢對公中（仲）休，用作尊鼎。」公侯，爵名。參閱公仲條。

公仲：

見於亳鼎銘文。人名。陳夢家說：「公侯、公中當是一人，侯是爵名，中是排行。公中與但稱中者恐非一人。」（第 70 頁）唐蘭說：「此公仲或者就是宋國的微仲，即仲旄父。爲諸侯之一，所以稱公侯。」（第 122 頁）根據銘文公仲的地位級別應比亳要高。又見於𢎨簋銘文：「隹八月甲申，公中（仲）在宗周，易𢎨貝五朋，用作父辛尊彝。（瘨）。」

亳：

見於上引亳鼎銘文。人名。傳世文獻未見。

𢎨：

見於上引𢎨簋銘文。人名。傳世文獻未見。

公姒：

奢簋銘文：「隹十月初吉辛子（巳），公孠（姒）易奢貝，在蒡京。」公姒，人名，唐蘭疑是召公之妻。傳世文獻未見。

奢：

見上引奢簋銘文。人名。傳世文獻未見。

臣辰：

士上盉銘文：「隹王大龠（禴）于宗周，徣（出）饔（館）莽（蒡）京年，在五月既望辛酉。王令士上眔史寅（黃）竅（殷）于成周。」又見於臣辰父癸鼎銘文「臣辰先冊，父癸。」士上，一名臣辰。人名。傳世文獻未見。

史黃：

見於上引士上盉銘文。人名。傳世文獻未見。

元：

元尊銘文：「元作高宛日乙[illegible]奠。[illegible]臣辰先冊。」元，人名。傳世文獻未見。

師田父：

小臣傳卣銘文：「隹五月既望甲[illegible]（子），王〔在蒡〕京，令師田父殷成周年。師田父令小臣傳非余（緋琭），傳口朕考ㄓ（工），師田父令余口嗣（司），白俎父賞小臣傳口。」師田父，人名，擔任師之職，父是成年男子的通稱。陳夢家說師田父可能即明保，亦即周公次子君陳。（第 41 頁）

小臣傳：

見於上引小臣傳卣銘文。小臣是職官名，傳是人名，擔任小臣之職。傳世文獻未見。

白俎父：

見於上引小臣傳卣銘文。人名。根據銘文白俎父的地位比小臣傳要高。傳世文獻未見。

叔夨：

叔夨方鼎銘文：「王乎（呼）殷氒（厥）士，㝨（鬲）弔（叔）夨㠯（以）宂衣、車馬、貝卅朋。」叔夨，人名，叔是排行，夨是私名。傳世文獻未見。

公太史：

公太史鼎銘文：「公太史乍（作）姬銮（塋）寶僔彝。」公太史，太史是職官名。此公太史，或即召公奭。

姬銮：

見於上引公太史鼎銘文。人名。傳世文獻未見。

緐：

緐簋殘底銘文：「隹十又一月初吉辛亥，公令緐伐（閥）于曩白（伯），曩伯蔑緐歷。」公，可能是召公奭。緐，人名，傳世文獻未見。

曩伯：

見於上引緐簋殘底銘文。曩是人名，伯是排行，也可能是爵名。傳世文獻未見。

公叔：

賢簋之一銘文：「唯九月初吉庚午，公叔初見于衛，賢從，公命吏（使）晦（賄）賢百晦（畝）糧。」郭沫若曰：「此器甚古，當在周初。公叔殆即康叔，公其字也。」（《大系》釋文二二九）衛康叔，即康叔封，是周武王的同母弟，受封武王封畿內的康國。成王平定三監之亂後，徙封康叔於商墟朝歌的衛。伯懋，即康叔之子康伯髦，因爲是周文王之孫，故亦稱王孫牟。銘文記公叔初見於衛，賢可能是公叔之子，故隨從之衛，則此器當爲成王時器。

賢：

見於上引賢簋之一銘文。人名。傳世文獻未見。

不壽：

不壽簋銘文：「隹九月初吉戊辰，王在大宮。王姜易不壽裘。對揚王休，用作寶。」人名。傳世文獻未見。

員：

員方鼎銘文：「唯正月既望癸酉，王狩于眂廩。王令員執犬，休譱（膳）。」人名。傳世文獻未見。

匽侯旨：

燕侯旨鼎銘文：「匽（燕侯）旨初見事（于）宗周，王賞旨貝廿朋，用乍（作）

㚖（姒）寶𩰫彝。」燕爲周王室同姓封國，始封君爲召公奭，但召公奭爲成王太保，未就封，故以元子就封。學者多認爲第一代燕侯名克，旨爲第二代燕侯，召公的三子、姬克的三弟。

曆：

曆盤銘文：「曆乍（作）寶𩰫彝。」人名。傳世文獻未見。

𢓊（延）：

延盤銘文：「𢓊（延）乍（作）周公𩰫彝。」人名。傳世文獻未見。

二、武成時期銅器銘文中出現的族徽

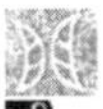

（𦣻）：見於沐司徒疑簋，沐伯疑鼎，沐伯疑尊，疑鼎，疑盤等器銘文。

（子魚）：見於鳴士卿尊銘文。

：見於盂卣銘文。

、、（黿）：見於勅𦔻鼎，揚鼎（己亥方鼎），獻侯鼎等器銘文。

（規）：見於伯矩盤銘文。

、、（析子孫）：見於復鼎，復尊，商尊，商卣等器銘文。或釋作舉，非是，是陳尸之形，是一個復合表義的字，猶如納西族的東巴文，屬於文字初創階段的一種形態。

（肖冊舟）：見於作冊䰧卣，作冊䰧尊銘文。

（尺）：見於作冊睘尊銘文。

（束）：見於厚趠方鼎銘文。

、（臣辰𠕁先）、（先）：見於士上盉，臣辰父癸鼎，臣辰父乙鼎一，臣辰父乙鼎二等器銘文。

（木羊𠕁）：見於作冊旂尊，作冊旂觥銘文。

：見於司鼎銘文。

：見於𢎥簋銘文。

三、武成時期銅器銘文中出現的氏族名

東夷：見於小臣𧩓簋，𡢁鼎，𡩜鼎等器銘文。

脽：見於𡩜鼎銘文。

第三章　武成時期銅器銘文的特點

西周銅器銘文的特點，在一些研究金文的著作或論文中已有所描述。例如，在葉正渤和李永延合著的《商周青銅器銘文簡論》第二章「銘文的特點」第二節「銘文」中，關於銘文的體例就按商代、西周、春秋戰國三個時期做了描述。描述雖然有些粗疏簡略，但基本符合銘文的實際情況。〔註1〕張振林先生在《試論銅器銘文形式上的時代標誌》一文中，根據銅器有無銘文、族氏文字情況、文字的點畫結體，章法布局、文辭的常見格式等對商周青銅器銘文分爲九期加以說明。〔註2〕據陳英傑先生《略談西周金文形態特徵及其相關問題》一文介紹，張懋鎔先生《金文字形書體與二十世紀的西周銅器斷代研究》、劉華夏先生《金文字體與銅器斷代》兩篇文章也都是討論金文字形書體與銅器斷代的。〔註3〕

張振林先生《試論銅器銘文形式上的時代標誌》一文說：「西周前期。時

〔註1〕葉正渤、李永延：《商周青銅器銘文簡論》，中國礦業大學出版社1998年。

〔註2〕張振林：《試論銅器銘文形式上的時代標誌》，《古文字研究》第五輯。以下凡引張先生之說均據該文。

〔註3〕陳英傑：《略談西周金文形態特徵及其相關問題》，中國古文字研究會第二十一屆年會散發論文集（未刊稿）。以下凡引陳說均據該文。張懋鎔：《金文字形書體與二十世紀的西周銅器斷代研究》，《古文字研究》第26輯，中華書局2006年；劉華夏：《金文字體與銅器斷代》，《考古學報》2010年第1期。

間：從武王至昭王，約一百年。有些西周前期或中期的墓葬，甚至是在西周後期的窖坑中，同時出土整個家族多年製銅器，其中往往還有些同商末風格完全一致的銅器（……）。這就說明許多商屬方國，有著同商文化相同或相近的文化，使用文字的狀況基本一致。因此，西周前期的文化是商後期文化的繼續和發展。」

葉正渤、李永延兩位的《商周青銅器銘文簡論》一書指出：武成時期，青銅器無論是形制、花紋，還是銘文的體例、字體風格，都直接繼承了商代的遺風。大概是立國未久，百廢待舉，還沒來得及進行改進創新的緣故吧，所以一切只好沿用前一朝代的規制。〔註4〕

陳英傑先生在其《略談西周金文形態特徵及其相關問題》一文中論及商周銅器銘文時說：「商銘總體風格是放，西周銘文總體風格是收。」但該文是總體論述西周金文字形書體的。

據此可見，在經過實證研究的基礎上，古文字學界普遍認爲，武成時期乃至整個西周早期的銅器銘文以及單個金文字形字體，總體上是繼承商代晚期銅器銘文的風格特點的。不過，在本文看來其間也不是沒有變化，或者說不是沒有自己的特點的。下面就武成時期的銅器銘文做一些分析探討。

第一節　銘文體例與篇章結構的特點

關於西周前期銘文的章法布局，張振林先生在《試論銅器銘文形式上的時代標誌》一文中說：「由於銅器制作技術的發展，也隨著銅器在奴隸的等級制上的價值增大，銅器多數鑄有銘文，銘文字數也普遍比上一期多，開始注意文字的章法布局。字數多者都分行。通篇的外緣作方形或長方形。但由於族氏文字的存在和點畫結體上的特點，每一行的字數多寡常常是不一致的，每一字的大小長短，也還存在著較明顯的差距。因此，銘拓除外緣整齊成方塊外，文字錯落穿插，粗圓點，兩頭尖中間肥的捺筆，較象形的目字，跪跽的腿腳，都很顯眼，跟上一期沒有很大差別。」

關於這一時期銘文的族氏文字，張振林先生說：「有族氏文字的銘文漸少，多數繫於文末。僅有族氏文字的銘文已不存在。在原屬商朝的方國地區，某些

〔註4〕葉正渤、李永延：《商周青銅器銘文簡論》第43頁。

近似武成時期的墓葬，出土有單獨族氏文字的銅器（……），可能爲殷商後期或稱早周的遺物。族氏文字的下面或兩旁加兩冊字，連續三個或六個數字置於族氏文字的位置，爲西周前期銘文所特有。三個數字或六個數字的符號，在商末的周族甲骨刻辭中已有，但鑄於銅器是在武成時期。」

關於這一期的文辭格式，張振林先生說：「（一）族氏文字或官職名，加祖或父或妣配日干名。（二）某某乍某某寶僔彝。族氏文字（可有可無）。（三）干支紀日（可有可無），簡單紀事，賞賜貝或金，乍某某寶僔彝。才某月隹王幾祀或族氏文字（可有可無）。（四）隹某年某月月相干支紀時，較長的紀事，蔑歷（可有可無），賞賜可有人鬲臣工、鬯金，十朋以下的貝，或少量的車馬，然後揚賜者休，作某某寶僔彝。文末族氏文字（可有可無）。此外，卣尊同銘者多屬這一期。」

張振林先生所說的西周前期，不僅包括武王、成王，還包括康王和昭王大約一百年的時間，其時間範圍較本文要大得多。

一、銘文的體例

1、格式體例

武成時期的青銅器銘文中仍有圖形文字或族徽之類的符號出現，但一般只是固定在銘文的末尾，不單獨出現。稍後，便漸漸消失殆盡。

武成時期的銘文中，還有用日干作亡父或亡祖廟號的。其格式是「用作父某寶僔彝」、「用作父某僔彝」，或「用作祖某僔彝」等。這些銅器銘文，基本上沿襲商晚期銘文的某些表達格式，同時又有武成時期銘文的某些元素，因而都是歸附於周王室的商代遺民所鑄。

西周青銅器銘文中，有許多習慣用語，或叫套語。初期銘文的末尾處多用「作寶僔彝」或「用作某某寶僔彝」等語。但沒有康王以後在銘文末尾的「某某爲某某作某器，其萬年子子孫孫永寶用」，「其萬年眉壽，子子孫孫永寶用享」，「其眉壽無疆，子子孫孫永寶用享」等套語。不過，「子孫永寶用」這種簡式套語已經開始出現，如奢簋銘文「其子孫永寶」等。

2、紀時體例

武成時期銘文的紀時體例，除沿用商代用干支紀日，月份，敘事，王年用祀而外，也出現了西周早期特有的用月相詞語紀時的體例。在銘文中有用初吉、既生霸、既望和既死霸這四個月相詞語加干支紀日的。這是按太陰月中月亮的圓缺變化即月相來劃分日辰時點的。參閱第五章第二節「新字、新語詞」。

武成時期銘文很少用王年來紀年，目前僅見二例。如，

何尊銘文：在四月丙戌……，惟王五祀。

作冊睘卣銘文：唯十有九年，王在厈。

但是，卻有以事紀年的。常見的有「殷成周年」，或「見事于某處」的格式。例如，

作冊䰧卣、作冊䰧尊銘文：隹明保殷成周年，公易作冊䰧鬯、貝。

小臣傳卣銘文：隹五月既望甲子，王〔在蒡〕京，令師田父殷成周年。

何簋銘文：隹（惟）八月，公陕殷年。

揚鼎銘文：己亥，揚見事于彭，車叔賞揚馬，用作父庚奠彝。

康王以後則出現王年紀時法。一般在銘文的開頭按王年、月份、日干支、或月相詞語加干支的形式紀時，然後再記事。記事常交代事件發生的地點和主要參與者，爲何鑄器，受誰賞賜、所受的賞賜品物名稱，鑄器者人名，爲誰鑄器等結構完整式銘文。可見任何一種事物的形式或內容的完善，都是逐步形成的，並非一蹴而就，中間必然經過一個過渡期。

二、銘文的篇章結構

關於銅器銘文篇章結構的演進，《商周青銅器銘文簡論》一書將其歸納爲幾個大的階段。

1、無銘階段，2、圖形文字和記載祖宗名階段，3、章句結構簡式階段，4、章句結構完整階段。

該書說：「從商代晚期到西周武成時期，青銅器上的銘文便由章句結構簡式階段演進爲章句結構完整的階段。」「銘文章句的結構基本上表現爲：某日某王因某事而作器，用以祭奠某祖先，在某年某月。」〔註5〕

1、簡式

所謂簡式，是指銘文的篇章結構很簡略。如果對照完整式結構銘文來看，

〔註5〕葉正渤、李永延：《商周青銅器銘文簡論》第35～38頁。

完整式結構銘文應該有：時間（王年、月份、日干支）、地點、人物、事件、受何賞賜、爲誰鑄器等內容記載，因此銘文的字數較多，篇幅較長。而簡式銘文以上這些內容則很不完全，或有記事內容，或沒有時間記載，或時間記載不完全，有的只用干支紀日，而沒有月份記載，更沒有王年記載；有的則沒有說明因何鑄器，或沒有爲誰諸器等等。這雖然是商代晚期銘文的篇章結構，但武成時期依然存在。例如，

康侯豐方鼎銘文：康侯作寶尊。

疑鼎銘文：（田田），疑作寶尊彝。

應公鼎銘文：應公作寶尊彝，曰：奄以乃弟用夙夕鬺（shāng）亯。

應公簋銘文：應公作旅彝。

應公尊銘文：應公作寶尊彝。

應公卣銘文：應公作寶彝。

太保鼎、太保卣銘文：太保鑄。

太保方鼎銘文：黹作尊彝，太保。

太祝禽方鼎銘文：太祝禽鼎。

匽侯鼎、匽侯簋銘文：匽侯作姬承尊彝。

作冊寔鼎銘文：康侯在柯師，賜作冊寔貝，用作寶彝。

德鼎、德簋銘文：王賜德貝廿朋，用作寶尊彝。

勅鼎銘文：勅書作丁侯尊彝。（黿）。

伯矩鼎一、伯矩盤銘文：伯矩作寶尊彝。

公太史鼎銘文：公太史作姬　（㷀）寶尊彝。

…………

2、由簡式向結構完整式過渡形式

由簡式向結構完整式過渡形式，是指銘文中或有日干支、或有月份記載，同時有地點、人物，事件，受何賞賜，爲誰鑄器等內容，但時間或事件的記載又不完全等。但比起簡式銘文來說，顯然所記內容有所增加，有所豐富，顯然這是一種過渡形式。存在於西周早期，尤其是武成時期。當然，簡式與過渡式是相對的，以下所舉銘文均是本文的看法。例如，

𤞷劫尊銘文：王征奄，賜𤞷劫貝朋，用作朕高祖缶（寶）尊彝。

叔德簋銘文：王錫叔德臣致十人，貝十朋，羊百，作寶䵼彝。

揚鼎銘文：己亥，玬（揚）見事于彭，車叔賞揚馬，用作父庚䵼彝。（黽）。

臣卿鼎、臣卿簋銘文：公違省自東，在新邑，臣卿錫金，用乍（作）父乙寶彝。

沬司徒疑簋銘文：王來伐商邑，誕命康侯鄙于衛。沬司徒疑眔鄙作厥考䵼彝。

小臣單觶銘文：王後阪（反），克商，在成師。周公賜小臣單貝十朋，用作寶䵼彝。

禽簋銘文：王伐奄侯，周公謀，禽祝。禽有脤祝。王錫金百寽。禽用作寶彝。

𡏳（爯）鼎銘文：惟周公于征伐東夷，豐伯、薄姑咸斬。公歸，御于周廟。戊辰，飲秦飲。公賞𡏳（爯）貝百朋，用作䵼鼎。

堇鼎銘文：匽候令堇飴太保于宗周。庚申，太保賞堇貝，用作太子癸寶䵼餗。𠕁丱。

鳴士卿尊銘文：丁巳，王在新邑，初逑功，王賜鳴士卿貝朋，用作父戊䵼彝。子魚。

德方鼎銘文：唯三月，王在成周，征（武王），福自蒿（鎬），咸。王易德貝廿朋，用作寶䵼彝。

盂爵銘文：隹王初奉（祓）于成周，王令盂寧登（鄧）白（伯），賓貝，用作父寶䵼彝。

盂卣銘文：蓋銘：作旅甫。器銘：兮公（休）盂鬯束，貝十朋。盂對揚公休，用作父丁寶䵼彝。。

作冊䰧卣、尊銘文：唯明保殷成周年，公賜作冊䰧鬯、貝，揚公休，用作父乙寶䵼彝。（肖冊舟）。

明公簋銘文：唯王令明公遣三族伐東或（國），在𨗑。魯侯又（有）叵（猷）工（功），用作旅彝。

息伯卣器、蓋銘文：隹王八月，息伯易貝于姜。用作父乙寶䵼彝。

御正衛簋銘文：五月初吉甲申，懋父賞御正衛馬匹，自王，用作父戊寶䵼彝。

呂行壺銘文：唯三月，伯懋父北征。唯睘（還）。呂行𢦔（捷），寽（捋）

兕，用作寶僔彝。

𢎥簋銘文：隹八月甲申，公中（仲）在宗周，易𢎥貝五朋，用作父辛僔彝。[illegible]（瘋）。

奢簋銘文：隹十月初吉辛子（巳），公㛸（姒）易奢貝，在蒡京。用作父乙寶彝，其子孫永寶。

…………

3、篇章結構完整式

所謂銘文的篇章結構完整式，是指銘文應該有時間（王年、月份、日干支，月相詞語）、地點、人物、事件、受何賞賜、爲誰鑄器等內容記載，且銘文的字數較多、銘文較長。

相對來說，篇章結構較爲完整的銘文，例如，武王時期的利簋、大豐簋銘文，成王時期的五年何尊、何簋、作冊夨令簋、作冊夨令尊、作冊夨令方彝、師旂鼎、作冊旂觥、臣辰盉銘文等，但並不太多見，到康王以後才多見，如大盂鼎、小盂鼎銘文等。其實，以上所舉的這些銘文除小盂鼎外，其他的還不算嚴格意義上的篇章結構完整的銘文，因爲這些銘文並不具有篇章結構完整銘文的所有內容，只是銘文的記事相對具體些，字數相對多些，銘文長些而已，就連西周晚期最長的毛公鼎銘文其記事要素也不齊全，因爲毛公鼎銘文沒有時間記載。據筆者不完全統計，記時要素齊全的銅器銘文在西周也就 70 餘（件）篇，如庚嬴鼎、小盂鼎、師遽簋蓋……大祝追鼎、晉侯穌編鍾、伯寬父盨、膳夫山鼎、四十二年逨鼎、四十三年逨鼎等，大抵上相當於金文四要素齊全的那些紀時銘文。讀者可參閱葉正渤所著《金文四要素銘文考釋與研究》以及《金文曆朔研究》二書。〔註 6〕

三、銘文的內容分類

武成時期銅器銘文的內容屬性，本文分爲自鑄體和書史體兩大類。

1、自鑄體

所謂自鑄體，就是銘文只記鑄器者爲自己鑄器，一般沒有鑄器的原因、時

〔註 6〕葉正渤：《金文四要素銘文考釋與研究》，臺灣花木蘭文化出版社 2015 年；葉正渤：《金文曆朔研究》，上海古籍出版社 2016 年。

間等內容。這本來是商代中晚期銅器銘文的體式，但是，在武成時期所鑄的一些銅器銘文中依然能看到。例如，

康侯豐方鼎銘文：康侯作寶𢍉。

沬伯疑鼎銘文：沬伯疑作寶𢍉彝。

疑鼎銘文：疑作寶𢍉彝。

伯矩鼎銘文：伯矩作寶𢍉彝。

矩盤銘文：矩作寶𢍉彝。

太祝禽方鼎銘文：太祝禽鼎。

應公鼎銘文：應公作寶𢍉彝，曰：奄以乃弟用夙夕鬺（shāng）亯。

應公簋銘文：應公作旅彝。

應公卣、應公尊銘文：應公作寶𢍉彝。

太保鼎、太保卣銘文：太保鑄。

匽侯盂銘文：匽侯作旅盂。

圉鼎銘文：休朕公君匽侯賜圉貝，用作寶𢍉彝。

旂簋銘文：旂作寶𣪘（簋）。

…………

2、書史體

所謂書史體，就是銘文用來書寫史實。這種體式始於商代晚期，武成時期存在由自鑄體向書史體的過渡，最終鼎盛於整個西周。由於銘文有書史性質，所以銘文的篇章結構相對來說比較完整，字數也多，比較長。例如，武王時期的利簋銘文、大豐簋銘文，以及成王時期的五年何尊銘文、何簋銘文，周公時的沬司徒疑簋銘文、𠭯鼎銘文、小臣謎簋、小臣單觶，召公時的太保簋、保卣、寶尊，其他器的作冊夨令簋、小臣傳卣等器銘文。

武成時期銅器銘文，由於總體上都比較短，因此，其內容大致可分爲以下幾個方面。

（1）宗教祭祀

周王室經過兩代人的奮鬥，終於在武王時期滅掉了商紂王的殘暴統治，奄有天下四方，實屬不易。因此，在獲得統治地位後首先祭告天帝和祖先在天之靈，祈求上帝和祖先的福祐，因而宗教祭祀就成爲周王室日常的重要活動，所

以也就成爲銅器銘文記載的重要內容。

大豐簋，是武成時期武王時的標準銅器之一。銘文詳細記述了武王在戰勝商紂王之後，回到宗周，在祖廟大會東、南、北三方諸侯，舉行盛大的祭天祭文王的一系列祭祀活動。

獻侯鼎銘文：唯成王大𠦪（祓），在宗周，賞獻侯顥貝，用作丁侯僔彝。黿。

這是記載成王在宗周舉行祭祀活動的銘文。

新邑鼎銘文：癸卯，王來僔新邑。〔粤〕二旬又四日丁卯，〔王〕自新邑于闌（管），王〔易〕口貝十朋，用作寶彝。

盂爵銘文：隹王初𠦪（祓）于成周，王令盂寧登（鄧）白（伯），賓貝，用作父寶僔彝。

德方鼎銘文：唯三月，王在成周，延珷（武王），福自蒿（鎬），咸。王易德貝廿朋，用作寶僔彝。

圉甗、圉簋銘文：王𠦪（祓）于成周，王賜圉貝，用作寶僔彝。

以上四篇銘文所記皆是成王在成周舉行祭祀活動的。

臣辰盉銘文：隹王大禴于宗周，出館莽京年，在五月既望辛酉。

保卣銘文：乙卯，王令保及殷東國五侯，誕荒六品，蔑歷于保。賜賓，用乍文父癸宗寶僔彝。遘于四方，會王大祀，祓于周。在二月既望。

叔夨方鼎銘文：隹十又四月，王酏，大禴祓，在成周。

（2）軍事征伐

軍事征伐是商周時期國家的另一重大事情，在青銅器銘文中得到充分反映。例如，

利簋，是有關武王征商過程中牧野之戰唯一的文物遺存。銘文所記武王征商的日辰，與歷史文獻記載完全吻合。銘文說：「武王征商，唯甲子朝。歲鼎，克昏（聞），夙有商。」《尚書・牧誓》記曰：「時甲子昧爽，王朝至於商郊牧野，乃誓。」

沬司徒疑簋銘文：王來伐商邑，誕命康侯鄙于衛。沬司徒疑眔鄙作厥考僔彝。

銘文記載成王來伐商邑，命令康侯駐守於衛的重大事件。

太保簋銘文：王伐彔子聽，叡！厥反，王降徵命於大保。大保克敬無遣。

這是記載成王征伐謀反的彔子的。

㝨鼎銘文：惟周公于征伐東夷，豐伯、薄姑咸斬。公歸，御于周廟。戊辰，飲秦飲。公賞㝨貝百朋，用作鸞鼎。

銘文記載周公征伐東夷，豐伯、薄姑被斬滅，周公勝利返回，在周廟舉行祭祀活動。

師旂鼎銘文：唯三月丁卯，師旂眾僕不從王征于方。

明公簋銘文：唯王令明公遣三族伐東國，在遬。魯侯有猷功，用作旅彝。

禽簋銘文：王伐蓋（奄）侯，周公謀，禽祝。禽有脤祝。王錫金百寽。禽用作寶彝。

犅劫尊銘文：王征蓋（奄），賜犅劫貝朋，用作朕高祖寶鸞彝。

這三篇銘文也是記載征伐東夷的。

呂行壺銘文：唯三月，伯懋父北征。唯還。呂行捷，寽兕，用作寶鸞彝。

這是記載伯懋父北征的。

作冊夨令簋銘文：唯王于伐楚白，在炎。唯九月既死霸丁丑，作冊夨令鸞宜於王姜。

這是記載王伐楚伯，在炎（郯），九月既死霸丁卯日，作冊夨令宴饗王姜之事。

（3）訓論詔誥

為了維護西周王室的統治，周天子還經常詔誥訓諭宗小子和臣下。例如，何尊。

何尊銘文記載了在四月丙戌這一天，王在京室（宗廟的太室）對宗小子的訓辭。成王說：從前你已故的父親公氏輔佐文王，文王得到了上天賦予他統治天下的偉大使命；武王攻克了商都大邑，曾祭天說，我將建都在這天下的中心，從這裡來治理人民。成王還說，公氏對於上天是有勳勞的，你們要虔誠恭敬地祭享啊！〔註 7〕其他如，

太保盉銘文：王曰：「太保！隹乃明乃鬯（暢），亯（享）于乃辟。余大對（封）乃亯（享），令（命）克侯于匽（燕）。事羌、狸，叡（徂）雩（于）馭、髟（完、微）。」克宅匽（燕），入（納）土眔氒（厥）嗣（司）。用乍（作）寶鸞彝。

〔註 7〕葉正渤、李永延：《商周青銅器銘文簡論》第 72～73 頁。

銘文記載了成王命太保侯於燕的事。

（4）受賞賜而鑄器

武成時期銅器銘文更多的是記載貴族大臣因辦事得力受到王或上司賞賜而鑄器，這是西周貴族大臣們榮宗耀祖和虛榮心的表現。例如，德鼎、德簋、叔德簋、伯矩鬲、復鼎、復尊、攸簋、中鼎、亞盉、御正衛簋等器銘文。

銘文的書史作用除了以上所舉四個方面之外，還有記載冊封諸侯和貴族大臣的。例如，沐司徒疑簋銘文記載成王改封康侯於衛。作冊夨令方彝銘文則記載八月甲申這一天，王冊命周公子明保尹三事四方；十月月吉癸未日，明公會見卿士僚等百官，然後又分別於京宮、康宮舉行祭祀等事。

也有記載其他事情的。例如，揚鼎銘文記載揚「見事于彭」，作冊䰧卣、作冊䰧尊銘文記「明公殷成周年」，作冊睘卣銘文記十有九年王在厈，王姜令作冊睘安夷伯，夷伯賓睘貝、布，小臣宅簋銘文記五月壬辰同公在豐令宅供事於伯懋父，伯懋父賜小臣宅兵器和車馬等。

總之，武成時期銅器銘文所記載的內容遠沒有康王、昭王，尤其是穆王以後那樣豐富多彩。這可能與銅器銘文的篇章結構逐漸完善以及政治形勢等因素有關。讀者可參看葉正渤、李永延《商周青銅器銘文簡論》一書。

第二節　武成時期商代遺民所鑄銅器銘文的特點與判定

周初武成時期銅器銘文出現一種特殊現象，就是器型紋飾甚至銘文某些格式體例具有商代晚期的特徵，而銘文所記內容、某些語詞（職官名或紀時用語）或某些格式體例又是武成時期才具有的特徵。這些銅器銘文看起來似乎有些矛盾，其實這是朝代更替初期必然會出現的現象。經過深入分析研究，發現凡是這一類銅器銘文基本上都是商代遺民所鑄。

所謂商代遺民，是武王滅商後商王朝遺留下來的貴族大臣，也即《尚書·多士》周成王所說的「爾殷遺多士」。《書序》曰：「成周既成，遷殷頑民，周公以王命誥，作《多士》。」這些遺老們往往掌握著商先進的文化知識，具有一定的統治經驗或軍事才能。武王克商後，這些人當中凡是願意服從西周王室統治且願意效力的，因而爲西周王室所用。所以在他們所鑄的銅器銘文中，一方面保留了商代晚期銅器銘文的某些特徵，另一方面也與時俱進，具有經過改革的周初武成時期銅器銘文的某些元素。這就是馬承源所說的「商器周銘」現象。

所謂「商器周銘」，就是器型紋飾等仍然沿襲商代的模式，而所鑄銘文體例內容等則是周初武成時期的。這些銅器貌似商代器，實爲周初商代遺民所鑄。這是因爲青銅器器型紋飾等要素具有一定的延續性、漸變性，而銘文體例和內容則可以隨時而變。本文對這些商器周銘提出以下判斷原則與方法。

1、銅器銘文中既有商代銅器銘文的元素，同時又有武成時期銅器銘文的某些元素，這是商代遺民而歸附於周王室者所鑄之器。如，

銘文置於亞形框內，有商代銘文特有的族徽（見第二章第三節），有以十天干字作亡父或亡祖的廟號，這些都是商代銅器銘文所具有的特徵。如果銘文中所記載的事件結合傳世文獻的記載確認爲屬於周初武成時期的，那麼這樣的銅器銘文是商代遺民而爲周王室所用者所鑄。

例如，沬司徒疑簋銘文，銘文中既有（𤰇、思）族徽，也見於商代銅器銘文；但銘文所記事件「王來伐商邑，誕命康侯鄙于衛」，這是西周成王時期發生的事，這些說明沬司徒疑是商代遺民而歸附於周王室者。

作冊旂尊，銘文「隹五月，王在厈。戊子，令作冊旂睨望土于相侯，賜金賜臣，揚王休。隹王十有九祀。用作父乙尊，其永寶。（木羊冊）。」銘文的紀時格式體例屬於商代晚期，且有族徽，但銘文的記事「王在厈」則屬於周初武成時期，所以，作冊旂也是商代遺民。

盂卣器銘：兮公（休）盂鬯束，貝十朋。盂對揚公休，用作父丁寶尊彝。。

銘文既有族徽，又有廟號「父丁」，但「對揚王休」，或「對揚某休」則是周初武成時期銘文才出現的頌辭，可見鑄器者盂也是商代遺民而歸附於周王室者。

鳴士卿尊，銘文既有商代族徽（子魚），又有廟號「父戊」，可見鳴士卿也是商代遺民。

揚鼎（己亥鼎），銘文既有族徽（黿），又有「父庚」廟號，可見鑄器者揚也是商代遺民。

復鼎、復尊，銘文既有族徽（析子孫），又有「父乙」的廟號，可見鑄器者復也是商代遺民而歸附於周王室者。

商尊、商卣銘文「商用作文辟日丁寶彝。」既有族徽（析子孫），又有日干作亡父廟號，所以，鑄器者商也是商代遺民而歸附於周王室者。

這樣的銅器銘文在武成時期爲數不少。𤞷劫卣，整篇銘文置於亞形框之中；何簋銘文「作祖乙彝」；伯矩鬲銘文「用作父戊彝」；攸簋銘文「用作父戊寶彝」，中鼎銘文「作祖癸寶鼎」，御正衛簋銘文「用作父戊寶彝」，小臣傳卣銘文有廟號「日甲」，等。

2、與第1點相反，凡是銘文中既沒有以十天干字爲亡父或亡祖廟號，亦沒有族徽符號的，則屬於周初武成時期器。這是判斷商器抑或周器銘文的重要標準之一。例如，

明公簋銘文，因爲明公是周公旦後裔，他是地道的周王室家族成員，故其所鑄銅器銘文除了字形字體而外，沒有商代銅器銘文的任何要素。此外還有太保召公奭所鑄諸器。又如，

禽簋、太祝禽方鼎銘文既沒有族徽，也沒有以十天干作亡父廟號，因爲擔任太祝之職的伯禽是周公旦的兒子，所以在他所著的銅器銘文中自然沒有商代銘文的元素。其他如德諸器，匽侯諸器，太史公諸器等，因爲這些人物都是周之重臣，與商王室毫無瓜葛。

3、紀時用語。商代晚期銅器銘文的紀時體例是：紀時干支置於銘文之首，且只有干支，或加月份，紀年用「祀」，置於銘文之末，卜辭用「旬」這個時間詞語。但是，銘文如果又涉及武成時期的事件或使用武成時期的紀時詞語等，那麼，這樣的銅器銘文也是商代遺民所鑄。

例如，旂鼎二銘文有族徽（析子孫），用日干作亡父的廟號，銘文又用武成時期才出現的「初吉」、「辰在某某（干支）」的月相詞語和方式紀日，說明此器之鑄只能在武成時期，而非商代晚期，鑄器者旂也是商代遺民而歸附於周王室者。又如，

新邑鼎銘文：「癸卯，王來奠新邑。〔粵〕二旬又四日丁卯，〔王〕自新邑于闌（管）」。

銘文用了「旬」這個時間詞，這是商代甲骨卜辭常用的，但是「王來奠新邑」，「王自新邑于（往）闌（管）」等事件卻是武成時期的，所以，這個未署名的鑄器者也是商代遺民而歸附於西周王室者。又如，

臣辰盉銘文既有族徽臣辰（冊先），又有廟號「父癸」，但是，其記事紀時「隹王大禴于宗周，出館莽京年，在五月既望辛酉，王令士上眔史寅（黃）殷于成周」，銘文所記內容卻是武成時事，且使用月相詞語「既望」紀時，又有地名宗周、莽京，則臣辰（士上）亦是商代遺民而歸附於周王室者。

4、西周職官名。如果在具有商代器型紋飾特徵和銘文元素的銘文中，同時出現武成時期才設置的職官名，那麼這件銅器銘文一定是商代遺民而歸附於周王室者所鑄。例如，

「司徒」之名見於沬司徒疑簋銘文，雖然沬司徒疑簋銘文中有商代族徽，但疑所擔任的司徒之職，是周初才設置的職官名，毫無疑問，鑄器者疑是商代遺民而為周王室所用者。

5、如果有些銘文中還用商代周祭字「彡（肜）、翌（翊）、祭、𠷎、劦（協）」等，同時又有武成時期銅器銘文的某些元素，那麼，這也是商代遺民而歸附於周王室者所鑄。

第四章　武成時期金文文字特點

關於古文字研究的專著，唐蘭的《古文字學導論》是一部專門研究古文字學的理論著作，在學術界影響很大。〔註1〕而黃德寬先生的《古漢字發展論》則是一部專門探討古漢字發展演變的理論與實踐相結合的專著。〔註2〕劉釗先生的《古文字構形學》則是一部專門探討古文字構形理論與實踐的專書。〔註3〕這些專書在古文字學界的影響都很大。此外，其他學者在有關文字學著作中涉及古文字乃至金文的還有不少，如高明先生的《中國古文字學通論》、裘錫圭先生的《文字學概要》等書。〔註4〕在以上所舉的學術著作中，他們都或多或少詳略不等地對各種古文字的特點進行了論述，當然也包括金文在內。以往學者關於古文字構形方面的研究，葉玉英博士後在其《古文字構形與上古音研究》一書第一章「緒論」第三節「百年來古文字構形研究概述」中有詳細介紹，其中有不

〔註1〕唐蘭：《古文字學導論》，齊魯書社 1981 年。

〔註2〕黃德寬：《古漢字發展論》，中華書局 2014 年。該書出版後，承蒙黃德寬教授見贈，於此特致謝意。

〔註3〕劉釗：《古文字構形學》，福建人民出版社 2006 年。該書出版後，承蒙劉釗教授見贈，於此特致謝意。

〔註4〕高明：《中國古文字學通論》，北京大學出版社 1996 年；裘錫圭：《文字學概要》，商務印書館 1988 年。

少內容涉及商周金文，可資參閱。〔註5〕

黃德寬先生在其《古漢字發展論》第三章「殷商文字的形體」一節中指出：「形體是字形與字體的統稱。字形，指的是文字個體呈現出的外部形態，字體則是一個時期內文字個體呈現出的外部形態的綜合，即一個時期內文字的外部形態和書寫風格上的總體特徵。」又說：「形體是文字學研究的基本問題之一，漢字發展演變的考察主要基於對其形體發展的細緻觀察和分析。」（第43頁）

陳英傑先生在《略談西周金文形態特徵及其相關問題》一文中認爲，「研究金文字形、書體時不能把整個近三百年間的文字資料置於一個層面上來談，應該分層次、多角度進行探研。」然後他從四個方面做了闡述：

（一）談論金文字形書體特點，不能不考慮銘文的製作方法對銘文文字所產生的可能影響。（二）銘文是附著於銅器上的，談論文字形態及銘文章法時，還要考慮到器物空間、形制對銘文形態的影響。（三）研究金文字形書體要區分正體和俗體，並注意時代與區域以及族屬問題。（四）金文字形書體的研究應該採用「先分類後分期斷代」的方法。這裡所說的「分類」，就字形而言，就是具有時代特徵的關鍵字的分型、分式；就書體而言，就是不同的風格流派。〔註6〕陳英傑先生首先從方法論的角度提出研究的路徑，很有啓發性。

葉正渤和李永延在他們合著的《商周青銅器銘文簡論》一書中曾對西周金文的文字特點作過歸納說明：「簡而言之，這個時期的金文文字的特點，可以概括爲以下一些特徵：

（1）保存了原始象形字的顯著特徵。……（2）早期金文的形體結構還沒有完全定型。……（3）形聲字大量產生。……（4）存在合書現象。……」〔註7〕

關於西周金文在形體方面的特徵，黃德寬先生在其《古漢字發展論》一書中說：「與西周甲骨相比，西周金文，尤其是早期金文，反倒跟商代文字沒

〔註5〕葉玉英：《古文字構形與上古音研究》，廈門大學出版社2009年。

〔註6〕陳英傑：《略談西周金文形態特徵及其相關問題》，中國古文字研究會第二十一屆年會散發論文集（未刊稿）。

〔註7〕葉正渤、李永延：《商周青銅器銘文簡論》，中國礦業大學出版社1998年第27、28頁。

有多少變化。」接著引裘錫圭先生的話說：「西周金文的形體，最初幾乎完全沿襲商代晚期金文的作風。到康、昭、穆諸王的時代，字形逐漸趨於整齊方正，但是在其他方面變化仍然不大。」（第127頁）不過，黃德寬先生也指出，「西周金文直接承襲殷商金文，當然是既有因襲繼承，又有發展變化的」；「從整個西周時期來看，金文字體一直處在不斷變化之中」。（第152頁）

黃德寬先生又在第四章「西周文字」「西周文字形體的發展」運用他關於古漢字形體理論從字形和字體兩個方面來考察西周文字形體的變化。他說：「字形的變化，我們著重考察文字方向的改變、筆劃和偏旁的增減；字體的變化，我們著重考察筆劃形態的改變，如圓轉變平直，團塊變線條，等等。」（第121頁）

當然，黃德寬先生是從古漢字發展的整體角度來研究古漢字發展的，所以，他把西周作爲古漢字發展過程中一個歷史階段加以論述。而本文則是在將西周作爲漢字發展的一個歷史階段的範圍內，取其源頭的武成時期的金文作爲研究對象，探討這一時期金文的特點。黃德寬先生是從宏觀的角度研究探討整個古漢字發展演變及其規律的，本文則是從微觀的角度探討金文在某一特定歷史時段的特徵和特點，原則上屬於共時研究。當然，在具體研究過程中可能也要運用歷時比較法進行研究。

本文則從金文的構形和金文的體態兩方面探討武成時期金文的特點，並以常用金文單字作爲具體的對象進行分析和論述。這是因爲，常用字使用的頻率比較高，最能反映字形的時代特徵，而那些冷僻字因其不常用（有的僅出現一次或兩次）而不具有代表性，所以略而不論。所選金文常用字也是以本文第一章所確認的武成時期的銅器銘文中的字爲主，偶而選取商代甲骨文或商代晚期金文單字或其他武成時期銘文中的金文單字乃至小篆寫法作爲比較參照。前人業已論述者，則略加介紹引用；其所未論及者，則詳加分析論述。

第一節　武成時期金文文字的構形特點

關於西周前期金文的特點，張振林先生在其《試論銅器銘文形式上的時代標誌》一文中說：「點畫結體，與商後期的特徵基本相同。如表現人體的字或偏旁，頭部略粗，腿作跪踞狀等。只是在作整體比較時，才會給人以點畫粗肥程度比商後期略減的印象。」

黄德寬先生在其《古漢字發展論》中，關於西周金文字形的特點概括如下：

其一，字形方向大多固定或漸趨固定。其二，文字的筆劃數大多固定或漸趨固定。第三，文字的偏旁大多固定或漸趨固定。（第 151 頁）

黄德寬先生所指出的是整個西周金文字形的特點，當然也可作爲研究武成時期金文字形的參考。

關於西周文字字形的演變，黄德寬先生指出有四種現象，並列舉了大量的例字進行分析：（一）增繁，（二）省減，（三）替換，（四）訛變。（第 160～206 頁）

本文所討論的武成時期常用金文單字的構形，是指武成時期常用金文單字的構件種類、構件的結構形式，即空間位置、書寫方向等方面。

一、字形結構

古漢字字形結構存在異形的現象。這種現象早在商代甲骨文、金文中就已經比較普遍。這是古文字學界所共知的。打開一部《金文編》就可以發現，有的金文單字有好多種寫法。但是，體現單字造字基本意義（許慎《說文解字》稱其爲本義）的主要構件是不可或缺的。黄德寬先生《古漢字發展論》第四章「西周金文」二「西周文字字形演變」將其分爲增繁、省簡、替換和訛變四種，每種根據具體情況再細分小類。

武成時期金文存在構件增減、構件位置不同和書寫方向不同等三種現象。

1、增減構件

古漢字大多以單個構件爲主，或者說以獨體字爲主，即許慎所說的文。但是，隨著社會生產、生活的日益豐富，文字不够其用，除了大量假借已有文字之外，於是在原有獨體字的基礎上再新造合體字以便記錄新的語詞。這是文字的社會調節功能的體現。

武成時期金文單字構件的增減，大多數是增加構件，增加構件是爲了根據字形區別意義，減少構件是爲了書寫簡易快捷，兩種情況同時並存。例如，

增加構件。例如，

隹（唯）：（利簋），（德方鼎），結合商代甲骨文和金文的寫法來看，這是較早的寫法，「隹」的左側沒有「口」。《說文》隹部：「隹，鳥之短尾總

名也。象形。」所以，「隹」字的本義是短尾鳥。但是，從商代甲骨卜辭以及銅器銘文中「隹」字都借作語氣詞，表示強調語氣。西周銅器銘文中亦如此。（何尊），銘文讀作「雖」，但何尊銘文用作語氣詞的「唯」仍寫作沒有口的，如「隹武王既克大邑商」，「隹王五祀」。文字的借用，是導致加口「唯」字分化出來的根本原因。《說文》口部：「唯，諾也。從口隹聲。」武成時期語氣詞「唯」字已有加「口」旁的了，兩者並存。例如，（小臣謎簋）。

商：、（利簋），（沐司徒疑簋），（小臣單觶），以上「商」字皆從庚從口。《說文》㕯部：「商，從外知內也。從㕯，章省聲」。根據《說文》的解釋，「商」的本義是通過口頭交流以知道他人內心的想法，也即商量。但小臣傳卣和攸簋銘文、（賞）的聲符「商」較之其他寫法增加了兩顆星，這種寫法是參（shēn）商（星座名）之商的本字，或許《說文》「商量」義是根據後起假借義而立說的。但在商代晚期以及武成時期銘文中，「商」除了表示商王朝之「商」以外，還借作賞賜之「賞」，如商代晚期戍嗣子鼎銘文。到武成時期銘文中開始增加構件「貝」，用來表示賞賜義。如（𡚬鼎），（堇鼎），（復鼎、復尊），（商尊、商卣）等銘文，所以說增加構件是爲了以形別義。

考：（大豐簋），（沐司徒疑簋），（沐伯疑尊），（小臣傳卣），（旂鼎）。《說文》老部：「老，考也。七十曰老。從人、毛、匕。言鬚髮變白也。」「考，老也。從老省，丂聲。」其實，「老」字就像長髮髟髟的駝背老人形。例如，大豐簋、沐司徒疑簋銘文中老人手下無拐杖形的丂，而沐伯疑尊、小臣傳卣、旂鼎銘文則增加手拄拐杖形的所謂聲符「丂」，遂分化出「老」和「考」兩個字。

文：、（大豐簋），（保卣），（旂鼎），（作冊睘尊），象人胸前繪有花紋之形。《說文》文部：「文，錯畫也。象交文。」所以，「文」是紋身的「紋」字初文。而「玟」（何尊），是周文王的專用字，增加了義符「玉」。《說文》失收。

揚：、（何簋蓋、器），從丮從木從衣；（揚鼎）從丮從玉；（作冊旂尊），（盂卣），丮在左邊，人面向右，右側從昜，省「玉」。（作冊𩰫卣），從丮從日從丂（霞光），減省「玉」。「揚」字的四種寫法，不僅結構有增減，且字的書寫方向也不同。《說文》手部：「揚，飛舉也。從手易聲。」飛舉，根據金文來看其實是雙手上揚形。

周：（叔夨方鼎），、（𦉢鼎），（呂壺蓋），「𠱿」下沒有口；（小臣單觶），下有口，銘文是周公人名。𠱿，象井田中禾苗生長之形，所以，「周」的本義是稠密的「稠」。《說文》口部：「周，密也。從用、口」，還保存了本義，但金文字形並不從「用」。銘文借作周室之「周」，漸漸增加構件「口」，造了個分化字「周」。

師：（利簋），闌（管）師，商末駐軍的地名；（小臣單觶），成師，武成時期駐軍的地名。（作冊𤔲鼎），柯師，武成時期駐軍的地名；（旅鼎），盩師，武成時期駐軍的地名；（小臣謎簋），銘文中共出現三處：「殷八師」，武成時期軍隊編制單位；「牧師」，武成時期駐軍的地名；「師」，軍隊編制單位。「師」字的寫法與商代甲骨文相同。，《說文》徐鉉注「今俗作堆」，即「堆」字的初文。但是，《說文》在𠂤部「官」字下又曰：「𠂤，猶眾也。此與師同意。」則𠂤也用作「師」。（第 304 頁上）（小臣傳卣），（師旂鼎），後二例右側增加構件「帀」（zā），《說文》帀部：「師，二千五百人為師。從帀從𠂤。𠂤，四帀，眾意也。」銘文是西周職官名，如師田父、師旂。《史記・周本紀》：「召公為保，周公為師，東伐淮夷，踐奄，遷其君薄姑。」可見師是武成時期常設的職官，其地位很高，位列三公。

休：（作冊夨令簋），（盂卣），下面增加構件「止」，銘文仍讀作賞賜義的「休」。

龏：（何尊），從廾龍聲，《說文》収部：「龏，慤也。從廾龍聲。」「慤，謹也。從心㱿聲。」銘文讀作「恭」，敬也，與本義一致。到西周中期也是恭（共）王的專用字。

減少構件。例如，

子：（利簋），（小臣傳卣），象子坐在丌上作陳尸之形。（作冊旂尊），子下省略構件「丌」。

旅：（作旅簋），（應公簋），（明公簋），（作冊睘尊），下面有「車」，但「車」字有繁簡的不同，第一個「旅」字寫法最繁。、（匽侯盂），（盂卣蓋），（召圜器），、（旅鼎），下面省減構件「車」。

（罕尊），省減構件「㫃」字頭。據金文字形，「出門在外」當是「旅」字的本義，引申爲羈旅。《說文》㫃部：「旅，軍之五百人爲旅。從㫃從氏。從氏，俱也。」《說文》的解釋是「旅」字的引申義。

寶：（康侯豐方鼎），《說文》宀部：「寶，珍也。從宀從王從貝，缶聲。」小篆寫法與金文相同，這是「寶」字的正體。但是，（禽簋），「寶」字宀下省「玉」，則屬於減少構件的寫法。

賞：（小臣傳卣），（御正衛簋），從貝商聲，「商」字「庚」下有「口」。（攸簋），（𡖊鼎），（堇鼎），（復鼎、復尊），（商尊、商卣），後幾例聲符「商」下減省「口」。這是減少構件的寫法，但攸簋的「賞」字的聲符「商」有兩顆星。《說文》貝部：「賞，賜有功也。從貝尚聲。」武成時期金文從貝商聲，戰國時期金文（中山王壺）改爲從貝尚聲，更爲減省。

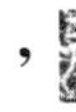

易：商代甲骨文寫作（前六・四三・三，前六・四二・八），象一器盛水倒向另一器之形，本義當是「變易」。但是甲骨文中也出現省形的寫法，如（後上八・六），或反書，（殷契卜辭九一）。不過，甲骨卜辭「易日」連用，表示天氣轉晴的意思。而武成時期金文（德方鼎）和（叔德簋）結構的「易」，皆象杯中盛水之形，水杯有把柄。在絕大多數西周銅器銘文中，「易」字都寫成（小臣單觶），（小臣謎簋），與商代甲骨文相同，是前二種字形減少構件的寫法，且「易」讀作「錫」，用作「賜」，表示賞賜義。《說文》解釋「易」是「蜥蜴」的象形字，從甲骨文、金文字形來看則非是。

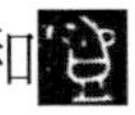

保：（太保鼎），（太保鼎，又名㷰鼎），（堇鼎），（作冊䰧卣），從人從玉從子。但是，也有減省構件「玉」的，例如，、（太保簋），、（保卣）。

奠：（利簋），（何簋），一般寫法左側從「阜」，右側從奠，隸作隩，本義是祭奠后土。但是，也有只寫「奠」，而減省構件「阜」的。例如，（太保鼎），（亳鼎）。

對：（太保簋），（太保罍），從丵從殳。《說文》丵部：「對，譍無方也。從丵從口從寸。」（遣尊），（獻簋），從丵從又，不從殳。獻簋銘文「對」字左側所從的「丵」，寫法與其他銘文也略有也不同。（亳鼎），右側省減構件「殳」，也不從又，只有丵。

車：（叔夨方鼎），（小臣宅簋），就象一駕馬車之形，有車轅和兩個車輪。（獻簋），只有一個車輪和車轅。《說文》車部：「車，輿輪之總名。夏后時奚仲所造。象形。」其說是也。

櫨：（奚方鼎），從木從盧，「虍」字下有「口」。（獻簋），從木從盧，「虍」下無「口」。《說文》木部：「櫨，柱上柎也。從木盧聲。伊尹曰：『果之美者，箕山之東，青鳧之所，有櫨橘焉。夏孰也。』一曰宅櫨木，出弘農山也。」銘文是人名。

揚：（作冊旂尊），從丮從昜，或（揚鼎），從丮從玉。但是，（盂卣），「昜」從日從丂（日光的象形），減省「玉」；而（作冊睘卣、作冊睘尊），（奚方鼎），從丮從日從玉，減省構件「丂」。

有的不是構件的增減，而是筆劃有多有少，寫法存在細微的不同。

貝：（德方鼎），（小臣謎簋），（伯矩鬲），（鳴士卿尊），、（攸簋）。

事：、，、（作冊夨令方彝），同一篇銘文中前兩例是一種寫法，從㫃（旂），後兩例是另一種寫法，或從屮，筆劃存在細微的不同。銘文讀作「事」。

寅：（奚方鼎），象從臼（雙手）叉腰形，中央的人體寫得有些象魚骨頭或矢鏃；（獻簋），從臼叉腰形，這是比較規範的寫法。兩者有細微的差別。

辰：（作冊夨令方彝），（小臣宅簋），（商尊），、（臣辰盉），（旂鼎二），前四器銘文中的寫法雖然也有細微的差異，卻是「辰」字的正體。甲骨文、金文「辰」字正體就像手持蚌殼之形，上面有一橫，或無，「辰」是「蜃」字的初文。辰是先民用來除草的農具。《淮南子・氾論訓》：「古者剡耜而耕，摩蜃而耨，木鉤而樵，抱甀而汲，民勞而利薄。」旂鼎二上部不太像貝殼，又從止，寫法很不規範。《說文》關於「辰」字的解釋是根據陰陽五行觀念立說的，不可信，故不引。

2、構件的位置不同

構件的位置，是指構件在合體字中所處的平面上的內外、上下、左右的位置。例如，寶：（康侯豐方鼎）、（德方鼎），通常情況下銘文中的「寶」字就像康侯豐方鼎、德方鼎銘文中的這種寫法，宀下左側從玉從貝，右側是聲符「缶」。但是，也有把聲符「缶」寫在左邊的。例如，（應公鼎），（應公卣），（耆簋）等。還有把聲符「缶」寫到最下面的，如（呂壺蓋）。還有把聲符「缶」寫在「貝、玉」上面的，如（效父簋）。

奠：（利簋），（何簋），（壴尊），「奠」字的一般寫法左側從「阜」，但是，像（德方鼎），（盂爵），卻把「阜」字寫到「奠」的右側去了。

揚：、（何簋蓋、器），從丮（在右）從木從衣；（作冊旂尊），（盂卣），丮在左邊，昜在右，且作冊旂尊昜從日從玉從丂，盂卣昜從日從丂，減省玉。

車：（叔夨方鼎），（小臣宅簋），就像一駕馬車之形，但車轅的方向不同，叔夨方鼎銘文向左，也即向前；小臣宅簋銘文的車轅向右，也即向後。

休：（旟鼎），（獻簋），人在左、木在右。《說文》木部：「休，息止也。從人依木。」武成時期金文和小篆「休」字正像人背靠樹木作休息之狀。但也有寫作（寓鼎），（亳鼎），人在右、木在左。「休」在銘文中表示美好、賞賜等義，沒有用本義「息止」的。

還有把某些構件寫到一個合體字裏面的。例如，

姒：（耆簋），把構件「女」寫到「嗣」裏面去了。

以上這些例字的不同寫法並不影響人們的表達和釋讀，因爲這些字的基本構件和配置並沒有發生根本改變。這也說明在商周時期古漢字的寫法很不規範，具有一定程度的模糊性和隨意性。

3、字的書寫方向或寫法不同

隹：（利簋），《說文》隹部：「隹，鳥之短尾總名也。象形。」「隹」字的正體是鳥嘴方向向左，如利簋銘文的寫法。但是也有把鳥嘴的方向寫成向右的，如（盂爵），盂爵整篇銘文的字都向左，唯有「隹」一個字向右。

月：（召卣），（遣尊），一般的寫法是月圓面向右，月缺面向左。但是，同是遣所鑄的遣卣銘文卻寫成相反方向，作（遣卣蓋）、（遣卣器），但其他字方向都向左。

九：（作冊睘卣），（小臣宅簋）。前者向左，是正體，後者向右。

乍：（商卣器），（商卣蓋），同一件器物、同一個字，器銘文和蓋銘文寫法不同。

易：表示賞賜義的「易」，大多數銘文寫作，杯把柄在右，水影在左，看作是正體。但偶而也有寫作（中鼎），（誊簋），杯把柄在左，水影在右的。商代甲骨文中已有之。

亡：（大豐簋），這是正體；（太保簋），字的方向寫反過來了。《說文》亡部：「亡，逃也。從人從乚。」乚，是矮牆的象形，人躲到矮牆後面因曰亡也。從入乚，段玉裁解釋曰：「謂入於迟曲隱蔽之處也」。正是這個意思。西周金文「延」字從彡從乚，象人影照在矮牆上之形，也證明乚是矮牆的象形。

旅：、（匽侯盂一蓋、器），在古文字中，一般向左表示人前進的方向，如省形的「旅」字，象人跟在旗下向前，這是旅行的「旅」本義。但是，也有把字的朝向寫反過來向右的，例如（作旅簋，集成 03249），（作旅簋，集成 03250）。

厈：（遣尊），（作冊睘尊），厂（hǎn，山崖）的開口向右；（作冊睘卣），厂的開口向左。同一個人所鑄銅器銘文同一個字的寫法不同，說明當時字的寫法很不規範。

㠯（以）：（叔夨方鼎），（應公鼎），（小臣謎簋），（作冊夨令方彝），《說文》巳部：「㠯，用也。從反巳。賈侍中說：巳，意巳實也。象形。」段玉裁《說文解字注》曰：「用者，可施行也。凡㠯字皆此訓。從反巳，與巳篆形勢略相反也。巳主乎止，㠯主乎行，故形相反。二字古有通用者。……己，意巳實，謂人意巳堅實見諸施行也。凡人意不實則不見諸施行，吾意巳堅實則或自行之，或用人行之。是以春秋傳曰，能左右之曰以，謂或𠂇或又惟吾指撝也。……云象形者，巳篆上實下虛，㠯篆上虛下實。由虛而實，指事亦象形也。一說象己字之上而實其下。」「㠯」字的構形理據與本義，經過段玉裁的一番解釋終於好理解了。武成時期金文「㠯」字的寫法雖略有差異，但上虛下實的基本構形始終不變。但段玉裁所注的「巳主乎止」，幾個「巳」字當是已經「已」字。

公：（利簋），（臣卿鼎），從八從口。《說文》八部：「公，平分也。

從八從ㄙ，八猶背也。韓非曰：『背ㄙ爲公』。」《說文》ㄙ部：「ㄙ，姦邪也。韓非曰：『蒼頡作字，自營爲ㄙ』。」ㄙ，象胳膊肘向裏彎之形。金文「公」字所從顯然不像ㄙ，而像口。（小臣單觶），（臣卿簋），（公太史鼎），上面的「八」寫倒過來了，像朝上的喇叭口。

二、有裝飾性的筆劃或構件

裝飾性的筆劃或構件，有些研究古文字的著作稱之爲古文字的羨餘現象。所謂羨餘現象，就是多餘現象。我們知道，漢字原則上屬於表意文字，也就是說，漢字形體本身具有表達意義的作用。但在古漢字中，某些字除了具有表達意義的主體部分之外，還有不表意的部分（筆劃或構件）。這種文字現象，清代學者王筠就已經注意到了。他說：「古人造字，取其百官以治，萬民以察而已。沿襲既久，取其悅目，或欲整齊，或欲茂美，變而離其衷矣。此其理在六書之外，吾無以名之，強名曰文飾焉爾。」〔註 8〕其後，唐蘭等學者對此古文字現象亦予以足夠的關注。

其實，早在 20 世紀 30 年代，葉玉森也早就注意到這種文字現象了。他在《金文補空錦文說》（一卷，手稿）中，分爲兩種情況：一是補空說，在該條目下收有若干圖形文字，有些置於某個銘文的空白處，如「亞」字框之內，看來葉玉森認爲這些是屬於補空性質的內容；二是裝飾文，就是說，有些圖形文字中有許多的裝飾性的文飾，最典型的一幅是畫了隻大龜，在龜背上畫了六個圓圈；或其他動物身上的花紋之類，在葉玉森看來，這些顯然屬於紋飾性質的。〔註 9〕這種古文字現象，在武成時期的金文中同樣存在。

于：（大豊簋），、（何尊），（太保簋），（沐司徒疑簋），（𨰈鼎），「于」右側的部分是裝飾性紋飾，並不具有表達意義的作用，且𨰈鼎銘文「于」裝飾性末筆向右彎。但是，盂爵銘文「于」以及以「于」爲聲符的「盂」字就沒有裝飾性符號。

中：是上古時期射侯的象形字。中央的○是張布，以牛皮爲之，中間的丨

〔註 8〕王筠：《說文釋例》，武漢市古籍書店 1983 年第 219 頁。轉引自葉玉英：《古文字構形與上古音研究》，廈門大學出版社 2009 年第 41 頁。

〔註 9〕葉正渤：《葉玉森甲骨學論著整理與研究》「整理與研究說明」，線裝書局 2008 年。

是立杆。〔註10〕(何尊),(中鼎),(師旂鼎),射侯立杆上張布(牛皮)的上下有斿(飄帶),「中」字一般寫法張布上下沒有斿,商代晚期銅器銘文許多「中」字都不帶斿,西周兩種寫法共存。

三、合　書

合書,是指兩個字寫在一起,結構上就像是一個字,其實應讀作兩個字。例如,

百朋:(（毀鼎);(商尊、商卣),三十朋;(德方鼎),廿朋;(小臣單觶),(叔德簋),十朋;(小臣䰧鼎),五朋,(復鼎)、(攸簋),三朋;

父壬:(寓鼎),父乙:(獻簋),(復鼎、復尊),

小臣:(小臣單觶);

二月:(寓鼎);四月:(呂行壺)。

四、重　文

所謂重文,是指在某個字的右下方用=表示該字重複使用,這=就稱爲重文號。例如,

夷伯:(作冊睘卣、作冊睘尊),「尸、白」二字右下方的=屬於重文號,表示重複使用。

子=孫=:(小臣宅簋),「子(孫)」二字右下方的=也是重文號,「孫」字下漏寫。

第二節　武成時期金文文字的體態特點

本節所討論的武成時期常用金文的體態,是指金文單字的書寫風格,結構的鬆緊等特徵。也就是說,無關乎金文單字的構造,純屬書寫方面的特徵,本文稱之爲體態。當然,這裡需要指出的是,金文單字的書寫,無疑會受到史官或書家的書寫習慣與書寫風格的影響,同時,有的還受銅器書寫面積大小以及

〔註10〕葉正渤:《釋古文字中的「中、矦、的」——兼論古代射矦禮》,《中原文化研究》1996年第2期。

位置的限制。

前者因爲澆鑄銅器屬於個體行爲，眞正屬於西周王室或成王時期王室所鑄的銅器目前並不多見，大多數屬於貴族大臣私家所鑄。這一點與殷商甲骨文有所不同。殷商甲骨卜辭是殷商王朝的國家檔案，卜辭的書寫是由史官擔任的，儘管某一時期史官可能不止一個，但史官人數畢竟相對較少，就某一時期來說也相對穩定。這樣，反映在甲骨文的字體風格方面，就具有明顯的時代特徵，這就爲後世學者根據字體風格劃分時代提供了依據。

後者比如說前文所舉的盂爵，我們知道爵的體形本來就很小，無論器表還是器內的面積都很小。一般是在器的表面鋬內鑄銘文，再除去鋬和紋飾等位置，剩餘的表面就更小了，再在上面鑄幾個字或十幾個字的銘文，不僅銘文的篇章受到限制，而且字體必然也會受到影響，字體一定很小且不整齊。這樣的金文單字是否能反映其時代特徵，恐怕就不一定了。

當然，就商周金文而言，大多數也受到其時代風氣的影響而反映出明顯的時代特徵。凡是閱讀過一定數量銅器銘文的人，都有這樣的體會。這裡，本文就武成時期常用金文的體態進行探討。這種探討，原則上屬於靜態描寫，或稱之爲共時態研究，偶而也會與商代晚期金文作比較。

黃德寬先生在《古漢字發展論》中指出：「我們認爲西周金文字體的變化包括『線條化、平直化』和『類偏旁化』三種情況。」（第 153 頁）然後列舉了大量金文例字進行分析。由於黃德寬先生的大作主要是探討古漢字的發展演變的，所以，他將西周金文字體變化歸納爲以上三種。本文側重於靜態描寫，所以，關於武成時期金文的體態特徵的歸納與之有所不同。

關於西周金文單字的書體特徵，葉正渤和李永延在他們合著的《商周青銅器銘文簡論》一書中說：

「商代後期到武成時期，金文單字的書體顯得淳樸峻拔、氣度非凡，有雄壯之風，端莊工整，近似當時的甲骨文字體。字較大，筆劃呈中部粗，首尾纖細出鋒，有明顯的波捺勢。其中，有些字的結構體態還沒有盡脫圖形文字的痕跡。文字筆劃有粗細筆相間的，行款與章法之間已有聯繫，謀篇布局整齊美觀。在文字裏時有氏族的徽識相雜，或附於銘文之尾，那是研究當時方國和氏族的寶貴資料。」

又說：「武成時期，金文的書體與商末接近，或者說是一脈相承的，同屬於捺體。自周穆王到春秋早期，書體轉向書寫的方向發展，注重實用，其氣度格局已不如前期那樣謹嚴精到，然而結構的豪邁奔放和渾柔圓熟，卻是前期金文所沒有的。」〔註 11〕

這裡所說的武成時期，指的就是武成時期。因爲到了西周康王及其以後，金文的書體風格業已發生較爲明顯的變化，正如裘錫圭先生所指出的那樣：「西周金文的形體，最初幾乎完全沿襲商代晚期的作風。到康、昭、穆諸王的時代，字形逐漸趨於整齊方正，但是在其他方面變化仍然不大。」〔註 12〕

一、字的筆劃粗壯、肥厚，有筆鋒或捺筆

由於金文在鑄造之前是用毛筆書寫在塗了蠟和牛油混合物的泥模子上的，然後再用刮刀按字跡刮去一層蠟和牛油的混合物，所以，金文的筆劃具有毛筆字的特徵，顯得比較粗壯、肥厚，有筆鋒或捺筆。這一特徵在商代晚期金文中顯得尤其特出。而武成時期的金文在一定程度上還保留有商代晚期金文的這些特徵，字的筆劃往往也寫得粗壯、肥厚，有筆鋒或捺筆，甚至雄壯有力。例如，

又：（利簋），（叔夨方鼎），捺筆有筆鋒；

尤：（獻簋），

事：（利簋），（揚鼎）；

辛：（利簋），豎筆有筆鋒，整個字顯得粗壯有力；

王：（太保簋），、（德方鼎），（沐司徒疑簋），（保卣），（叔夨方鼎），末橫筆兩端微微上翹有筆鋒，且很粗壯；

父：（小臣傳卣），、（御正衛簋），（伯矩鬲），（旂鼎），（攸簋）；

父乙：（復鼎：父乙），（復尊：父乙），（亞盉：父乙），、（臣辰父乙鼎一），、（臣辰父乙鼎二）；

尹：（作冊夨令簋）；

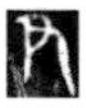

〔註 11〕葉正渤、李永延：《商周青銅器銘文簡論》，中國礦業大學出版社 1998 年第 29、30 頁。

〔註 12〕裘錫圭：《文字學概要》，第 46 頁。轉引自黃德寬《古漢字發展論》第 127 頁。

人：（作冊夨令簋）；

永：（作冊夨令簋）；

戻（揚）：（作冊夨令簋）；

土：（沬司徒疑簋），（太保簋），、（亳鼎）；

豐：（康侯豐方鼎）；

寽：（獻簋），（叔夨方鼎）。

二、字的結構鬆散，大小不一

武成時期的金文在一定程度上還保留有商代晚期金文的某些特徵，比如，字的結構鬆散，同樣的字形態大小不一。

（一）結構鬆散

乍：一般寫法筆劃很緊湊，如（沬司徒疑簋），（元尊），但也有筆劃寫得很鬆散的，（沬伯疑鼎）。《說文》亾部：「乍，止也，一曰亡也。從亡從一。」此說字形，釋義則不可信，「乍」無止、亡義。甲骨文「乍」字，或說是縫衣形，即針線腳之形。存疑待考。

隩（奠）：左從阜右從奠，（何簋），兩個構件一般寫法靠得很緊，但是也有寫得相對鬆散的，例如（沬伯疑尊）。《說文》丌部：「奠，置祭也。從酋。酋，酒也。下其丌也。《禮》有奠祭者。」金文「奠」字就像人雙手持酒樽祭奠后土之形，《說文》云「下其丌」，「丌」是雙手的形變，非丌座之丌。

彝：正常的寫法是（圉簋：伯魚簋），但是，有的銘文寫的很鬆散，例如（圉簋），（太保簋），（效父簋），且太保簋和效父簋「彝」字的寫法也與一般寫法略異。

成：（獻侯鼎），（小臣單觶），（成王方鼎），《說文》戊部：「成，就也。從戊丁聲。」在武成時期金文中，「成」字的聲符「丁」一般寫在「戊」之內，而成王方鼎銘文「成」字卻把聲符「丁」寫到「戊」之下，可見有些字的結構寫得鬆散，不嚴謹。

旅：（應公簋），「旅」字初文從㫃從車，本篇銘文中把「旅」和「車」寫分開了，簡直就像是兩個字。

應：（應公簋），從隹广聲，是「雁」字的初文。本篇銘文所從的「隹」

寫得太靠下。

及：（保卣），從又從人，象後面人的手抓住前面的人，故有「逮也」、「及前人也」的意思。本篇銘文把「人」寫得很大，後面的「又」（人手）寫得很小，結構不平衡。

誕：（保卣），從彳從止，「彳」寫得很大，而「止」相對小很多，很鬆散。

設：（保卣），（叔夨方鼎），左側所從的人體寫的很大，右側的「殳」（刑具）寫得很小，不平衡。

懋：（呂行壺），從心楙聲，義符「心」和聲符「楙」之間相距太大，就像兩個字。

馬：（叔夨方鼎），上下寫得太長。

（二）字體大小不一、寫法略異

文：、（大豐簋），文王的「文」，在大豐簋同一篇銘文中的寫法略有不同，前一「文」字把人的肩膀部位寫成弧形筆劃，而後一「文」字卻寫成直筆。同時，在人的胸前的「心」，前後兩個字的寫法也略有不同。又如，（商卣蓋），胸前的「心」像「口」。

奠：、（何簋，蓋銘），（作冊旂尊），（攸簋），所從的阜象臺階形，逐級上升；（何簋，器銘），所從的阜只作三道斜筆，是「阜」字的簡易寫法。同一人所鑄之器銘文寫法略異。（呂行壺），下面所從的「廾」（雙手）與上面的「酉」筆劃連到一起了。

子：（利簋），（作冊旂尊）、（小臣傳卣），以上是地支「子」，它們的寫法略異，但也有把「巳」寫作（鳴士卿尊）的，丁巳寫作「丁子」，這是沿襲商代甲骨文的寫法；（太保簋），以上是子孫的「子」，寫法不同。

事：（利簋），（大豐簋），（伯矩鼎），（揚鼎），上面或從㫃，或從屮，或有斿，或無。

敢：（作冊夨令簋），（召圜器），上面所從有的象帚，有的象止；下面或從口，（亳鼎），右上從曰。

（三）體態風格不一

同樣一個字，其寫法體態風格往往不同。例如，隹（唯）：（利簋），（大豐簋），（德方鼎），《說文》「隹，鳥之短尾總名也。象形。」所以，「隹」就像小鳥之形。但是，在武成時期的銘文中「隹」字所體現的鳥的形態很不一樣。

矦：（康侯豐鼎），（康侯鬲），矢中間是肥筆；（沬司徒疑簋），矢中間是直線條，無肥筆。

大：（大豐簋），（小臣謎簋），體態不一樣。

（四）宀字頭呈方形、人腿作跪坐狀、月作方角形

寶：（保卣），（臣卿鼎），（圉鼎），（圉簋），（作冊睘尊）；

宗：（獻侯鼎），（保卣）；

賓：（保卣），（作冊睘尊）；

家：（獻簋）；

安：、（作冊睘卣），（作冊睘尊），同一器物同一個字，銘文寫法體態不同；

令：（保卣），、（太保簋），人呈跪坐形。但也有把人寫的稍微直立些的，例如，、（作冊睘卣），（小臣宅簋）；

邑：（臣卿鼎），（鳴士卿尊）；

月：（保卣），（作冊旂尊），（御正衛簋），（小臣宅簋），（商尊、商卣），（獻簋），（奢簋）。

三、某些字殘存象形的特點

武成時期的金文雖然已經屬於比較成熟的文字，但並沒有完全線條化，在一定程度上還保留有商代晚期金文的某些特徵，比如，還殘存圖形樣的象形字。

隹：（德方鼎），（小臣宅簋）。

車：（小臣宅簋）。

馬：（揚鼎），（御正衛簋），（叔夨方鼎）。

魚：（圉簋：伯魚簋器）。

見：（揚鼎），相：（作冊旂尊），所從的目就像人的眼珠。

貝：（圉鼎），（伯矩鬲），（鳴士卿尊），就像海貝殼之形。

侯：（康侯豐鼎），（圉鼎），所從的箭鏃和張布很象形。

休：（圉鼎），象人倚靠在樹上。

臣：（臣卿鼎），（復尊），（小臣宅簋），就像瞪大的眼珠之形。

厈：（作冊旂尊），（作冊睘尊），所從的干象盾牌形，支杆上有裝飾性羽毛。

冊：（作冊疐鼎），（作冊䰧卣），就像編竹簡之形，寫法與商代甲骨文相同。

萬（萬）：（小臣宅簋），象水甲蟲。《說文》内部：「萬，蟲也。從厹，象形。」

明：（明公簋），左側所從的窗戶洞很象形，而右側的月也作方角形。

第五章　武成時期新字、新語詞解析

第一節　新字解析

隨著新事物的不斷產生，於是在語言中產生了一些新語詞用來表達這些新事物新概念。與之相應，先民們於是就在原有文字的基礎上逐漸創造出一些新字用來記錄這些新產生的語詞。這是語言的外部調節功能的表現。武王在位雖然時間不長，但是，成王在位的時間至少在三十年或以上。而這個時期不僅在政治制度，而且在文化建設諸多方面都是繼往開來、革故鼎新、百業待興的特殊時期。在周公旦嘔心瀝血經營下，社會日趨穩定，典章制度多所創新並建立，新事物不斷出現。這樣，新的語詞以及新的文字亦隨之而產生。這也是勢所必然。

黃德寬先生在《古漢字發展論》中統計西周已識新增字爲 643 個，西周傳承自商代的文字共有 840 個。〔註 1〕黃德寬書統計的是整個西周時期的新增字和用字，本文所討論的僅限於武成時期的新增字（不包含尚未確認的冷僻字），當然也包括在西周已識新增字之中。

本文有關武成時期新增字的篩選與確認，做法是：首先，在注釋第一章所認定的武成時期銅器銘文的基礎上，對初步認爲是新出現的一些字，將其與黃

〔註 1〕黃德寬：《古漢字發展論》第 225～227 頁，中華書局 2014 年。

書所列 643 個新增字對照，看是否在其中（有幾個字黃書未收）。這是運用邏輯學上的證實法。其次，再將初步確定的新字與黃書所列西周傳承自商代的 840 個字以及畢秀潔博士編著的《商代金文全編》和苗利娟博士《商代金文文字編》（打印稿）所收商代金文相對照，核對其字形與器銘，看是否確實爲商代所無。這是運用邏輯學上的排除法。再次，加上筆者自己的研究和判斷。最後再將新增字的字形結構與《說文》所收小篆字形進行比較。這是運用邏輯學上的比較法。畢秀潔博士編著的《商代金文全編》，精裝四大冊，不僅收錄商代金文單字、合文，還收錄殘字、其他未識字（字與符號的組合體）等等。苗利娟博士《商代金文文字編》（打印稿）收商代金文單字、合文、數目字等。此二書收錄宏富，對研究商代金文極有參考價值。〔註 2〕

本文搜集歸納得到武成時期已識新增金文單字 58 個。現解析如下。

玟：（何尊），文王的專用字，合書。《說文》未收。或許是許慎未見。

珷：（利簋），（何尊），（德方鼎），武王的專用字，合書。《說文》未收。或許是許慎未見。

征：（利簋），、、（小臣謎簋），遠行曰征，武成時期銘文是「征伐」義。

檀：（利簋），字跡雖然不十分清晰，大抵上還是可辨的，從木亶聲。檀公，人名。

考：（大豐簋），（小臣傳卣），前者就像駝背老人形，後者增加「丂」，遂分化出「老」和「考」兩個字。《說文》老部：「考，老也。從老省，丂聲。」本文以爲，所增加的丂，疑是老年人所使用的手杖，並非聲符。小篆沿襲了武成時期金文的寫法。銘文「文考」「父考」，是尊稱死去的亡父。

有：（何尊），從月又聲，《說文》又部：「有，不宜有也。《春秋傳》曰：『日月有食之。』從月又聲。」不宜有而有之，稱之爲有。在古人看來，日月食是不應該發生的事，但是恰恰發生了，這就叫「有」。有人把「有」字解釋爲從又持肉，謂之「有（得）」，恐非是。

〔註 2〕畢秀潔：《商代金文全編》，作家出版社 2012 年。該書出版後，承蒙畢秀潔博士見贈，於此特致謝意。苗利娟博士《商代金文文字編》（打印稿），是苗利娟主持的教育部青年社科項目的最終研究成果。

福：（何尊），（德方鼎），從示從酉（酒樽形），從廾，象雙手持尊倒酒形，或省去一隻手，表示以酒祭奠之義，即「歸福」。〔註3〕《說文》示部：「福，祐也。從示，畐聲。」「福」本是會意字，《說文》解釋爲形聲字，非是。另外，有學人將此字隸作「祼」，即傳世文獻所說的祼祭。恐是據字形推測其義而隸字，亦不可遽信。

奄：（應公鼎），上從申，下從大。《說文》大部：「奄，覆也。大有餘也。又，欠也。從大從申。申，展也。」小篆的結構與武成時期金文相同，但是結構上下的位置與金文正相反，小篆寫作上從大下從申。

蓋：（禽簋、𤝞劫尊、𤝞劫卣），從林從厺，讀作「蓋」，銘文「蓋侯」，即奄侯。

祝：（禽簋），從示從丮，象人舉起雙手對著祭臺作祝禱之形，故隸作「祝」。《說文》示部：「祝，祭主贊詞者。從示、從人、口。」金文雖不從口，但祝禱之意很明顯。商代金文作冊祝鼎、爵銘文有個人腿作跪坐形的「兄」字，畢秀潔編著的《商代金文全編》隸作「祝」，該書把人腿作站立形的隸作「兄」，以示二者的區別。但字形與此迥異，故錄此作爲西周武成時期新出現的字。

諫：（小臣諫簋），從言從速，或隸作從逨，從辵，字書所無。銘文是人名，擔任小臣之職。

海：（小臣諫簋），從水每聲。《說文》水部：「海，天池也，以納百川者。從水每聲。」小篆寫法與武成時期金文結構相同。

陕：（小臣諫簋），從阜從矢，字書所無。銘文「東」是東夷地名。

復：（小臣諫簋），（復鼎、復尊），從彳复聲。《說文》彳部：「復，往來也。從彳复聲。」小篆與武成時期金文結構相同。黃德寬書作爲西周傳承商代文字，但畢秀潔書未收錄。

豐：（大豐簋），隸作豐，讀作「禮」，（小臣宅簋），此是品物豐盛的豐。（康侯豐方鼎），這是樹藝之「豐」，也即傳世文獻作康侯封之「封」。畢秀潔書把作爲商代金文「豐」字收錄。

國：（何尊），（保卣），或：（明公簋），從戈從口。《說文》口

〔註3〕葉正渤：《毓祖丁卣銘文與古代「歸福」禮》，《古籍整理研究學刊》2007年第6期。

部：「國，邦也。從口從或。」武成時期金文從戈從口，也即從保衛的「衛」，與《說文》小篆寫法略異。或，「域」字的初文，與「國」本是一個字，後分化爲二。

里：（召圜器），從田從土，會意。《說文》里部：「里，居也。從田從土。」本義是郊外的民居、村落。銘文「使賞畢土方五十里」，顯然已經引申爲土地的長度單位，即鄰里之間的距離「道里、里程」，和土地的面積單位（方圓五十里）。

忘：（召圜器），（獻簋），從言𦣞聲。在獻簋銘文中，月相詞語既望寫作「既朢」，而「不忘」則寫作「不」，說明就是「忘」字的初文。《說文》心部：「忘，不識也。從心從亡，亡亦聲。」可見「忘」字小篆已經將武成時期的義符「言」改作「心」，而且聲符「𦣞」也改作「亡」，書寫更簡化便捷了。

遂：（奚方鼎），從㒸從辵。《說文》辵部：「遂，亾也。從辵㒸聲。」遂毛，也即「旞旄」，建在導車左右的兩杆旗子，用犛牛尾或羽毛做成。

毛：（奚方鼎），象細毛之形。《說文》毛部：「毛，眉髮之屬及獸毛也。象形。」在古文字以及小篆中，「毛」字的中間豎筆上端向左彎，下端向右彎；而「手」字的中間豎筆上端向右彎，下端向左彎，象五個手指之形，與「毛」字正相反，不可混淆。

兩：（奚方鼎），（小臣宅簋），《說文》㒳部：「兩，二十四銖爲一兩。從一；㒳，平分，亦聲。」段注：「兩者，㒳黃鍾之重，故從㒳也。從一，會意。㒳，平分也。」構形不明。㒳，讀 liǎng。銘文用作馬的計數詞，即馬兩匹。小篆與武成時期金文的寫法相同。

匹：（奚方鼎），（御正衛簋），《說文》匸部：「匹，四丈也。從八、匸（xǐ）。八揲一匹，八亦聲。」武成時期金文「匹」字構形與小篆差異較大，既不從八，也不從匸，且也不是布帛的長度單位，而是馬的計數單位。

敢：（旅鼎），從爪從口從又。《說文》𠬪（piǎo）部：「進取也。從𠬪，古聲。」金文爪下從口從又，不從「古」聲。

瞏：（作冊瞏卣、作冊瞏尊），（呂行壺），《說文》瞏部：「瞏，目驚視也。從目袁聲。《詩》曰：『獨行瞏瞏』。」袁，《說文》衣部：「袁，長衣皃。從衣，叀省聲。」小篆「瞏」寫法與武成時期金文相同，從目袁聲。而「袁」字的本義是長衣服，故從衣○聲，《說文》說「叀省聲」，與金文不同，顯然是不對的。作冊瞏卣和尊銘文是人名，呂行壺銘文借作返還的「還」。參見下文。

布：（作冊瞏卣、作冊瞏尊），下從巾，上從父聲。《說文》巾部：「布，枲織也。從巾父聲。」小篆寫法與武成時期金文相同。

器：（作冊瞏卣），從犬從㗊。《說文》㗊部：「器，皿也。象器之口，犬所以守之。」小篆寫法與武成時期金文相同。

事：、，、（作冊夨令方彝），從又持中（史），上部或從㫃（旂），或從屮，上部是一種裝飾，同一篇銘文中寫法不盡相同。《說文》史部：「事，職也。從史，之省聲。」武成時期金文不從「之」省聲。據王國維考證，在西周金文中「史、吏、使、事」本是一個字，後來分化出「事」字。王國維說：「然殷人卜辭皆以史爲事，是尚無事字。武成時期之器，如毛公鼎、番生敦二器，卿事作事，大史作史，始別爲二字。」〔註4〕王國維所舉毛公鼎和番生敦（簋）二器已經是西周晚期的，其實，早在武成時期「史」就已經分化爲「史、事」二字了。

𥜽：、（作冊夨令方彝），從示從奉，字書所無，銘文讀作「祓」。《說文》示部：「祓，除惡祭也。從示，犮聲。」商代甲骨文有奉字，義同「祓」，當是「𥜽」字的初文，武成時期加「示」旁，屬於加形表義。

牲：、、（作冊夨令方彝），從牛生聲。《說文》牛部：「牲，牛完全。從牛生聲。」牛完全，指的是全牛，古代祭祀時要用全牛、全羊等牲畜，叫「犧牲」。

趠：、（厚趠方鼎），從走卓聲。《說文》走部「趠，遠也。從走卓聲。」讀 chuò，或 chào。銘文是人名。小篆寫法與武成時期金文相同。

盩：（旅鼎），從血執聲。《說文》幸部：「盩，引擊也。從幸、攴，見血也。扶風有盩厔縣。」盩，讀 zhōu。爲便於識讀，現代改名爲周至縣。小篆與武成時期金文寫法相同。

還：（呂行壺），隸作「瞏」，從目袁聲，銘文讀作返還的「還」。

〔註4〕王國維：《觀堂集林》卷六「釋史」，第263頁，中華書局1984年。

世：（獻簋），從木從世，即「枼」字的初文，根據文義銘文讀作世代的「世」。

誥：、（何尊），當是從言廾聲，讀作「誥」。《說文》言部：「誥，告也。從言告聲。」根據文義銘文有誥教、教誨的意思。《尚書・酒誥》：「文王誥教小子、有正、有事，無彝酒。」無彝酒，毋常沉迷於酒。

勅：（勅鼎），從力束，或作「敕」。《說文》攴部：「敕，誡也。臿地曰敕。從攴束聲。」誡，誡勉，是「敕」字的本義。「臿地曰敕」，是另一義。段注：「又或從力作勅。……臿者，今之插字。漢人祇作臿。從攴束。」《說文》是形聲字，段注改爲會意。銘文是人名。

䢼（書）：（敕鼎），從阜從攴書聲，字書所無，唐蘭謂即「書」字。銘文是人名，即敕書。

畢：（獻簋），（召圜器），《說文》𠦒部「畢，田罔也。從𠦒，象畢形。微也。或曰：由聲。」𠦒象捕鳥的網，田象鳥巢，會意。獻簋銘文是人名，召圜器銘文「畢土」則是西周地名。小篆和武成時期金文寫法相同。

寽：（商卣），（呂行壺），從爪從又，從◆（籽粒形，一說象銅餅形），象兩手捋取禾穗上的籽粒。商卣銘文是絲的單位名稱，讀作鋝。呂行壺銘文「寽兕」，讀作「捋」，取也，有捕獲義。

罰：、（師旂鼎），從刀從詈。《說文》刀部：「罰，辠之小者。從刀從詈。未以刀有所賊，但持刀罵詈，則應罰。」賊，傷害。小篆與武成時期金文寫法結構相同。

矩：（伯矩鼎二）、（伯矩甗），或反書作（伯矩鼎一），從大從巨，大是人，巨是木工畫直線或直角的工具，「矩」字的初文。銘文「伯矩」是人名，或單稱「矩」。小篆與武成時期金文寫法結構相同。

鬱：（史叔簋一），從林從缶從臥人，字書所無，根據銘文當是「鬱」字。《說文》林部：「鬱，木叢生者。從林，鬱省聲。」銘文：「王姜史（使）叔事（使）于太保，賞叔鬱鬯、白金、芻牛。」鬱鬯，用香草釀成的香酒以降神。《說文》鬯部：「鬱（yù），芳艸也。十葉爲貫，百廾貫築以煮之爲鬱。從臼、冂、缶、鬯；彡，其飾也。一曰鬱鬯，百艸之華，遠方鬱人所貢芳艸，合釀之以降神。鬱，今鬱林郡也。」鬱林郡，後世改作郁林郡。小篆與武成時期的金文寫

法結構不同。

饙：（匽侯盂三），從食奉聲，隸作「饙」，讀 fén。後世字書或作餴，蒸飯曰饙。

賞：（史叔簋一），（壆鼎），（堇鼎），（復鼎、復尊），（商尊、商卣），《說文》貝部：「賞，賜有功也。從貝尙聲。」武成時期金文從貝商聲，戰國時期金文（中山王壺）改爲從貝尙聲，書寫更爲減省。

寓：（寓鼎），從宀禺聲。《說文》宀部：「寓，寄也。從宀禺聲。」旅居、寄寓義。銘文是人名。小篆與武成時期金文寫法結構相同。

獻：（寓鼎），從犬鬳聲，《說文》犬部：「獻，宗廟犬名羹獻。犬肥者以獻之。從犬鬳聲。」段注：「《曲禮》曰『凡祭宗廟之禮，犬曰羹獻』。……獻本祭祀奉犬牲之偁。引申之爲凡薦進之偁。」銘文用的便是引申義進獻。小篆與武成時期金文寫法結構相同。

佩：（寓鼎），從人從巾凡聲，《說文》：人部：「佩，大帶佩也。從人從凡從巾。佩必有巾，巾謂之飾。」段注：「從人凡巾，從人者，人所以利用也；從凡者，所謂無所不佩也；從巾者，其一端也。」本文以爲，根據錢大昕古無輕唇音的說法，「佩」字當從凡聲，佩、凡是雙聲關係，段注屈從《說文》，說解過於迂曲。

狸：、（太保罍、太保盉），就象狸貓一樣。《說文》豸部：「狸，伏獸，似貙。從豸里聲。」《說文》豸部：「貙（chū），貙獌，似狸者。從豸區聲。」銘文是地名。

奢：（奢簋），從大者聲，《說文》奢部：「奢（shē），張也。從大者聲。」銘文是人名。小篆與武成時期金文寫法結構相同。

：（公太史鼎），從关字頭從玉，字書所無，或可隸作「瑩」，銘文是人名。

叔：（叔簋一、叔簋二），從丑從尗，象以手撿拾散落的籽粒形。《說文》又部：「叔，拾也。從又尗聲。汝南名收芋爲叔。」《說文》從又，「又」是手的象形；周初金文從丑，「丑」是手指的象形，因而可以通用。《說文》尗部「尗，豆也。象尗豆生之形也。」《說文》解「尗」字「象尗豆生之形」是不對的，應是象尗豆散落之形。所以，尗在「叔」字中並非是聲符，而應是義符。「叔」周初金文是會意字，《說文》解釋爲形聲字，顯然是不對的。

或曰「叔」字是西周傳承商代的文字，但畢秀潔《商代金文全編》一書並未收錄，苗利娟編著的《商代金文文字編》（打印稿）亦未收錄。本文研究認爲，「叔」字是武成時期金文才出現的新字。

另外，其他銅器銘文中表示排行伯仲叔季的「叔」，都是借用「弔」字。「叔」字的本義據字形結構以及《說文》的解釋是「拾」，叔簋銘文中的「史叔」是人名，擔任史之職。

慶：（大豐簋），從心從鹿從夊。《說文》心部：「慶，行賀人也。從心從夊。吉禮以鹿皮爲贄，故從鹿省。」小篆寫法與武成時期金文寫法結構相同。有慶，指有值得慶賀的事情。或曰「慶」是西周傳承商代文字，畢秀潔《商代金文全編》未收錄，苗利娟《商代金文文字編》（打印稿）亦未收錄。

衛（違）：（沬司徒疑簋），（御正衛簋），從辵衛聲。銘文是地名，康叔封地。或隸作「違」：、（臣卿鼎、臣卿簋），鼎銘中聲符「韋」所從的「止」字出了頭，象足趾形，而簋銘中所從的「止」沒有寫出頭，不像足趾。銘文中「公違」是人名。或曰「衛（違）」是西周傳承商代文字，但畢秀潔《商代金文全編》未收錄，苗利娟《商代金文文字編》（打印稿）亦未收錄。

德（徝）：（德方鼎），（叔德簋），從彳直聲。《說文》彳部：「德，升也。從彳悳聲。」武成時期金文不從悳聲，直下無「心」。銘文是人名用字。或曰「德」是西周傳承商代文字，但畢秀潔《商代金文全編》未收錄，苗利娟《商代金文文字編》（打印稿）亦未收錄。商代甲骨文有一個從彳從直的常用字（《後編》卷下 12・12）、（《後編》卷下 14・14），葉玉森《殷契鉤沉》卷乙釋作「循」，已成定論，非「德」字。

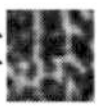

懋：（小臣謎簋），（御正衛簋），《說文》：「懋，勉也。從心楙聲」。小篆寫法結構與武成時期金文相同。金文是武成時期人名。或曰「懋」是西周傳承商代文字，但畢秀潔《商代金文全編》未收錄，苗利娟《商代金文文字編》（打印稿）亦未收錄。商代甲骨文有個上從矛、下從心的悉字，或曰即「懋」字。（《合集》29004）

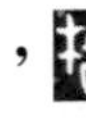

匽：、、、（匽侯簋、匽侯盂、堇鼎、圉鼎、圉簋、伯矩鬲、攸簋、復鼎、復尊、克罍、克盉），寫法相同，皆從乚妟聲。《說文》匸部：「匽，匿也。從匸妟聲。」從武成時期金文來看，「匽」字從乚（yǐn）妟聲，不從匸

（xǐ）。乚是矮牆和庭院地面的線條化符號，銘文中常見「立中廷」的「廷」字從乚。或曰「匽」是西周傳承商代文字，但畢秀潔《商代金文全編》未收錄，苗利娟《商代金文文字編》（打印稿）亦未收錄。匽侯是周初成王時始封召公奭元子克於匽爲侯者，所以「匽」字是武成時期的新增字。參閱克盉銘文。

對（對）：（太保簋），（太保罍，即克罍器銘），（遣尊），從殳從丵。《說文》丵（zhuó）部：「對，譍無方也。從丵從口從寸。」金文不從「口」。對，答也。武成時期銅器銘文的頌詞只講「揚王休」，或「揚某公休」，不講「對揚王休」或「對揚某公休」。或曰「對（對）」是西周傳承商代文字，但畢秀潔《商代金文全編》未收錄，苗利娟《商代金文文字編》（打印稿）亦未收錄。

進（進）：（召圜器），從隹從辵。《說文》辵部：「進，登也。從辵，閵省聲。」武成時期金文從隹從辵，與小篆寫法結構相同，會意前行曰進，不從「閵」省聲，《說文》解釋有誤。或曰「進（進）」是西周傳承商代文字，但畢秀潔《商代金文全編》未收錄，苗利娟《商代金文文字編》（打印稿第 81 頁）收錄一個上面從隹、下面從止的字（進觚），隸作「進」似可從，僅一見。或曰商代甲骨文已有「進」字，（《合集》29673）寫法近似。

兕：（呂行壺），上從角，下象軀體和尾巴，是獨體象形字。《說文》兕部：「兕，如野牛而青。象形。與禽、離頭同。」或曰「兕」是西周傳承商代文字，但畢秀潔《商代金文全編》未收錄，苗利娟《商代金文文字編》（打印稿）亦未收錄。不過，商代甲骨文已有「兕」字，作、、和等形，與武成時期金文「兕」字寫法迥然不同。參閱于省吾主編《甲骨文字詁林》第 1651 條和第 1708 條。〔註5〕《說文》小篆「兕」字作，（中華書局本第 198 頁下）與商代甲骨文、武成時期金文寫法亦完全不同。

武成時期新增金文單字約略如上，原則上已見於商代甲骨文而不見於商代金文者不在其列。個別字可能見於商代甲骨文而寫法略異，是否爲同一個字，學界看法未必一致。

〔註5〕于省吾主編：《甲骨文字詁林》，中華書局 1996 年。

第二節　新語詞解析

在本章第一節開頭，本文業已指出，隨著新事物的產生，在人們的觀念中便產生一些相應的概念，於是在語言中就產生了一些新詞語用來表達這些新事物新概念。與之相應，先民們於是就在原有文字的基礎上逐漸創造出一些新字用來記錄這些新產生的語詞。這是語言的外部調節功能，或叫社會調節功能的體現。本節著重探討武成時期銘文中出現的新語詞。

所謂新語詞，是指始見於武成時期銅器銘文中的某些語詞，是商代銅器銘文中沒有出現過的。本節主要探討並解析新語詞的詞匯意義，至於新語詞的結構形式（形式語法方面的內容），本文覺得探討的意義不大，故不作探討。

一、職官名、軍隊名、侯爵名、特殊地名等

職官制度，在歷史研究中非常重要，與研究歷史人物、事件、時間記載具有同等重要作用。研究發現，中國古代職官制度，大多數是在前朝職官制度的基礎上稍加損益而成，繼承往往大於創新。而西周創設的職官制度，對後世封建社會的官制影響非常大，且影響深遠。當然，即使是同一個朝代有時職官制度也會發生變化，由需要決定。

《尚書・周官》:「成王既黜殷命，滅淮夷，還歸在豐，作《周官》。」《周官・天官冢宰》曰:「惟王建國，辨方正位，體國經野，設官分職以爲民極，乃立天官冢宰，使帥其屬而掌邦治，以佐王均邦國。」所以，設官分職以爲民極，而職官佐王均邦國，歷代都不可或缺。

有事：銘文寫作「又吏」，利簋銘文「辛未，王在闌（管）師，錫有事利金」。《書・酒誥》:「文王誥教小子，有正有事，無彝酒。」孔（安國）傳:「事，謂下羣吏。」孔（穎達）疏:「正官下治事之羣吏。」相當於「有司」。

司徒：銘文寫作「𤔲土」，沬司徒疑簋銘文「沬司徒疑眔鄙作厥考僔彝」。

武成時期設置的三司「司徒、司空和司馬」，西周銅器銘文分別寫作「𤔲土、𤔲工、𤔲馬」，他們的地位相當高，六卿之一，掌管邦國教化等民事，一直到漢魏時仍在沿用。

太保：見於太保鼎、太保方鼎、太保簋、太保卣、太保罍、太保盉銘文等。

西周職官名，太師、太傅、太保被稱爲三公，地位極高。武成時期被封爲太保的是召公奭。《尚書・君奭》記曰:「召公爲保，周公爲師，相成王爲左右。

召公不說，周公作《君奭》。」《史記・周本記》曰：「武王即位，太公望爲師，周公旦爲輔，召公、畢公之徒左右武王，師修文王緒業。」所以，銘文中有時也稱「召公」。如小臣𧉧鼎銘文：「召公饙燕，休于小臣𧉧貝五朋，用作寶𩰫彝。」有時稱大保，大保即太保，或單稱保。

殷八師：小臣謎簋銘文：「東尸（夷）大反，伯懋父以（率）殷八師征東尸（夷）」。

西周軍隊名稱，指駐紮在原殷輔都朝歌一帶負責監視商代遺民的軍隊。

伯懋父：有人認爲伯懋父就是康叔封之子康伯旄，但也有人考證說是齊太公呂尙。武成時期有伯懋父之名的銅器銘文不少，其地位很高，故附列於此。

成師：小臣單觶銘文：「王後阪（返），克商，在成師。」

西周駐軍地名，駐紮在成周雒邑一帶的駐軍地名。

康侯：沐司徒疑簋銘文：「王來伐商邑，誕命康侯鄙于衛」。又見於康侯豐方鼎、康侯鬲、作冊疐鼎等器銘文。

康侯，即康叔封，武王克殷後封康叔封於陽翟（今河南禹州市）康城，成王平定「三監之亂」後又徙封於衛，因此稱爲衛康叔。

匽侯（燕侯）：見於匽侯簋、匽侯盂、堇鼎、圉鼎、伯矩鬲、復鼎、復尊、攸簋、克罍、克盉銘文等。

匽侯，即燕侯。據考證是成王時期分封的諸侯，始封之君是召公奭長子克，封地在薊（今北京房山琉璃河一帶）。傳世文獻缺載。克盉、克罍銘文中的克，據考證就是始封之匽侯。

蓋侯（奄侯）：禽簋銘文：「王伐蓋（奄）侯，周公某（謀），禽祝。」禽，人名，伯禽，周公旦長子。

犅劫尊、犅劫卣銘文：「王征蓋（奄），賜犅劫貝朋，用作朕高祖缶（寶）𩰫彝。」

蓋侯，即奄侯，封國在今山東曲阜一帶。

新邑：新邑鼎銘文：「癸卯，王來奠新邑。〔粵〕二旬又四日丁卯，〔王〕自新邑于闌（管），王〔易〕口貝十朋，用作寶彝。」又見於鳴士卿尊、新邑戈、臣卿鼎、臣卿簋等器銘文。

新邑，新建成的城邑，看來還沒有來得及正式命名。後來銘文始稱爲成周，或單稱周，即東都雒邑。雒邑還建有王城。朱駿聲在其《尚書古注便讀・洛誥》下注曰：「所謂成周，今洛陽東北二十里，其故城也。王城在今洛陽縣西北二十里，相距十八里。」參閱何尊注釋〔4〕。

成周：何尊銘文：「隹王初䙴（遷）宅于成周。復稟珷王豊（禮），福自天。」又見於德方鼎、盂爵、圉簋、圉甗、司鼎、作冊䚄卣、作冊夨令方彝、作冊夨令尊、厚趠方鼎、小臣傳卣、叔夨方鼎等器銘文。參閱「新邑」條。

宗周：獻侯鼎銘文：「唯成王大祓，在宗周，賞獻侯貝，用作丁侯寶彝。黿。」臣辰盉（士上盉）銘文：「隹王大禴于宗周，出館葊京年，在五月既望辛酉。」

宗周，西周都城名，文王所建的都城曰豐京，武王所建的都城曰鎬京。豐京是周室宗廟和文王園囿所在地，鎬京是西周天子居住和理政之處。在西周銅器銘文中宗周常與成周對舉。

周廟：𩁹鼎銘文：「公歸，御于周廟。」

周王室的祖廟，在宗周豐京。

中國：何尊銘文：「余其宅茲中或（域、國），自茲乂民」。《逸周書・度邑》：「王曰：『嗚呼，旦！我圖夷茲殷，其惟依天。其有憲命，求茲無遠。天有求繹，相我不難。自洛汭（ruì）延於伊汭，居陽無固，其有夏之居。我南望過於三塗，北望過於有岳丕，顧瞻過於河，宛瞻於伊洛。無遠天室，其曰茲曰度邑』。」銘文所記與傳世文獻記載完全相合。中國，銘文作「中或」，或，「域」之本字，讀作「國」。中國，本義指中央之國。《尚書・梓材》：「皇天既付中國民越厥疆土於先王，肆王惟德用。」《尚書・梓材》是記成王與周公對話的，《周書序》曰：「《梓材》告康叔以爲政之道，亦如梓人治材。」梓人，鄉里之人。《詩經・大雅・民勞》：「惠此中國，以綏四方。」由此可見，「中國」一詞（概念）是武成時期才出現的新詞。

二、紀時語詞

1、月相詞語

武成時期，銅器銘文中出現用月相詞語紀時的現象，這是商代晚期銅器銘文中所沒有的。

什麼叫月相（The Phases of the moon）？董作賓在《「四分一月」說辯證》

中解釋說：「『月相』者，人在地上所見月體之形相也。月之形相即月光，古以月光盈虧，定每一太陰月中之日次。」〔註6〕東漢章帝時，曆法家編訢和李梵等創製四分曆術，對月相的形成，完全用日、月相對的空間位置關係進行解釋，具有一定的科學性。他們說：「日、月相推，日舒月速，當其同所謂合朔，舒先速後，近一遠三謂之弦。相與爲衡，分天之中，謂之望。以速及舒，光盡體伏，謂之晦。晦朔合離，斗建移辰，謂之月。」〔註7〕所以，所謂月相，就是月亮呈現在人類眼前的形象或形狀。

所謂月相詞語，是指用來表示月亮運行變化狀態的語詞。因爲月相的變化達到一定狀態時，同時也是一定的時間，所以，月相詞語可以用來紀時。西周金文中的月相詞語常見的有四個，這是王國維首先注意到的。他在《生霸死霸考》一文中說：「余覽古器物銘，而得古之所以名日者凡四：曰初吉、曰既生霸、曰既望、曰既死霸。」〔註8〕成王時期已開始使用月相詞語紀時了。例如，

初吉：

御正衛簋銘文：「五月初吉甲申，懋父賞御正馬匹，自王。用作文戊彝。」

銘文中有「初吉」這個月相詞語。

既望：

保卣、保尊銘文：「乙卯，王令保及殷東國五侯，貺兄六品，蔑歷于保，易賓。用作文父癸宗寶彝。遘于四方，會王大祀，祐于周，在二月既望。」

銘文先以干支「乙卯」標明具體日期，繼而敘事，文末又以「在二月既望」標明乙卯所在的月份以及所逢的月相狀況。因此，「二月既望」就是乙卯日。保卣銘末有「既望」一詞，陳夢家說：「『既望』爲月分之名，不見於殷代。月分之名，當是周人之制。」〔註9〕陳夢家所言是也。

臣辰盉銘文：「隹王大龠于宗周，出館葊京年，在五月既望辛酉。」

小臣傳卣銘文：「隹五月既望甲子，王〔在葊〕京，令師田父殷成周年。」

〔註6〕董作賓：《「四分一月」說辨正》，《董作賓先生全集》甲編第一冊。

〔註7〕《後漢書・天文志》劉昭注引。

〔註8〕王國維：《生霸死霸考》，《觀堂集林》卷一，第21頁，中華書局1984年。

〔註9〕陳夢家：《西周銅器斷代》第58、59頁，中華書局2004年。

銘文中也有「既望」這個月相詞語。

既死霸：

作冊夨令簋：「惟王于伐楚伯，在炎（郯）。惟九月既死霸丁丑，作冊夨宜于王姜。」

銘文中有「既死霸」這個月相詞語。

既生霸：

作冊䰧卣銘文：「惟公太史見服于宗周年，在二月既望乙亥，公太史咸見服于辟王，辨于多正。粵四月既生霸庚午，王遣公太史，公太史在豐。……」

銘文中既有「既望」，又有「既生霸」兩個月相詞語。

王國維所說的四個月相詞語在成王時期銘文中都出現了，按時間順序依次是：初吉、既生霸、既望和既死霸。西周厲王時晉侯穌編鍾銘文中還出現「方（旁）死霸」，僅此一例。

筆者經過多年的研究認爲，這幾個月相詞語所表示的意義以及所表示的具體時間分別指：

初吉，周人以新月初見爲吉，一月之始，相當於太陰月的初一，也即朔日；

既生霸，月已完全生輝，「既」是已經到了的意思，「霸」指月輝，上弦月，初九；

既望，日、月在西、東地平線上遙遙相望，當太陰月十四日傍晚所呈現的月相；

既死霸，月輝暗淡無光，好像死了一樣，下弦月，太陰月的二十三日；

方死霸，既死霸的第二天，二十四日。方，讀作「傍」，依傍、緊挨著。

西周金文中的月相詞語，它們分別表示一個月中固定而又明確的一天。西周康王以後使用月相詞語紀時的銅器銘文就更多了。〔註 10〕

2、辰在××（干支）

武成時期還用「辰在××（干支）」的格式來紀日，表示日辰在某某這一日。例如，

作冊夨令方彝銘文：「唯八月，辰在甲申，王令周公子明保，尹三事四方，

〔註 10〕葉正渤：《月相和西周金文月相詞語研究》，《考古與文物》2002 年第 3 期；葉正渤：《金文月相紀時法研究》，學苑出版社 2005 年。

授卿事寮。」

商尊、商卣銘文：「隹五月，辰在丁亥，帝后賞庚姬貝卅朋，辻茲（絲）廿寽。」

3、月吉

作冊夨令方彝銘文：「唯十月月吉癸未，明公朝至于成周。」

周代以月初見爲吉，所以，月吉就是初吉，即初一朔，癸未是十月初吉所逢的干支。西周銅器銘文僅此一見。

三、其他常用語詞和套語

乀（氒）：沬司徒疑簋：「沬司徒疑眔鄙作乀（氒、厥）考𩰫彝。（惪）。」根據先秦文獻如《尚書》中用「厥」，而後世文獻改用「其」，西周中晚期銘文亦改用「其」字來看，讀作「氒、厥」，義同「其」，代詞。用「氒」，這是西周初期銘文始見的一種用法。

上帝：猶言天帝，至高無上的自然神。

大豐簋銘文「王衣（殷）祀于王丕顯考文王，事喜（糦）上帝。」

「上帝」一詞最早見於《尚書》和《詩經》。《尚書・舜典》：「正月上日，受終於文祖。在璇璣玉衡，以齊七政。肆類於上帝，禋於六宗，望於山川，遍於群神。」朱駿聲《尚書古注便讀》：「上帝，太一神，在紫微宮，天之最尊者，即北極耀魄寶，冬至祭於圜丘者也。」〔註 11〕《通典・禮典》：「所謂昊天上帝者，蓋元氣廣大則稱昊天，遠視蒼蒼即稱蒼天，人之所尊，莫過於帝，託之於天，故稱上帝。」又，《尚書・益稷》：「其弼直，惟動丕應。徯志以昭受上帝，天其申命用休。」《詩・大雅・文王》：「殷之未喪師，克配上帝。」《逸周書・克殷》：「尹逸策曰：『殷末孫受德，迷先成湯之明，侮滅神祇不祀，昏暴商邑百姓，其章顯聞於昊天上帝』。」根據傳世文獻，「上帝」一詞產生於堯舜時期，但據大豐簋銘文，「上帝」一詞最早產生於武成時期。

帝后：指帝君的配偶。

商尊、商卣銘文：「隹五月，辰在丁亥，帝后賞庚姬貝卅朋，辻茲（絲）廿

〔註 11〕朱駿聲撰、葉正渤點校：《尚書古注便讀》第 8 頁，臺灣新北市花木蘭文化出版社 2013 年。

孚。商用作文辟日丁寶僔彝。」銘文中首見這種稱謂。

蔑歷：勉勵。

小臣謎簋銘文：「小臣謎蔑歷，眔錫貝，用作寶僔彝。」

司鼎銘文：「王初口亟（亙）于成周，濂公蔑嗣（司）歷」。

保卣銘文：「乙卯，王令保及殷東國五侯，誕貺六品，蔑歷于保，賜賓。」

萬年：喻指長久、長遠。

小臣宅簋銘文：「用作乙公僔彝，子=孫=永寶，其萬年用饗王出入」。

召尊、召卣銘文：「召萬年永光，用作團宮旅彝。」

叔夨方鼎銘文：「敢對王休，用作寶僔彝。其萬年揚王光厥士。」

他器銘文或曰「萬年用饗」、「萬年永寶」等。

海眉（堳）：海邊。

小臣謎簋銘文：「伐海堳」。海堳，或讀作「海湄」。

曰：謂、稱、叫做。《說文》曰部：「詞也。從口乙聲。亦象口氣出也。」

遣尊銘文：「隹十又三月辛卯，王在㡯，易遣采曰趞，易貝五朋。」「曰」的這種用法與後世文言文已經差不多了。

用乍……寶僔彝：由作某某寶僔彝。

利簋銘文「用作旜公寶僔彝」，沐伯疑尊銘文「沐伯疑作氒考寶旅僔彝」，犅刧卣銘文「用作朕高且（祖）缶（寶）僔彝」，鳴士卿尊銘文「用作父戊僔彝」，保卣銘文「用乍文父癸宗寶僔彝」等。

由此爲某某鑄器，這是西周銘文的常用套語。其形式也多樣，或省去爲誰鑄器的人名，如作冊疐鼎銘文「用作寶彝」，禽簋銘文「禽用乍（作）寶彝」等，是其簡式。

曼絲：一種較長的絲。

寓鼎銘文：「隹十有二月丁丑，寓獻佩于王姒，王姒易寓曼絲」。

休王，或休其他人名：

召圜器銘文：「……旋走事皇辟君，休王自穀事（使）賞畢土方五十里」；

圉鼎銘文：「休朕公君匽侯易（錫）圉貝，用作寶僔彝。」

效父簋一、效父簋二銘文：「休王易（錫）效父呂三，用作氒寶僔彝。」

四、兼語和同位語現象

出現兼語和同位語語法現象。

作冊睘尊銘文：「君令余作冊睘安夷伯」。本句銘文有兩層意思：第一層是「君令余作冊睘」，第二層是「余作冊睘安夷伯」，「令」是使令動詞，所以本句銘文屬於兼語句，而「余作冊睘」則是同位語現象。

五、同義連用現象

大保簋銘文：「王永（迎）大保，易（賜）休余（徐）土，用茲彝對令（命）。」本篇銘文記成王賞賜給大保召公奭徐土。易、休，賜也，屬同義連用現象，現代語法稱之爲連動式。

六、動補式

小臣䖒鼎銘文：「𥃝（召）公𩞁（饋）匽（燕），休于小臣䖒貝五朋，用作寶䵼彝。」休于小臣䖒貝五朋，「休于」，當是動補式，意思是賜給小臣䖒貝五朋。

第三節　武成時期賞賜名物與賞賜類動詞

一、武成時期賞賜名物

武成時期賞賜名物有十多類，最常見的是貝，其次是金，其他物品相對來說要少一些。貝是有介殼的一類海洋動物，其殼人們稱之爲貝殼，有好多種類。根據甲骨、金文字形來看，應是指有中縫的那一種。穿成串可以當裝飾品掛在脖子上，類似於後世的項鍊，商代金文中有好多這種象形字，如倗鼎、倗父乙簋、倗且癸角等器銘文。由於中原地區不產貝，郭沫若研究說是東南沿海一帶所產，屬於貢品之一，所以顯得格外珍貴。金，上古時期的金，實際上是銅或銅餅，不是今日意義上的黃金。即使是銅，提煉起來也很費事，且金熔冶後可以用來澆鑄青銅器，所以金也很珍貴。其他品物是日常生活用品，或與打仗有關的車馬兵器等。

但是，在賞賜物中還有臣、人鬲、妾和僕，毫無疑問，這些都是沒有人身自由權的人，屬於王室或貴族的家奴或家奴的頭目（管家）之類，可以任意賜給有功勞的貴族大臣，說明西周是奴隸社會。

（一）貝

小臣單觶銘文：「周公易（賜）小臣單貝十朋」，周公是賞賜者，小臣單是受賞賜者，賞賜之物是貝，數量是十朋。

作冊疐鼎銘文：「康侯在柯師，賜作冊疐貝」，康侯是賞賜者，作冊疐（zhì）是受賞賜者，賞賜之物是貝，數量未記。

小臣謎簋銘文：「厥復歸在牧師，伯懋父承王命易（錫）師率征自五齵貝。」伯懋父奉王命賞賜小臣謎，受賞賜者是小臣謎，貝是賞賜之物，數量是五貝。

𤞷劫尊、卣銘文：「王征蓋（奄），易（賜）𤞷劫貝朋。」成王是賞賜者，𤞷劫是受賞賜者，貝是所賜之物。

𡜊鼎銘文：「公賞𡜊貝百朋，用作彝鼎。」周公是賞賜者，𡜊是受賞賜者，貝是賞賜之物，數量是百朋，可能是周初賜貝最多的。根據王國維的研究，一朋是十貝，百朋就是千貝。

新邑鼎銘文：「王〔易〕□貝十朋」，成王是賞賜者，受賜者未署名，貝是賞賜之物，數量是十朋。

何尊銘文：「（何）賜貝卅朋」，根據銘文語法關係，鑄器者是何，則受賞賜者應該是何。本句是被動句式，「賜」表示被（受）王所賜，貝是所賜之物，數量是三十朋。

何簋銘文：「公易（賜）𢌚（何）貝十朋，乃令𢌚𤔲（嗣）三族，爲𢌚室。」周公旦是賞賜者，何是受賞賜者，賞賜之物是貝，數量是十朋。

德方鼎銘文：「王易德貝廿朋，用作寶彝彝。」成王是賞賜者，德是受王賞賜者，貝是所賜之物，數量是二十朋。

盂爵銘文：「王令盂寧登（鄧）白（伯），賓貝。」盂奉王命安定鄧伯，「登白」讀作「鄧伯」，侯名，是受賞賜者，貝是賞賜之物。賓，賜也。此處用「賓」字表示賞賜義，與商代甲骨卜辭相同。因此，此「賓」（賜予）的主動者應該是王，而不是盂或鄧伯。但是，「賓」字的寫法與商代甲骨卜辭略異，增加了表義形符「貝」。《說文》：「賓，所敬也。從貝宩聲。」

盂卣銘文：「兮公[illegible]（休）盂鬯束、貝十朋。」兮公是賞賜者，盂是受賞賜者，鬯束、貝是賞賜之物。[illegible]（休），是表示賞賜義的動詞。

獻侯顥鼎銘文：「唯成王大奉（祓），在宗周，賞獻侯顥貝，用作丁侯僔彝。」根據銘文文義，賞賜者應是成王，獻侯顥是受賞賜者，貝是賞賜之物。本篇銘文用「賞」。

賜貝又見於鳴士卿尊、御正良爵、德鼎、德簋等器銘文，不勝枚舉。另外，呂壺蓋銘文貝和鬯酒同時賞賜，遣尊、遣卣銘文貝與采邑同賜。

銘文中記載賞賜貝的例子不勝枚舉，且貝可以與其他品物一起賞賜。故以下例子從略。

（二）金

利簋銘文：「易（錫）又（有）事利金」，賞賜者是武王，受賞賜者是有事利，賞賜之物是金。商周時期所賜之物曰金者，實際上是銅，不是今日所說的黃金。有事利因何事受賞賜，銘文未交待。

作冊旂尊和觥銘文：「戊子，令作冊旂兄（貺）塱土于相侯，易金易臣。揚王休。」賞賜者是王，即成王，作冊旂是奉王命而行賞的，相侯是受賞賜者，土、金與臣同爲賞賜之物。

禽簋銘文：「王易（錫）金百寽。」王是賞賜者。金，所賜之物。百寽，金的數量和單位。寽，銅餅的單位，猶言塊。

臣卿鼎、簋銘文：「公違眚（省）自東，才（在）新邑，臣卿易（錫）金。」所賜之物是金。

效父簋一銘文：「休王易效父呂（金）三，用作氒寶僔彝。」所賜之物「呂三」，即金（銅餅）三。

（三）鬯酒

作冊䰧卣、尊銘文：「隹明保殷成周年，公易作冊䰧鬯、貝。」所賜之物是鬯酒和貝，同時賞賜。

呂壺蓋銘文：「呂易（錫）鬯一卣、貝三朋。」據銘文來看，呂當是受賞賜者，賞賜者應是王。賞賜之物是一卣鬯酒和三朋貝。卣，一種盛酒器。本篇銘文也是鬯酒和貝同時賞賜。

臣辰盉銘文：「替（䝴）百生（姓）豚，眔賞卣鬯、貝，用作父癸寶僔彝。」賞賜之物有卣鬯和貝。䝴百姓豚，或說意爲賞賜給百官豚，則豚也是賞賜之物。由於對「替（䝴）」字的解釋不十分確定，故存疑待考。

賜鬯酒的例子又見盂卣等器銘文。

（四）馬

御正衛簋銘文：「五月初吉甲申，懋父賞御正衛馬匹，自王。」懋父，即伯懋父，是代王賞賜者，御正衛是受賞賜者，馬是賞賜之物，單位是匹。本篇銘文用「賞」，未用「賜」，義同。

召尊銘文：「甲申，伯懋父賜（賜）釁（召）白馬姙，黃鈸（髮）敚（黴）。」伯懋父是賞賜者，召是受賞賜者，賞賜之物是兩種顏色的馬。

揚鼎銘文：「己亥，巩（揚）見事于彭，車弔（叔）賞揚馬，用作父庚彝彝。」揚是受賞賜者，車叔是賞賜者，馬是賞賜之物。本篇銘文用「賞」，未用「賜」，義同。

奚方鼎銘文：「榪中（仲）賞氒嫊奚遂毛兩、馬匹，對揚尹休。」遂毛，讀作「旞旄」，是建在前引導車上的旗子，以羽毛、犛牛尾作裝飾，有左右兩杆，故賞賜兩杆，且與馬同時賞賜。

賞賜馬的例子又見於小臣宅簋等器銘文。

（五）金車、畫毌、戈

小臣宅簋銘文：「同公在豐，令宅事伯懋父，白易（伯賜）小臣宅畫毌、戈九，易金車、馬兩，揚公、伯休，用作乙公彝彝。」賞賜之物有畫毌、戈九、金車、馬兩。畫毌，繪有裝飾的盾牌，一種防衛性兵器。戈，一種進攻性兵器，數量有九個。金車，銅製的兵車。馬兩，兩匹馬。所賜之物都與打仗和兵器有關係。

獻簋銘文：「朕辟天子，榪伯令氒臣獻金車。」所賜之物是金車。

（六）羊

叔德簋銘文：「王易弔（叔）德臣姪（致）十人，貝十朋，羊百，作寶彝彝。」叔德，人名，可能是成王的叔父輩，所以賞賜很厚重，有臣姪（人）、貝和羊。臣姪，或即他器銘文中的人鬲，家奴之一，數量有十人。貝，是十朋。羊，百隻。所賜有物有人，可見在西周時期的確存在沒有人身自由權的奴隸，他們像物品一樣被隨意賞賜給臣下。參閱下文。

（七）芻牛、小牛

叔簋一銘文：「王姜史叔事（使）于太保，賞叔鬱鬯、白金、芻牛。叔對大保休，用作寶𩰫彝。」賞賜者是太保，受賞賜者是叔，所賜之物有鬱鬯、白金和芻牛。芻牛，亦牛也，豢養的作祭禮用的牛牲。

作冊夨令方彝銘文：「明公賜亢師鬯、金、小牛，曰：『用祓』；賜令鬯、金、小牛，曰：『用祓』。」明公賜給亢師和作冊夨令的物品相同，有鬯、金和小牛。

（八）鷙犬、膳

員方鼎銘文：「唯正月既望癸酉，王狩于眂廩。王令員執犬，休善（膳）。」郭沫若謂「令」當讀作「錫」，賜也。執，讀作「鷙」，兇猛。休，賜也。善，讀作「膳」，牲肉。所以，王是賞賜者，受賞賜者是員，所賜之物是鷙犬和肉。賞賜鷙犬和膳唯此一例。

（九）布、冖衣、裘

作冊睘卣銘文：「王姜令作冊睘安夷伯，夷伯賓睘貝、布。揚王姜休。」王姜，人名，或說是成王之配，或說是昭王之配。睘，人名，擔任作冊之職。夷伯，人名。據陳夢家說，王姜令作冊睘所安之夷伯乃是姜姓之夷國，今河南濮陽。（第62頁）賓，賜予、贈送。賜予義用「賓」，這是商代甲骨卜辭裏常用的。所贈之物是貝和布。

叔夨方鼎銘文：「𡵂（舄）弔（叔）夨㠯（以）冖衣、車馬、貝卅朋。敢對王休。」賞賜者是王，受賞賜者是叔夨，賞賜之物有冖衣、車馬和貝四樣。

不壽簋銘文：「隹九月初吉戊辰，王在大宮。王姜易不壽裘。」所賜之物是裘，皮衣也。

（十）㝠（熉）嬰

司鼎銘文：「溓公蔑𤔲（司）歷，易睘㝠（熉）嬰。」根據銘文語法關係，㝠（熉）嬰應是所賜之物名，溓公是賞賜者，睘是受賞賜者。由於字跡不清且不可識，不知所賜具體爲何物。

（十一）遂毛

奚方鼎銘文：「樵中（仲）賞氒嫊奚遂毛兩、馬匹，對揚尹休。」遂毛，讀作「旞旄」，建在導車上的旗子，以羽毛、犛牛尾作裝飾，有左右兩杆，故賞賜兩，且與馬同時賞賜。

（十二）曼絲

寓鼎銘文：「隹十又二月丁丑，寓獻佩于王㚸（姒）。易寓曼茲（絲）。對揚王姒休。」賞賜者是王姒，受賞賜者是寓，所賜之物是曼絲，一種較長的絲。

商尊銘文：「帝后賞庚姬貝卅朋，迖茲（絲）廿寽。」庚姬是受賞賜者。賞賜之物迖茲（絲），迖，大概是一種絲的名稱，「茲」讀作「絲」。寽，絲的單位名稱。

（十三）臣、妾、僕

作冊旂尊和觥銘文「戊子，令作冊旂兄（貺）朢土于相侯，易金易臣。揚王休。」所賜有金有臣（人）。金（銅）和臣（人）同賜，這是首見。賞賜動詞有貺、易（錫）和休三個。

復尊銘文：「匽侯賞復冖（幎）、衣、臣、妾、貝，用作父乙寶䵼彝。」所賜有「冖（幎）、衣、臣、妾、貝」，有物有人，據研究臣是男性家奴，妾是女性家奴，可見在西周時期的確存在沒有人身自由權的奴隸，他們與物品一起被隨意賞賜給臣下。

作冊夨令簋銘文：「隹九月既死霸丁丑，作冊夨令隩宜于王姜。姜賞令貝十朋、臣十家、鬲百人。」所賜有臣、人鬲和貝，看來人鬲的地位比臣還要低一等，故臣以家為單位，鬲以人為單位，都是沒有人身自由權的，所以和貝一起賞賜給大臣。

旂鼎二銘文：「唯八月初吉，辰在乙卯，公易旂僕。」賞賜者是公，受賞賜者是旂，賞賜之物僕，僕人，當是家奴之一。

賞賜臣妾等又見叔德簋銘文。在該篇銘文中，臣、貝與羊同時賞賜給叔德。

（十四）柀

繁簋殘底銘文：「𣄃伯蔑緐歷，賓緐柀廿、貝十朋。緐對揚公休。」柀，樹名，據說橡柀樹放在室內有吸煙味的作用。賓，賜也。賞賜數量柀二十棵，貝十朋。

（十五）采

遣尊、遣卣銘文：「王在厈，易趞（遣）采曰䞣，易貝五朋。」王，應該是成王。所賜之采，即采邑，成王賞賜給貴族大臣的封地。䞣，采邑名。貝，與采邑同賜，數量五朋。

（十六）土、田

作冊旂尊和觥銘文：「戊子，令作冊旂兄（貺）朢土于相侯，易金易臣。揚王休。」土、金與臣三者同爲賞賜之物。賞賜動詞既用「貺」，也用「易」（錫），賜予也。

大保簋銘文：「王永（迎）大保，易（賜）休余（徐）土，用茲彝對令（命）。」王，成王。永，讀作「迎」。大保，即太保召公奭。易、休，賜也，兩個動詞連用。徐土，是賞賜之物。

召圜器銘文：「隹十又二月初吉丁卯，𥃝（召）公啓（肇）進事，旋走事皇辟君，休王自穀事（使）賞畢土方五十里，召弗敢諲（忘）王休異（翼）」。王賞給召公（陳夢家說是畢公高）畢地之土地方圓五十里，就是采邑。賞賜動詞用「賞」，與「易」（錫）同義。

旟鼎銘文：「唯八月初吉，王姜易旟田三于待劃（鐔），師檮（櫨）酤兄（貺），用對王休。」王姜賜給旟三田。一田，按照孟子有關井田制的說法，一井田是百畝，那麼三田大概是三百畝。上古時期地廣人稀，賞賜三百畝土田也不算多。況且上古時期土田的單位實際比現代要小，據研究漢代一畝約略等於現代的七分八。

亳鼎銘文：「公侯易亳杞土、麋（蟼）土、□（梨）禾、□（齵）禾，亳敢對公中（仲）休。」所賜之物有土有禾，這大概是公田，所以土與禾一起賞賜。禾，是未成熟的莊稼。

（十七）糧、禾

賢簋一銘文：「唯九月初吉庚午，公叔初見于衛，賢從，公命吏（使）晦（賄）賢百晦（畝）糧。」百畝糧，應當就是百畝之地所產的糧食。

亳鼎銘文：「公侯易亳杞土、麋（蟼）土、□（梨）禾、□（齵）禾」，禾，是未成熟的莊稼。

從上文所舉例子來看，武成時期賞賜之物至少有十七大類，其中不僅有物，還有人，人有四種：臣、人鬲、僕和妾，西周奴隸制性質確定無疑。但是，武成時期所賜之物卻沒有西周中期如師遽方彝銘文中所見的玉器圭瓚璋瑁之類。

二、賞賜類動詞

武成時期銘文中賞賜類動詞常見的有：易（錫）、賞、賓、休、貺。另外，還有「饋」（小臣盧鼎銘文）、「飴」（堇鼎銘文），因未能斷定，僅根據銘文上下文義推測其爲賞賜義，故暫未收入。

使用賞賜類動詞的句式一般是：主語（人名，或承前省，或蒙後省）+賞賜類動詞+近賓語（人名）+遠賓語（物）。分別舉例如下。

（一）賜：字寫作易，或作賜，讀作錫，賜也。銘文用「易」字的最多，略具兩例。

旅鼎銘文：「公在盩𠂤（師），公易（賜）旅貝十朋。」

旂鼎二銘文：「唯八月初吉，辰在乙卯，公易旂僕。」

（二）賞：字作「商」，或作「賞」。

獻侯顯鼎銘文：「唯成王大𠦪（祓），在宗周，賞獻侯顯貝，用作丁侯𩰬彝。」

揚鼎銘文：「己亥，巩（揚）見事于彭，車弔（叔）賞揚馬，用作父庚𩰬彝。」

御正良爵銘文：「唯四月既望丁亥，公太保賞御正良貝，用作父辛𩰬彝。」

堇鼎銘文：「匽侯令堇飴太保于宗周。庚申，太保賞堇貝。」

又見於叔簋一銘文等。

（三）賓：字作賔（賓），下從貝，寫法與甲骨文略異。

盂爵銘文：「王令盂寧登（鄧）白（伯），賓貝。」寧，安也。登白，「鄧伯」，侯名。賓，賜也。此處用「賓」，表示賞賜義。這是繼承商代甲骨卜辭的用法。因此，此「賓」（賜予）的動作發出者應該是王，而不是盂或鄧伯。

繁簋殘底銘文：「伯蔑緐歷，賓緐柀廿、貝十朋。緐對揚公休。」賓，賜也。很顯然，緐的地位比伯低，是賓的對象。

陳夢家說：「西周金文，饗禮之後王者贈玉幣於臣工；但玉幣之贈賄本不限於王者饗後酬幣，其例有二。一爲上賜下，其動詞爲易，如本書……。一爲下獻上，其動詞爲賓或報，如……。」（第 160 頁）但是，據上引周初武成時期的銅器銘文來看，「賓」仍是表示上賜下，而不是下獻上，其用法同於商代甲骨卜辭。

（四）休：字作休，或作[illegible]（盂卣銘文）。

大保簋銘文:「王永（迎）大保，易（賜）休余（徐）土，用茲彝對令（命）。」易、休，賜也，兩個動詞連用，屬于連動式，意義相同。值得注意的是，在頌揚（感謝）某人賞賜時用「休」，不用「易」，無一例外。休，意爲美好的賞賜。

小臣䖒鼎銘文:「盟（召）公𡉚（饋）匽（燕），休于小臣䖒貝五朋，用作寶僔彝。」休于小臣䖒貝五朋，「休于」，當是動補式。

（五）貺：字作兄，讀作貺。

作冊旂尊和觥銘文:「戊子，令作冊旂兄（貺）朢土于相侯，易金易臣。揚王休。」在同一篇銘文中既用「貺」，也用「易」，意義相同。結合大保簋銘文「賜休徐土」來看，與所賜對象土沒有關係。

根據以上銘文用例來看，賞賜動詞與所賜之物沒有必然聯繫，屬於個人用字習慣不同。但是，在表達頌揚（感謝）某人賞賜時用「休」，意爲美好的賞賜，不用「易」，無一例外。

參考文獻

1. 社科院考古所：《殷周金文集成》（修訂增補本），中華書局 2007 年。
2. 吳鎮烽：《商周青銅器銘文暨圖像集成》，上海古籍出版社 2012 年。
3. 郭沫若：《兩周金文辭大系圖錄考釋（修訂版）》，科學出版社 1958 年。
4. 陳夢家：《西周銅器斷代》，中華書局 2004 年。
5. 唐蘭：《西周青銅器銘文分代史徵》，中華書局 1986 年。
6. 彭裕商：《西周青銅器年代綜合研究》，巴蜀書社 2003 年。
7. 彭裕商：《春秋青銅器年代綜合研究》，中華書局 2011 年。
8. 馬承源主編：《商周青銅器銘文選》，文物出版社 1990 年。
9. 馬承源：《中國青銅器》，上海古籍出版社 1996 年。
10. 朱鳳瀚、王世民：《西周諸王年代研究》，貴州人民出版社 1998 年。
11. 趙平安：《隸變研究》，河北大學出版社 2009 年。
12. 陳英傑：《西周金文作器用途銘辭研究》，線裝書局 2009 年。
13. 孫詒讓：《古籀拾遺·古籀餘論》，中華書局 2005 年。
14. 王國維：《觀堂集林》，中華書局 1984 年。
15. 黃德寬：《古漢字發展論》，中華書局 2014 年。
16. 陳初生：《金文常用字典》，陝西人民出版社 1987 年。
17. 裘錫圭：《文字學概要》，商務印書館 1988 年。
18. 葉正渤、李永延：《商周青銅器銘文簡論》，中國礦業大學出版社 1998 年。
19. 葉正渤：《金文標準器銘文綜合研究》，線裝書局 2010 年。
20. 葉正渤：《金文四要素銘文考釋與研究》，臺灣新北市花木蘭文化出版社 2015 年。

21. 葉正渤：《金文曆朔研究》，上海古籍出版社 2016 年。
22.（漢）許慎：《說文解字》，中華書局 1983 年。
23.（清）段玉裁：《說文解字注》，上海古籍出版社 1984 年。
24.（清）朱駿聲撰、葉正渤點校：《尚書古注便讀》，臺灣新北市花木蘭文化出版社 2013 年。
25.（漢）司馬遷：《史記》，中華書局 1985 年。
26. 王國維：《王國維遺書》，上海古籍出版社 1983 年。
27. 畢秀潔：《商代金文全編》，作家出版社 2012 年。
28. 苗利娟：《商代金文文字編》，教育部課題「商代金文數據庫的建設」成果（打印稿）。
29. 李學勤：《新出青銅器研究》（增訂版），人民美術出版社 2016 年。
30. 百度百科網站，漢典網站，360 網站，國學大師網等。

附　錄

（一）材料出處表（吳鎮烽《圖像集成》所在的冊數-頁碼）

武王時期銅器銘文：利簋 11-41、朕簋（大豐簋、天亡簋）11-451；共計 2 件；

成王時期銅器銘文：

1、周公與征東夷銅器銘文：沐司徒[illegible]（疑）簋（康侯簋）10-384、小臣單觶 19-471、沐伯疑鼎 3-481、沐伯疑尊 21-205、疑鼎 3-219、220、疑盤 25-411、康侯豐方鼎 3-250、康侯鬲 6-20、作冊疐鼎 4-187、小臣謎簋 11-370、373、御正衛簋 10-347、呂行壺 22-278、呂壺蓋 22-279、小臣宅簋 11-264、召尊 21-277、召卣 24-275、明公簋（魯侯簋）10-289、作冊睘卣 24-264、作冊睘尊 21-259、司鼎 4-443、厚趠方鼎 5-122、𢍰鼎 5-145、146、師旂鼎 5-314、作冊旂尊 21-274、作冊旂觥 24-506、趞（遣）尊 21-260、禽簋 10-332、太祝禽方鼎 2-475、476、犅劫尊 21-231、犅劫卣 24-216、嬰鼎 5-143，共計 31 件；

2、成王銅器銘文：新邑鼎 5-5、鳴士卿尊 21-246、新邑戈 30-352、何尊 21-311、何簋 11-82、德方鼎 5-3、盂爵 17-135、盂卣 24-241、叔德簋 10-113、德鼎 4-86、德簋 9-350、獻侯顕鼎 4-378、成王方鼎 2-316、成周鈴一 29-488、敕䡅（書）鼎 3-471、揚鼎 4-380、382、應公鼎 4-249、應公簋 8-458、459、應公觶 19-170、應公尊 21-83、應公卣 23-473，共計 21 件。

3、召公銅器銘文：太保鼎 2-317、太保方鼎 3-207、208、209、太保簋 11-88、旅鼎 5-123、太保卣 23-271、叔簋一 11-44、叔簋二 11-47、小臣盧(櫨)鼎 4-286、匽侯簋 9-191、匽侯盂一 13-433、匽侯盂二 13-434、匽侯盂三 13-435、堇鼎 5-33、太保罍(克罍)25-123、太史盉(克盉)26-207、保卣 24-272、保尊 21-276、召圜器 35-38、獻簋 11-255、奚方鼎 5-112，共計 19 件；

4、其他銅器銘文：臣卿鼎 4-329、臣卿簋 10-182、圛（圉）鼎 4-184、圛（圉）甗 7-209、圉簋（白魚簋）9-439、440、效父簋一 9-446、效父簋二 9-447、伯矩鼎一 3-293、伯矩鼎二 4-115、伯矩鬲 6-314、伯矩甗 7-143、伯矩盤 25-403、矩盤 25-384、復鼎 4-217、復尊 21-237、攸簋 10-103、中鼎 4-115、寓鼎 5-90、憻季遽父卣 24-164、166、亞盉 26-170、作冊翻卣 24-243、作冊翻尊 21-258、作冊夨令簋 12-96、98、作冊夨令方彝 24-438、作冊夨令尊 21-315、息伯卣 24-227、息伯卣蓋 24-228、商尊 21-265、商卣 24-251、旂鼎一 4-247、旂鼎二 4-487、旂簋 9-338、旟鼎 5-79、亳鼎 4-444、䓫簋 10-283、耆簋 10-432、臣辰盉（士上盉）26-213、臣辰父癸鼎 3-187、臣辰父乙鼎一 3-60、61、62、臣辰父乙鼎二 3-185、186、元尊 21-209、小臣傳簋（卣）11-266、叔夨方鼎 5-234、公太史鼎 3-482、483、曆盤 25-384、征盤，共計 50 餘件。

（二）本書作者古文字研究論著論文目錄

論 著

1、《商周青銅器銘文簡論》，合著，第一作者，中國礦業大學出版社，1998 年。1999 年獲江蘇省政府社科優秀成果評選三等獎。

2、《金文月相紀時法研究》，獨著，學苑出版社，2005 年。2008 年獲江蘇省高校人文社會科學優秀成果評選二等獎。

3、《葉玉森甲骨學論著整理與研究》，獨著，線裝書局，2008 年。2011 年獲江蘇省政府社科優秀成果評選二等獎。

4、《金文標準器銘文綜合研究》，獨著，線裝書局，2010 年。2012 年獲江蘇省高校社科成果評選三等獎。

5、《金文四要素銘文考釋與研究》，獨著，臺灣新北市花木蘭文化出版社，2015 年。2016 年獲江蘇省政府社科優秀成果評選三等獎。

6、《金文曆朔研究》，獨著，上海古籍出版社，2016 年。

7、《〈殷虛書契後編〉考釋》，獨著，商務印書館，2018 年。

論　文

1997 年

《小臣靜簋銘文獻疑》，《南京師範大學學報》1997 年第 2 期。

《說「X」》，《淮陰師專學報》1997 年第 3 期。

1999 年

《「歸福」本義考源》，《辭書研究》1999 年第 5 期。

2000 年

《略論西周銘文的記時方式》，《徐州師範大學學報》2000 年第 3 期。

2001 年

《略析金文中的「月」》，《徐州師範大學學報》2001 年第 2 期。

《我方鼎銘文新釋》，《故宮博物院院刊》2001 年第 3 期。

《弋其卣三器銘文與晚殷曆法研究》，《故宮博物院院刊》2001 年第 6 期。

《從甲骨金文看漢民族時空觀念的形成》，《語言研究》2001 年增刊。

2002 年

《月相和西周金文月相詞語研究》，《考古與文物》2002 年第 3 期。

《肄簋銘文研究》，《古文字研究》第 24 輯中華書局 2002 年 7 月。

《西周金文月相詞語與靜簋銘文的釋讀研究》，《文博》2002 年第 4 期。

2003 年

《從原始數目字看數概念與空間方位的關係》，《南陽師範學院學報》2003 年第 5 期。

2004 年

《卜辭「來艱」研究》，《殷都學刊》2004 年第 1 期。

《關於「亞」字元號的文化解析》，《東南大學學報》2004 年第 4 期。

《關於幾片甲骨刻辭的釋讀》，《古文字研究》第 25 輯，2004 年 10 月。

《20 世紀以來西周金文月相問題研究綜述》，《徐州師範大學學報》2004 年第 5 期。

2005 年

《〈殷虛書契前編集釋〉研究》，中國文字學會、河北大學《漢字研究》第一輯。

《造磬銘文研究》，中國文字學會、華東師大《中國文字研究》第 6 輯 2005 年。

《甲骨文否定詞研究》，《殷都學刊》2005 年第 4 期。

《釋足（正）與疋（圍）》，《考古與文物》增刊《古文字論集（三）》，2005 年。

2006 年

《厲王紀年銅器銘文及相關問題研究》，《古文字研究》第 26 輯，2006 年 10 月。

《西周標準器銘文疏證（一）》，《中國文字研究》第 7 輯，2006 年。

《葉玉森古文字考釋方式淺論》，《江蘇大學學報》2006 年第 3 期。

2007 年

《亦談錄簋銘文的曆日和所屬年代》，《中國歷史文物》2007 年第 4 期。

《毓祖丁卣銘文與古代「歸福」禮》，《古籍整理研究學刊》2007 年第 6 期。

《從曆法的角度看逑鼎諸器及晉侯穌鍾的時代》，《史學月刊》2007 年第 12 期。

2008 年

《葉玉森與甲骨文研究》，《鎮江高專學報》2008 年第 2 期。

《西周標準器銘文疏證（二）》，《中國文字研究》第 11 輯，2008 年。

《宣王紀年銅器銘文及相關問題研究》，《古文字研究》第 27 輯，中華書局 2008 年。

2010 年

《周公攝政與相關銅器銘文》，《古文字研究》第 28 輯，中華書局 2010 年。

《西周紀年考》，[日]吉本通雅著，葉正渤摘譯，《遼東學院學報》2010 年第 2 期。

《亦談晉侯穌編鍾銘文中的曆法關係及所屬時代》，《中原文物》2010 年第 5 期。

《共和行政及若干銅器銘文的考察》，《紀念徐中舒先生誕辰 110 週年紀念文集》，2010 年。

2011 年

《西周標準器銘文書證（三）》，《中國文字研究》第 14 輯，2011 年 3 月。

《亦談伯㦰父簋銘文的時代》，《長江文明》第 7 輯，2011 年 6 月。

《穆王時期重要紀年銘文曆朔考（一）》，《中國文字研究》第 15 輯,2011 年 12 月。

《頁方彝銘文獻疑》，《考古與文物》2011 年第 4 期。

2012 年

《伯㦰父簋銘文試釋》，《考古與文物》2012 年第 3 期。

《釋𢦏（㦰）》，《古文字研究》第 29 輯，2012 年 10 月。

《逨鼎銘文曆法解疑》，《鹽城師範學院學報》2012 年第 6 期。

2013 年

《晉公戈銘文曆朔研究》，《殷都學刊》2013 年第 1 期。

《此鼎、此簋銘文曆朔研究》，《中國文字研究》第 17 輯 2013 年 3 月。

《蔡侯盤、蔡侯尊銘文曆朔與時代考》，《中原文物》2013 年第 5 期。

2014 年

《西周若干可靠的曆日支點》，《殷都學刊》2014 年第 1 期。

《〈殷墟書契後編〉所見象刑字淺析》，《古文字研究》第 30 輯，2014 年 10 月。

2015 年

《師兌簋二器銘文曆法解疑》，《中國文字研究》第二十二輯，2015 年 12 月。

2016 年

《釋「中、矦、的」——兼論古代射矦禮》，《中原文化研究》2016 年第 2 期。

《紀年銅器銘文的曆法斷代問題》，《古文字研究》第三十一輯，中華書局 2016 年 10 月。

2017 年

《論「四」字的構形和文化含義》，《遼東學院學報》2017 年第 2 期。

《棗莊徐樓東周墓出土青銅器銘文考釋》，《中國文字學報》第七輯，商務印書館 2017 年。

2018 年

《〈說文〉從八之字淺析》，《遼東學院學報》（社科版）2018 年第 4 期。